2 그리고 축제는 계속된다

프랑스 현대 시 155편 깊이 읽기

제1판 제1쇄 2023년 11월 16일

지은이   오생근
펴낸이   이광호
주간   이근혜
편집   김현주 최대연 홍근철
마케팅   이가은 최지애 허황 남미리 맹정현
제작   강병석
펴낸곳   ㈜**문학과지성사**
등록번호   제1993-000098호
주소   04034 서울 마포구 잔다리로7길 18(서교동 377-20)
전화   02)338-7224
팩스   02)323-4180(편집) 02)338-7221(영업)
대표메일   moonji@moonji.com
저작권 문의   copyright@moonji.com
홈페이지   www.moonji.com

ISBN 978-89-320-4230-5 04860
ISBN 978-89-320-4228-2(세트)

프랑스 현대 시 155편 깊이 읽기

오생근 지음

Francis Jammes
Paul Valéry
Guillaume Apollinaire
Jules Supervielle
Pierre Reverdy
André Breton
Paul Éluard
Louis Aragon

Jacques Prévert
Francis Ponge
Henri Michaux
René Char
Yves Bonnefoy
Philippe Jaccottet

문학과지성사

차례

프랑시스 잠

폴 발레리

기욤 아폴리네르

프랑시스 잠

Francis Jammes
1868~1938

나는 당신을 생각합니다……

나는 당신을 생각합니다. 나의 시선은 장미 숲에서
따뜻한 고광나무 쪽으로 향합니다.
당신을 다시 만나고 싶습니다. 사향포도가
서양자두나무 옆에서 잠들 무렵이면.

나는 살아오면서 줄곧 마음 깊은 곳에
뭐라 말할 수 없고 알 수 없는 것을 느꼈습니다.
당신에게 말합니다, 장미꽃이 모래 위에 떨어져 있고,
물병이 탁자 위에 놓여 있고,
소녀가 샌들을 신었고,
풍뎅이가 꽃보다 무겁다는 말을.

─그러나 이 모든 건초 더미는 곧 시들어버리겠지요?
─오 그러나, 내 친구여, 모든 것이 시들기 마련이지요.
흔들거리는 건초도, 당나귀의 발도
티티새의 노래도 그리고 입맞춤도.

─그러나 친구여, 우리의 입맞춤은 절대로 시들지 않겠지요?
─물론 그렇지요, 건초가

Je pense à vous......

Je pense à vous. Mes yeux vont du buisson de roses
aux touffes du chaud seringa.
Je voudrais vous revoir quand les raisins muscats
Dorment auprès des reines-claudes.

Depuis que je suis né, je sens au fond du cœur
Je ne sais quoi d'inexplicable.
Je vous dis que la rose est tombée sur le sable,
que la carafe est sur la table,
que la fille a mis ses sandales
et que le scarabée est plus lourd que la fleur.

—Mais tous ces foins, les aura-t-on bientôt fanés?
— Ô mais, mon amie, tout se fane:
le foin tremblant, le pied de l'âne,
le chant du merle et les baisers.

—Mais nos baisers, ami, ne se faneront point?
—Non certainement. Que le foin

시드는 건, 좋은 일이라고 말하겠어요.

그러나 친구여, 우리의 입맞춤은 절대로 시들지 않을 겁니다.

se fane, disais-je, c'est bien.

Mais nos baisers, amie, ne se faneront point.

19세기 후반 시인들의 시적 이상이었던 상징주의는 20세기 초를 전후하여 급격히 쇠퇴한다. 상징주의 시인들은 현실의 가시적 세계를 넘어서, '보이지 않는 실재la réalité invisible'의 세계를 추구했고, 상징은 이러한 실재를 판독하는 수단이었다. 그러나 새로운 시대의 젊은 시인들은 더 이상 상징주의의 시적 가치를 따르지 않고, 오히려 반反상징주의의 경향을 보인다. 이러한 시인들 중 한 사람인 프랑시스 잠은 거의 평생을 피레네산맥에서 보낸 농촌 시인으로서 시골 생활의 소박한 풍경과 자연을 노래한다. 자연과 생활 본연의 모습을 그려야 한다는 그의 문학적 입장은 '본연주의naturisme'에 가깝다. '본연주의'는 상징주의의 관념적 미학과는 달리 형이상학의 이상주의를 멀리하고 구체적인 자연과 삶의 이야기를 시의 주제로 삼아야 한다고 주장하는 문학 유파이다.

이러한 관점에서 쓰인 「나는 당신을 생각합니다……」는 자연의 아름다움과 평화로운 삶의 풍경을 사랑의 기쁨이란 주제와 연결한 시이다. 이 시에서 사랑을 뜻하는 "입맞춤"과 연인을 의미하는 "친구"라는 단어는 세 번씩이나 반복적으로 사용된다. 물론 '친구'라는 호칭은 여성형이 두 번이고 남성형이 한 번이지만, 한 번이건 두 번이건 상상의 대화 속에서 두 연인이 서로를 '친구'라고 부른다는 것은 시인이 이 호칭이야말로 연인 관계를 가장 소박하고 진실하게 표현할 수 있다고 생각했기 때문이다.

또한 "건초le foin"는 세 번, '시들다se faner'는 네 번이나 반복된다. '건초'와 '시들다'라는 단어가 연상시키는 계절은 가을이다. 가을은 조락의 계절로서, 겨울의 죽음을 연상케 한다. 시인이 이 단어들을 반복한 까닭은, 자연의 모든 것이 시간의 변화와 함께 '시들고' 쇠퇴하지만, "우리의 입맞춤"은 변화하지 않는다는 것을 강조하기 위해서이다. 여기서 시인이 사랑이라는 말 대신에 '입맞춤'이라는 말을 사용한 것도 유념해야 할 점이다.

이 시의 1연과 2연은 연인에 대한 화자의 감정을 표현한다. 특이한 것은 이러한 감정을 나타내면서 '사랑한다'는 말 대신에 "당신을 생각합니다" "당신을 다시 만나고 싶습니다" 정도로 표현하면서 감정을 절제한다는 점이다. 감정의 농도나 깊이를 말하지 않고 "뭐라 말할 수 없고 알 수 없는 것을 느꼈습니다"라거나, 장미꽃이 떨어진 것과 탁자 위의 물병, 샌들을 신은 소녀, 꽃 위에 앉은 풍뎅이를 객관적으로 기술한다는 것에서 화자의 감정은 평온하게 느껴진다. "뭐라 말할 수 없고 알 수 없는 것je ne sais quoi d'inexplicable"은 가을날 떠오르는 까닭 모를 슬픔을 암시하거나 하느님이 주관하는 세계의 신비로움을 생각하게 한다. 어떤 의미에서 이것은 인간의 유한성에 대한 자각을 뜻하는 것일 수 있다. 그러므로 장미꽃과 물병과 소녀와 풍뎅이를 바라보는 시인의 시선에서 유한한 삶을 자각한 인간이 세계에 존재하는 모든 것을 긍정하는 평화로운 마음의 반영을 볼 수 있다.

3연과 4연은 상상의 대화를 통해, 여자가 먼저 묻고, 남자가 대답하는 것으로 전개된다. 여자의 물음은 "이 모든 건초더미는 곧 시들어버리겠지요?"와 "우리의 입맞춤은 절대로 시들지 않겠지요?"이다. 첫번째 물음에 대한 남자의 대답은 "흔들거리는 건초" "당나귀의 발" "티티새의 노래" "입맞춤" 등 모든 것은 시들기 마련이라는 일반적 진실이다. 이 말을 듣고 초조해진 여자의 두번째 물음에 대해서 남자는 그러한 일반적 진실과는 달리, "우리의 입맞춤은 절대로 시들지 않"을 것이라고 여자를 안심시키는 대답을 한다.

세계의 만물이 변화하는 것처럼 사랑도 변화하기 마련이다. 그러나 이 시의 화자는 사랑이 변화하지 않을 것이라고 단언하듯이 말한다. 프랑시스 잠은 이렇게 대상을 화려하게 수식하지 않고, 꾸밈이 없는 단순한 어휘들로 삶의 진실을 노래한다. 그의 시적 특징을 단순성의 시학이라고 말할 수 있는 것은 그가 순진한 어린아이의 시선으로 세계와 삶의 풍경을 바라보기 때문이다.

또한 이 시의 2연에서 시인은 "살아오면서 줄곧 마음 깊은 곳에/뭐라 말할 수 없고 알 수 없는 것을 느꼈"다고 고백하듯이 말한다. 이것은 유한한 존재가 느끼는 무한한 것에 대한 그리움으로 해석할 수 있다. 본래 무의식적으로 기독교인의 성품을 지녔던 그는 30대 후반의 어느 날 시인 폴 클로델Paul Claudel의 도움과 보르도 대성당에서의 영적 체험을 통해 가톨릭 교인이 되었다. 그 후 그는 시와 신앙을 조화롭게 연결한 시인으로 지낸다.

식당

빛바랜 장롱이 하나 있습니다.
그건 대고모들의 목소리를 들었고,
할아버지의 목소리도 들었고,
아버지의 목소리도 들었지요.
장롱은 이런 추억을 충실히 간직합니다.
장롱이 말할 줄 모른다고 생각하면 잘못입니다.
나는 장롱과 이야기를 나누기 때문이지요.

나무로 만든 뻐꾹 시계도 있습니다.
그 시계가 왜 소리를 내지 않는지 모르겠어요.
그 시계에게 이유를 물어보고 싶지 않아요.
어쩌면 고장 났을지도 몰라요,
태엽에 감긴 그 목소리가
이젠 정말로 죽은 사람의 목소리처럼 되었어요.

오래된 찬장도 있습니다.
그 안에는 밀랍, 잼,
고기, 빵 그리고 익은 배 냄새가 나지요,
이건 어떤 물건도 훔쳐 가서는 안 된다는 것을

La salle à manger

Il y a une armoire à peine luisante
qui a entendu les voix de mes grand'tantes,
qui a entendu la voix de mon grand-père,
qui a entendu la voix de mon père.
À ces souvenirs l'armoire est fidèle.
On a tort de croire qu'elle ne sait que se taire,
car je cause avec elle.

Il y a aussi un coucou en bois.
Je ne sais pourquoi il n'a plus de voix.
Je ne peux pas le lui demander.
Peut-être bien qu'elle est cassée,
la voix qui était dans son ressort,
tout bonnement comme celle des morts.

Il y a aussi un vieux buffet
qui sent la cire, la confiture,
la viande, le pain et les poires mûres.
C'est un serviteur fidèle qui sait

아는 충직한 일꾼이지요.

우리 집에는 여자건 남자건 많은 손님이 다녀갔지요.
이들은 우리 집 가구에 영혼이 있다는 걸 믿지 않아요.
그래서 어떤 방문객이 집 안에 들어서면서
나 혼자만 살고 있다고 생각하며
"잠 씨, 어떻게 지내세요?"라고 물을 때 빙긋 웃지요.

qu'il ne doit rien nous voler.

Il est venu chez moi bien des hommes et des femmes
qui n'ont pas cru à ces petites âmes.
Et je souris que l'on me pense seul vivant
quand un visiteur me dit en entrant:
—comment allez-vous, monsieur Jammes?

「식당」이란 제목의 이 시에는 3개의 가구가 묘사된다. 그것들은 "빛바랜 장롱" "나무로 만든 뻐꾹 시계" "오래된 찬장"이다. 이 사물들의 공통점은 충실성과 정직성이다. 1연에서의 장롱은 "추억을 충실히fidèle 간직"하고, 2연에서의 뻐꾹 시계는 "이젠 정말로tout bonnement"라는 말처럼 정직하며, 3연에서의 찬장 역시 "충직한fidèle 일꾼"으로 묘사된다. 시인의 이러한 감정 표현에서 사물을 인간처럼 변함없는 우정의 대상으로 인격화하는 것을 알 수 있다.

프랑스에는 오래전에 지은 집이 많듯이, 오래된 가구도 많다. 그 가구들 중에는 삼대에 걸쳐 상속된 유물도 적지 않다. 이것들은 종종 시의 주제가 되기도 한다. 가령 랭보의 시,「찬장Buffet」의 끝 구절은 "오, 오랜 세월의 찬장이여, 너는 많은 역사를 알고 있으니, 네 이야기를 전하고 싶겠지, 그래서 너는 소리를 내는구나, 커다란 네 검은 문짝이 천천히 열릴 때면"으로 끝나면서 사물의 인간화를 보여준다. 랭보의 '찬장'이나 잠의 가구들은 단순한 일상적 물건이 아니라, 인간의 영혼에 동화된 내밀한 사물들이다. 바슐라르는『공간의 시학』에서 '장롱armoire'을 이렇게 서술한다.

말의 몽상가로서 '장롱'이라는 말에 울림을 느끼지 않는 사람이 있을까? 아르무아르armoire(장롱)는 프랑스어에서 장중하면서도 친숙한, 위대한 말이다. 이 얼마나 크고 아름다운 부피의 숨결이 느껴지는가! [……] 그리고 아름다운 말은 아름다운 사물과 상응한다. [……] 가구의 시인이라면 누구나—지붕 밑 방의 시인, 가구가 없는 시인일지라도— 오래된 장롱 속의 공간이 깊다는 것을 본능적으로 안다. 장롱 속의 공간은 내면성의 공간espace d'intimité, 누구에게나 열리지는 않는 공간이다.*

바슐라르는 장롱 속의 공간을 "내면성의 공간"이라고 말한다. '내면성'은 친밀성과 일치하는 말로서 사람들 사이의 상호 관계 속에서 의미를 갖는다. 가령 우정과 사랑의 친밀한 관계는 상대편의 내면성을 서로가 얼마나 깊이 알게 되는가로 측정될 수 있다. 사람과 사물의 관계도 마찬가지이다. 사물의 내면성을 아는 사람이 사물과 친구가 될 수 있는 것이다. 잠은 사물에 '영혼'이 있다는 것을 아는 사람이다. 이 시에서 시인은 친근하고 자연스럽게 웃으면서 자기의 사물-친구를 소개하는 듯하다. 그의 웃음이 따뜻하게 느껴진다.

---

* G. Bachelard, *La poétique de l'espace*, P. U. F., 1978, p. 83.

고통을 사랑하기 위한 기도

나에게는 나의 고통이 있습니다 난 그 이상 바라지 않겠어요.
고통은 나에게 충직하고 변함없는 존재입니다.
내 영혼이 마음의 밑바닥을 만신창이로 만드는 시간에도
고통은 한결같이 내 곁에 앉아 있었으니
어찌하여 고통을 원망하겠습니까?
오 고통이여, 난 그대를 존경하기에 이르렀어요.
그대가 절대로 떠나지 않으리라는 확신이 들었기에,
아! 난 알고 있지요 그대는 존재하기에 아름다운 것을,
그대는 가난하고 어두운 내 마음의 초라한 난롯가를
한 번도 떠난 적 없는 사람과 다름없어요.
오 고통이여, 그대는 지극히 사랑스러운 여인보다 좋아요.
내가 이 세상을 떠나는 날에도, 오 고통이여,
그대는 내 침대 시트 속에 누워 여전히
내 마음속에 비집고 들어오려 할 것이기에.

Prière pour aimer la douleur

Je n'ai que ma douleur et je ne veux plus qu'elle.
Elle m'a été, elle m'est encore fidèle.
Pourquoi lui en voudrais-je, puisqu'aux heures
où mon âme broyait le dessous de mon cœur,
elle se trouvait là assise à mon côté?
Ô douleur, j'ai fini, vois, par te respecter,
car je suis sûr que tu ne me quitteras jamais.
Ah! Je le reconnais: tu es belle à force d'être.
Tu es pareille à ceux qui jamais ne quittèrent
le triste coin de feu de mon cœur pauvre et noir.
Ô ma douleur, tu es mieux qu'une bien aimée:
car je sais que le jour où j'agoniserai,
tu sera là, couchée dans mes draps, ô douleur,
pour essayer de m'entrer encore dans le cœur.

이 시는 보들레르의 「명상」을 떠올리게 한다. 「명상」의 1~2행은 "오 나의 '고통'이여, 얌전히 좀더 조용히 있어다오. / 너는 '저녁'이 오기를 원했지, 그 저녁이 이제 내려오고 있네"이다. 여기서 '고통'은 소란스러운 아이이거나 사랑스러운 애인처럼 의인화된다. 보들레르의 「명상」과는 달리, 잠의 「고통을 사랑하기 위한 기도」에서는 '고통'이 아이나 애인 이상으로 다시 말해 "지극히 사랑스러운 여인보다 좋"은 동반자에 비유된다.

모두 14행으로 구성된 이 시는 세 단락으로 나눌 수 있다. 첫째는 "영혼이 마음의 밑바닥을 만신창이로 만드는 시간"(3행)에도 고통은 한결같이 충직하게 화자의 옆을 지켜주었다는(1~5행) 부분이고, 둘째는 "가난하고 어두운 내 마음의 초라한 난롯가를" 떠난 적이 없었다는(6~10행) 부분이다. 셋째는 "내가 이 세상을 떠나는 날", '나'의 옆에 누워서 심지어는 "내 마음속에 비집고 들어오려 할 것"을 확신하는(11~14행) 부분이다. 이 셋째 단락에서는 앞의 두 단락과는 다르게, 미래형의 동사와 돈호법으로 부르는 "오 고통이여"가 두 번 반복된다. 이것은 시간이 지날수록 화자의 '고통'에 대한 신뢰감이 깊어짐을 짐작게 한다.

『라루스 동의어 사전』에 의하면, peine(아픔, 비애)은 "행복을 방해하는 어떤 좋지 않은 일에 대해 느끼는 감정"이고, mal(악, 불행)은 "신체에 영향을 미칠 수도 있는 정신적 고통"이며, douleur(고통, 괴로움)는 인간이 애정의 대상이나 희망의 대상을 상실했을 때에 겪는 고통스러운 감정을 가리킨다. 이 비슷한 단어들 중에서 douleur가 인간에게 가장 괴로운 감정이라고 말할 수 있다. 그런데 시인은 이러한 고통을 거부하기는커녕, 그 고통을 마치 삶의 반려자처럼 받아들인다. 어쩌면 이것은 인간이 고통을 극복하는 가장 지혜로운 방법일지 모른다.

당나귀와 함께 천국에 가기 위한 기도

오 주여, 제가 당신 앞으로 가야 할 때는,
들판이 축제의 분위기에 젖어 빛으로 반짝이는
날이 되게 하소서. 이승에서도 늘 그랬듯이,
한낮에도 별이 총총한 천국으로 가는 길을
제 마음에 들게 선택하길 원합니다.
저는 지팡이 짚고 넓은 길을 따라
가겠습니다, 그리고 제 친구인 당나귀들에게
말하겠습니다. "나는 프랑시스 잠, 천국에 가는 길이지,
하느님 나라엔 지옥이 없기 때문이야."
저는 말하렵니다. "자, 가자, 푸른 하늘의 정다운 친구들아,
갑작스럽게 귀를 쫑긋거리면서 몸에 붙은 파리와
등에와 벌을 쫓는 가엾고 사랑스러운 동물들아."

제가 사랑하는 이 동물들에게 둘러싸여 주님 앞에
나타나게 해주소서. 이 친구들은 머리를 공손히
숙이고, 멈춰 설 때는 아주 얌전히 작은 두 발을
모아 당신께서 불쌍히 여기시는 동물들입니다.
저는 도착하겠습니다, 수많은 당나귀의 귀를 따라서
옆구리에 주렁주렁 바구니를 차고 가는 당나귀들과

Prière pour aller au paradis avec les ânes

Lorsqu'il faudra aller vers vous, ô mon Dieu, faites
que ce soit par un jour où la campagne en fête
poudroiera. Je désire, ainsi que je fis ici-bas,
choisir un chemin pour aller, comme il me plaira,
au Paradis, où sont en plein jour les étoiles.
Je prendrai mon bâton et sur la grande route
j'irai, et je dirai aux ânes, mes amis:
Je suis Francis Jammes et je vais au Paradis,
car il n'y a pas d'enfer au pays du Bon-Dieu.
Je leur dirai: Venez, doux amis du ciel bleu,
pauvres bêtes chéries qui, d'un brusque mouvement
d'oreilles,
chassez les mouches plates, les coups et les abeilles......

Que je vous apparaisse au milieu de ces bêtes
que j'aime tant parce qu'elles baissent la tête
doucement, et s'arrêtent en joignant leurs petits pieds
d'une façon bien douce et qui vous fait pitié.
J'arriverai suivi de leurs milliers d'oreilles,

곡예사들의 마차나 깃털 빗자루와 양철 실은
마차를 끌고 가는 당나귀들,
등에는 울퉁불퉁한 양철통을 싣고 가는 당나귀들과
가죽 포대같이 통통한 암컷을 데리고 발을 저는 당나귀들
푸르죽죽하고 진물이 배어 나오는 상처 주위로 동그랗게
원을 그리며 집요하게 달라붙는 파리 떼로 인해
짧은 바지를 입은 당나귀들을 따라서.
오 주여, 이 당나귀들과 함께 당신께 갈 수 있도록 해주셔서
천사들이 평화롭게 우리를 인도하게 해주소서,
웃음 짓는 처녀들의 살결처럼 매끄러운
버찌들이 살랑거리는 울창한 숲속 개울 쪽으로.
그리고 영혼들이 거주하는 그곳의 신성한
개울물 위로 몸을 숙이면, 영원한 사랑의
투명함에 저들의 겸손하고 온화한 가난을
비추어 볼 당나귀를 닮게 해주소서.

suivi de ceux qui portèrent aux flancs des corbeilles,

de ceux traînant des voitures de saltimbanques

ou des voitures de plumeaux et de fer-blanc,

de ceux qui ont au dos des bidons bossués,

des ânesses pleines comme des outres, aux pas cassés,

de ceux à qui l'on met de petits pantalons

à cause des plaies bleues et suintantes que font

les mouches entêtées qui s'y groupent en ronds.

Mon Dieu, faites qu'avec ces ânes je vous vienne.

Faites que dans la paix, des anges nous conduisent

vers des ruisseaux touffus où tremblent des cerises

lisses comme la chair qui rit des jeunes filles,

et faites que, penché dans ce séjour des âmes,

sur vos divines eaux, je sois pareil aux ânes

qui mireront leur humble et douce pauvreté

à la limpidité de l'amour éternel.

프랑시스 잠은 '비가elégie' 19편과 기도문 형식의 시 14편을 묶어 『앵초의 죽음Le deuil des primevères』(1901)이라는 제목으로 둘째 시집을 출간한다. 「당나귀와 함께 천국에 가기 위한 기도」는 이 기도문 시 중에 여덟째 시이다. 그는 평생을 피레네산맥 골짜기에 살면서 자연과 동물을 사랑하고, 순박한 시골 사람들과 함께 지내며 하느님을 찬송한 시인이다. 그는 동물 중에서 온순하고 순박하고 겸손한 당나귀를 제일 사랑했다. 그의 첫째 시집 『새벽 기도의 종소리부터 저녁 기도의 종소리까지De l'angélus de l'aube à l'angélus du soir』(1898)에는 「나는 온순한 당나귀가 좋아」라는 시가 실려 있다. 이 시집의 서문에서 시인은 "아이들에게 놀림을 받으며 머리를 숙인 채로 짐을 가득 싣고 가는 당나귀처럼" 겸손하게 시인의 길을 가겠다는 의지를 표명한다. 그리고 「나는 온순한 당나귀가 좋아」에서는 부지런히 일하고, 고통을 감내하며 "늘 생각에 잠겨 있는 당나귀"야말로 시인과 같은 존재임을 강조한다. 『상징 사전』에 의하면, "당나귀는 평화, 가난, 겸손, 인내, 용기"의 상징이다.

「당나귀와 함께 천국에 가기 위한 기도」는 두 부분으로 나눌 수 있다. 전반부는 시인이 천국에 갈 때 당나귀 친구들과 함께 가고 싶다는 희망을 나타내고, 후반부는 당나귀들의 고난을 상세히 묘사한다. 시인은 당나귀들이 묵묵히 고통을 견딤으로써 하느님의 은총을 가장 많이 받는 존재라고 생각한다. 이 시에서 당나귀는 인간이 본받아야 할 최고의 미덕을 지닌 상징적 동물로 부각된다.

빗방울 하나 마른 잎을 두드리네……

빗방울 하나 마른 잎을 두드리네,
느리게, 오랫동안 그리고 그건 언제나 같은
빗방울, 같은 장소에서 두드리네, 고집스럽게……

그대의 눈물 한 방울 나의 초라한 마음을 두드리네,
느리게, 오랫동안 그리고 똑같은 고통의
울림이 있네, 똑같은 장소에서, 시간처럼 끈질기게.

나뭇잎은 빗방울을 이기리라,
마음은 송곳처럼 파고드는 그대의 눈물을 이기리라,
나뭇잎 속과 마음속에는 빈자리가 있기 때문이지.

Une goutte de pluie frappe une feuille sèche......

Une goutte de pluie frappe une feuille sèche,
lentement, longuement, et c'est toujours la même
goutte, et au même endroit, qui frappe et s'y entête......

Une larme de toi frappe mon pauvre cœur,
lentement, longuement, et la même douleur
résonne, au même endroit, obstinée comme l'heure.

La feuille aura raison de la goutte de pluie.
Le cœur aura raison de ta larme qui vrille:
car sous la feuille et sous le cœur, il y a le vide.

이 시는 단순해 보이면서도 풍부한 시적 울림을 준다. 시인은 빗방울과 마른 잎의 관계를 "그대의 눈물 한 방울"과 "나의 초라한 마음"의 관계에 비유한다. 마른 잎이 빗방울을 원하듯이 "나의 초라한 마음"은 "그대의 눈물 한 방울"을 갖고 싶다는 것이다. 그런데 곧 떠오르는 의문은 다음과 같다. "빗방울"이 "마른 잎"을 두드리듯이, "그대의 눈물 한 방울"이 '내 마음'을 두드리면서 고통을 준다면 그 관계는 무엇일까? 또한 마음이 "송곳처럼 파고드는 그대의 눈물을" 이기기 위해 "빈자리"가 있어야 한다면, 그것은 무엇일까?

우선 '그대'와 '나'의 관계가 궁금해진다. '그대'와 '나'의 관계는 이제 막 사랑을 시작한 사이일까? 아니면 "느리게" "오랫동안" 사귄 관계일까? '그대'와 '나'가 연인들이라면, 왜 '이기고' '지는' 것을 문제시하는가? 또한 '빈자리'는 '나의 마음 속'에 본래부터 있었던 것일까? 아니면 "그대의 눈물 한 방울"이 '내 마음'을 처음 두드릴 때 생긴 것일까?

이 의문들을 풀기 위해서 이 시의 2연을 다시 읽어보자.

> 그대의 눈물 한 방울 나의 초라한 마음을 두드리네,
> 느리게, 오랫동안 그리고 똑같은 고통의

울림이 있네, 똑같은 장소에서, 시간처럼 끈질기게.

　여기서 '그리고'로 번역한 접속사는 시간적인 전후 관계를 나타내는 '그러자'로 번역할 수도 있고, 대립적인 뜻을 나타내는 '그런데'로 번역할 수도 있다. 또한 "시간처럼 끈질기게"는 '한결같이'로 해석할 수 있다. '눈물'은 '슬픔'이나 '고통'에 가깝다. "느리게, 오랫동안" 상대편의 슬픔에 "똑같은 고통"을 느끼는 감정은 서로의 마음속에 빈자리를 만들어 눈물을 채워주려는 배려와 같다. 이 시는 그러므로 사랑하는 사람들의 마음을 노래한 것이다.

폴 발레리

Paul Valéry
1871~1945

실 잣는 여인

아름다운 선율의 정원이 가볍게 흔들리는
푸른색 유리창 가에 앉아 실 잣는 여인,
오래된 물레의 코 고는 소리에 취하네.

창공을 들이마신 후, 가녀린 손가락 피해 가는
귀여운 머리카락 잣는 일에 지쳐서
여인은 꿈을 꾸고, 작은 머리는 수그러지네.

작은 관목과 맑은 공기가 깨끗한 샘물이 되어
햇빛에 매달려 감미로운 물로 적시네,
꽃잎이 떨어진, 한가로운 여인의 정원을.

떠돌이 바람이 앉아서 쉬는 나무줄기는
별빛의 우아함으로 몸을 굽혀 헛인사를 하지,
낡은 물레에 아름다운 장미를 바치면서.

하지만 잠자는 여인은 외로이 양털을 자으며,
가냘픈 그림자가, 잠들어 있는 긴 손가락을 따라
실을 뽑듯 남모르게 짜이네.

La fileuse

Assise, la fileuse au bleu de la croisée
Où le jardin mélodieux se dodeline;
Le rouet ancien qui ronfle l'a grisée.

Lasse, ayant bu l'azur, de filer la câline
Chevelure, à ses doigts si faibles évasives,
Elle songe, et sa tête petite s'incline.

Un arbuste et l'air pur font une source vive
Qui, suspendue au jour, délicieuse arrose
De ses pertes de fleurs le jardin de l'oisive.

Une tige, où le vent vagabond se repose,
Courbe le salut vain de sa grâce étoilée,
Dédiant magnifique, au vieux rouet, sa rose.

Mais la dormeuse file une laine isolée;
Mystérieusement l'ombre frêle se tresse
Au fil de ses doigts longs et qui dorment, filée.

꿈은 천사의 느린 동작처럼 끊임없이
온순하고 고지식한 방추에 감기고
머리카락은 쓰다듬는 손길에 따라 물결치는데……

그 많은 꽃 뒤로, 창공은 몸을 숨긴다,
잎이 우거진 가지와 빛에 둘러싸인 실 잣는 여인이여
초록빛 하늘이 온통 죽어가네. 마지막 나무가 타오르네.

한 성녀가 미소 짓는 듯한 커다란 장미, 그대의 누이는
순결한 숨결의 바람으로 그대의 넓은 이마를 향기롭게 하네
그대는 나른한 느낌이 들어…… 그대는 의식을 잃은 듯,

그대가 양털을 잣던 그 푸른색 유리창 가에서.

Le songe se dévide avec une paresse

Angélique, et sans cesse, au doux fuseau crédule,

La chevelure ondule au gré de la caresse......

Derrière tant de fleurs, l'azur se dissimule,

Fileuse de feuillage et de lumière ceinte:

Tout le ciel vert se meurt. Le dernier arbre brûle.

Ta sœur, la grande rose où sourit une sainte,

Parfume ton front vague au vent de son haleine

Innocente, et tu crois languir...... Tu es éteinte

Au bleu de la croisée où tu filais la laine.

모두 25행으로 구성된 이 시는 창가에 앉아서 "실 잣는 여인"의 모습을 그린다. 창밖의 정원에는 장미꽃과 함께 많은 꽃과 나무가 있다. "실 잣는 여인"은 단조로운 일에 지치고, "오래된 물레의 코 고는 소리"에 취한다(1연). 창문은 반쯤 열려 있는 것 같다. 열린 창문으로 바람이 들어오니까, 그녀는 "창공을 들이마"셨을 것이다. 1행에서 선율이 아름다운 정원이 "가볍게 흔들리는" 모양도 바람이 부는 것을 느끼게 한다. 이제 여인의 "작은 머리는 수그러지"면서 졸음을 이기지 못하는 모습이다. 그녀는 잠자면서도 습관적으로 양털을 잣는다(5연). 이 부분에서 주목할 수 있는 것은 "가냘픈 그림자가, 잠들어 있는 긴 손가락을 따라／실을 뽑듯 남모르게 짜이네"라는 구절이다. "긴 손가락"이 '잠들어 있다'는 표현도 독특하지만, '짜인다'는 것이 양털과 관련된 것인지, 꿈과 같은 뜻을 갖는 환영(＝그림자)과 같은 것인지 알 수 없게끔 모호하게 표현되어 있다.

7연에서 "그 많은 꽃 뒤로, 창공은 몸을 숨긴다" "초록빛 하늘이 온통 죽어"간다는 것은 어느새 해가 저무는 시간이 되었다는 것을 암시한다. 또한 "마지막 나무가 타오르네"는 황혼에 비친 나무 모양을 나타낸다. 8연에서 "성녀"는 장미에서 연상된 이미지이다. 이것은 "실 잣는 여인"을 "그대의 누이"라고 부를 수 있는 근거가 된다. 결국 장미와 "실 잣는 여인"은 "순결한 숨결의 바람"인 향기와 결합하여, 그녀는 완전히 '성녀'처럼 잠이 든다. 그것은 마치 성녀의 순결한 죽음처럼 묘사된다. "그대는 의식을 잃은 듯"으로 번역한 것은, 마지막 불씨마저 꺼진 듯 쓰러진 상태를 뜻하기 때문이다.

띠

뺨의 색깔 하늘이 마침내
내 눈이 자기를 좋아하게 내버려둘 때
금빛으로 죽으려 하는 시간이
장미 속에서 놀고 있을 때

이러한 그림에 사로잡혀
기뻐서 말 못 하는 사람 앞에
황혼이 막 붙잡으려는 찰나에
환영幻影은 허리띠를 풀고 춤춘다.

띠는 방랑자가 되어
바람의 숨결 속에서
나의 침묵과 이 세계와의
최고의 관계를 전율하게 만든다……

부재하다가 현존하는…… 나는 혼자다,
어두컴컴한, 오 그윽한 수의壽衣여.

La ceinture

Quand le ciel couleur d'une joue
Laisse enfin les yeux le chérir
Et qu'au point doré de périr
Dans les roses le temps se joue,

Devant le muet de plaisir
Qu'enchaîne une telle peinture,
Dans une Ombre à libre ceinture,
Que le temps est près de saisir.

Cette ceinture vagabonde
Fait dans le souffle aérien
Frémir le suprême lien
De mon silence avec ce monde......

Absent, présent...... Je suis bien seul,
Et sombre, ô suave linceul.

이 시를 읽으면, 저녁노을의 아름다운 하늘을 바라보고 감탄하는 시인의 모습이 떠오른다. 시인에게 황혼의 하늘은 붉은 뺨의 색깔이다. 그 하늘은 자기의 아름다움을 경탄하며 바라보는 시인의 시선을 관대히 받아들인다는 뜻에서 "자기를 좋아하게 내버려"둔다고 표현된다. 프랑스어에서 '좋아한다'는 뜻의 동사는 aimer, chérir, adorer 등이다. 『라루스 동의어 사전』에 의하면, aimer는 사람이나 사물을 좋아한다는 뜻으로 다양하게 사용되고, chérir는 대상에게 각별한 애정을 갖고 사랑한다는 의미를 갖는다. 또한 adorer는 대상을 정열적으로 사랑한다는 의미로 쓰인다. 이런 점에서 시인이 저녁노을에 대한 감정을 chérir로 표현한 의도가 짐작된다. 그 저녁노을이 "금빛으로 죽으려 하는 시간"(3행)으로 변형되어 "장미 속에서 놀고 있"다는 것은 '하늘'이 '시간'으로 변형되었을 뿐 아니라 의인화되었음을 보여준다. 황혼의 풍경은 아름다운 "그림"(5행)이다. 그 "그림에 사로잡혀/기뻐서 말 못 하는 사람"은 시인이다. 그 시인 앞에 실체 없는 환영幻影이 떠오른다. 이 시 2연에서 그것은 "허리띠를 풀고 춤춘다"고 한다면, 3연에서도 그 '환영'이 주어로 등장해야 할 텐데 풀려 나간 '허리띠'가 주어인 것이 특이하다. 물론 구름의 형체는 시시각각 변화하는 것이므로, '환영'은 어느새 사라지고 '띠'가 춤추는 것처럼 보이는 것은 당연하다. 그것은 하늘에 떠 있는 '띠' 모양의 구름이라고 말할 수 있다.

이 시의 1연과 2연이 황혼의 하늘과 구름에 대한 묘사라면, 3연과 4연은 "나의 침묵" "세계" "최고의 관계" '전율하다' "부재" "현존" "수의" 등 말라르메의 상징주의 시에 빈번히 등장하는 어휘들을 보여준다. 여기서 '나의 침묵'은 '나'와 '세계'의 황홀한 일체감을 암시한다. 그리고 그러한 일체감을 갖게 한 것은 방랑자처럼 떠도는 허리띠의 구름들이다. 이러한 일체감에서 '나'는 부재하는 존재일 수 있다. 하늘과 같은 절대적 존재와의 일체감은 어디까지나 순간적이고, 환상일 뿐이다. 그것에서 깨어나면 '나'는 현존하는 존재로서 "혼자"인 자아를 의식하게 된다.

　　　어두컴컴한, 오 그윽한 수의壽衣여.

이 시의 마지막 행은 저녁노을의 하늘이 어느새 어두운 하늘이 되어 '수의'를 덮은 것처럼 보였다는 것이다. 하늘의 죽음은 결국 유한한 존재로서 인간이 죽을 수밖에 없음을 깨닫게 하는 듯하다.

발걸음

나의 침묵에서 태어난 너의 발걸음은
경건하게, 천천히 이동하여
나의 주의력이 깃든 침상을 향해
말없이 냉정히 다가온다.

순수한 사람, 신성한 그림자여,
너의 조심스러운 발걸음은 얼마나 감미로운가!
신들이여!…… 내가 짐작하는 선물은 모두
이렇게 맨발에 실려 내게로 오는 것인가요!

만일 네가 입술을 내밀고
내 생각 속에 있는 거주자의
마음을 달래려고
입맞춤의 양식을 준비하더라도,

그처럼 다정한 행동을 서두르지 말기를,
존재하면서 또한 존재하지 않는 즐거움이여,
나는 줄곧 당신을 기다리며 살아왔고,
내 마음은 바로 당신의 발걸음이었으니까.

Les pas

Tes pas, enfants de mon silence,
Saintement, lentement placés,
Vers le lit de ma vigilance
Procèdent muets et glacés.

Personne pure, ombre divine,
Qu'ils sont doux, tes pas retenus!
Dieux!...... tous les dons que je devine
Viennent à moi sur ces pieds nus!

Si, de tes lèvres avancées,
Tu prépares pour l'apaiser,
À l'habitant de mes pensées
La nourriture d'un baiser,

Ne hâte pas cet acte tendre,
Douceur d'être et de n'être pas,
Car j'ai vécu de vous attendre,
Et mon cœur n'était que vos pas.

이 시의 제목인 "발걸음"은 기다림을 상징하는 것으로서 두 가지 해석이 가능하다. 하나는 사랑하는 여인이 자기에게 가까이 오기를 혹은 돌아오기를 기다리는 것이고, 다른 하나는 시인에게 시의 여신, 뮤즈가 영감으로 떠오르기를 기다리는 것이다. 발걸음의 주체가 사랑하는 여인이건 시적 영감이건, 그것은 객관적으로 존재하지 않고 시인의 마음속에 주관적으로 존재한다. 첫 행의 "나의 침묵에서 태어난 너의 발걸음"은 발걸음이 '나의 침묵', 즉 명상의 소산임을 말해준다. 그것은 "경건하게, 천천히" "말없이 냉정히" 다가온다. 그것은 서두르는 동작을 취하지 않는다. 6행에서 "너의 조심스러운 발걸음은 얼마나 감미로운가!"는 성급히 욕망을 충족하려 하지 않고, 천천히 혹은 느리게 대상이 다가오는 것을 즐기고 기다리는 마음을 나타낸다.

이 시는 두 부분으로 나눌 수 있다. 첫째는 1연과 2연에서 알 수 있듯이, "발걸음"이 천천히 다가오는 것을 즐기는 화자의 행복감을 묘사한 부분이다. 여기서 화자는 이러한 행복감을 '신의 선물'처럼 생각한다. 둘째는 3연과 4연에서처럼, 사랑하는 여인이 나타나 "입맞춤"을 하려고 해도, 그녀가 성급히 행동하지 않기를 바라는 부분이다. 이 시의 화자는 욕망의 대상을 소유하기보다, 대상에 대한 기다림에 더 큰 의미를 부여한다. 또한 그 대상을 '너'라고 부르지 않고 '당신'이라고 부르는 것은 그의 존재에 중요성을 부여하고 대상을 존중하기 때문이다.

잠자는 숲에서

공주는 순수한 장미의 궁전에서,
속삭임들 속에서, 움직이는 그늘 아래에서 잠자고,
길 잃은 새들이 금반지를 깨물 때,
어렴풋한 산홋빛 말을 중얼거린다.

공주는 듣지 않는다. 떨어지는 물방울 소리도,
텅 빈 한 세기 동안 멀리서 보물이 울리는 소리도,
피리 소리 섞인 바람이 아득한 숲 위에서
뿔피리의 한 가락 웅얼거림을 찢는 소리도.

메아리는 길게 퍼져, 디아나가 계속 잠들게 하라,
몸을 좌우로 흔들면서, 그대의 감은 두 눈을 두드리는
유연한 덩굴장미를 닮은, 오, 변함없는 그 모습으로.

그대의 뺨에 그토록 가깝고, 그토록 느린 장미 송이도
자기의 몸 위에 앉는 햇살에서 은밀히 느끼는
이 주름진 감미로운 기쁨을 흩뜨려 떨구지는 않겠지.

Au bois dormant

La princesse, dans un palais de rose pure,
Sous les murmures, sous la mobile ombre dort,
Et de corail ébauche une parole obscure
Quand les oiseaux perdus mordent ses bagues d'or.

Elle n'écoute ni les gouttes, dans leurs chutes,
Tinter d'un siècle vide au lointain le trésor,
Ni, sur la forêt vague, un vent fondu de flûtes
Déchirer la rumeur d'une phrase de cor.

Laisse, longue, l'écho rendormir la diane,
Ô toujours plus égale à la molle liane
Qui se balance et bat tes yeux ensevelis.

Si proche de ta joue et si lente la rose
Ne va pas dissiper ce délice de plis
Secrètement sensible au rayon qui s'y pose.

「잠자는 숲에서」는 서양의 전래 동화 『잠자는 숲속의 미녀』를 연상케 한다. 실제로 발레리는 이 동화의 주인공인 잠자는 공주에서 시적 영감을 얻었다고 한다.

옛날 한 왕국에 공주가 태어났다. 왕과 왕비는 공주의 탄생을 축하하기 위해 성대한 잔치를 연다. 그들은 이 잔치에 친척과 친구뿐 아니라 요정들까지도 초대했는데, 초대받지 못한 요정이 있었다. 그 요정은 자신이 초대받지 못한 것에 앙심을 품고, 그 자리에 나타나 공주가 커서 열다섯 살이 될 때 물레 바늘에 찔려 죽을 것이라는 저주를 퍼붓는다. 그러나 다른 요정이 공주는 완전히 죽지 않고 백 년 동안 잠에 빠진다고 그 저주를 완화한다. 드디어 공주가 열다섯 살 되던 생일날, 탑 꼭대기 방에서 생전 처음 보는 물레를 만져보다가 바늘에 찔려 깊은 잠에 빠진다는 것이다.

발레리는, 기이한 운명의 주인공인 공주를 시적 주제로 삼은 이 시에서, 그녀의 아름다운 모습을 상징주의 시학의 표현법으로 그린다. 베를렌의 「시학」에서처럼, "보다 모호하고 어렴풋이 퍼져가도록" 하는 부드럽고 경쾌한 묘사를 통해, 시인은 잠자는 공주와 주변에 피어 있는 장미꽃과 숲의 풍경을 조화롭게 연결한다. 1연에서 주목되는 것은, 새들이 지저귀고,

무성한 나무들이 "움직이는 그늘"을 만든 아늑한 분위기에서 "길 잃은 새들이 금반지를 깨물 때" 공주는 "어렴풋한 산홋빛 말을 중얼거린다"는 구절이다. 시인은 새들이 공주의 손 위에 앉아서 그녀의 손가락에 끼워진 반지에 모이를 쪼듯이 주둥이를 대는 것을 보고, 금반지를 깨문다고 묘사한 것이다. 또한 "어렴풋한 산홋빛 말을 중얼거린다"로 번역한 구절에서, ébaucher라는 동사는 작품이건 행동이건 그것을 분명하고 완전한 형태가 아니라 초벌 손질을 한 상태로 모호하게 표현한다는 뜻에서, 이것 역시 상징주의 시학에 어울린다.

2연에서 화자는 공주가 듣지 못하는 것을 "떨어지는 물방울 소리" "멀리서 보물이 울리는 소리" "바람이 〔……〕 찢는 소리"로 열거함으로써, 어떤 소리도 듣지 못하는 공주의 죽음과 다름없는 삶을 표현한다. 이 소리들 중에서 "멀리서 보물이 울리는 소리"는 괘종시계의 종이 울리는 소리로 해석할 수 있다. 괘종시계가 '보물'일 수도 있고, 시간이 '보물'일 수도 있기 때문이다. 3연의 "유연한 덩굴장미를 닮은"이라는 구절에서 '덩굴장미'로 번역한 liane은 덩굴식물을 뜻한다. 또한 화자는 공주를 디아나 여신에 비유함으로써 4연에서처럼 그녀의 아름다움을 햇살에 밝게 빛나는 장미꽃 모양으로 형상화한다.

플라타너스에게

키 큰 플라타너스야, 너는 몸을 숙인 채 스키티아 청년처럼
　　　　　　하얀 알몸 드러내지만,
너의 순진성은 유린되고, 너의 발은 묶여 있지,
　　　　　　토착 세력에 붙잡혀 있으므로.

살랑거리는 나무 그늘, 그 안에서 너를 점령한
　　　　　　하늘은 안심하고 있겠지.
검은 모성의 땅은 자기에게서 태어난 순수한 발을
　　　　　　진흙에 억누르겠지.

바람은 방랑벽 있는 너의 이마를 원하지 않고,
　　　　　　부드럽고 어두운 땅은,
오 플라타너스야, 네 그림자가 한 걸음도
　　　　　　경탄하며 움직이게 하지 않는구나!

그 이마는 수액으로 고양되는 빛나는
　　　　　　높이에서만 보일 수 있겠지,
순백의 나무야, 너는 더 클 수는 있지만,
　　　　　　영원한 정지의 매듭을 끊지는 못하겠지!

Au platane

Tu penches, grand Platane, et te proposes nu,
Blanc comme un jeune Scythe,
Mais ta candeur est prise, et ton pied retenu
Par la force du site.

Ombre retentissante en qui le même azur
Qui t'emporte, s'apaise,
La noire mère astreint ce pied natal et pur
A qui la fange pèse.

De ton front voyageur les vents ne veulent pas;
La terre tendre et sombre,
Ô Platane, jamais ne laissera d'un pas
S'émerveiller ton ombre!

Ce front n'aura d'accès qu'aux degrés lumineux
Où la sève l'exalte;
Tu peux grandir, candeur, mais non rompre les nœuds
De l'élernelle halte!

네 주변에 오래된 히드라에 의해
            다른 생명체들과 연결되어 있음을 예감해보렴,
소나무에서 미루나무, 털가시나무에서 단풍나무까지,
            네 동족들은 얼마나 많은지,

죽은 자들에게 붙잡혀, 너의 발은 혼란의
            잿더미 속에 헝클어져 있을 때,
그 나무들은 느끼겠지, 꽃들이 피해 가며, 날개 달린 정액들이
            가볍게 흘러내려가는 것을.

순진한 사시나무도, 소사나무도, 젊은 여인
            네 사람의 모습을 한 너도밤나무도,
쓸모없는 노를 가지고 영원히 닫힌 하늘을
            끊임없이 휘저어가면서.

그들은 떨어져 살면서 이별의 운명으로
            당황해하며 눈물 흘리지,
그들의 은빛 팔다리는 즐거운 탄생에서도
            부질없이 찢어져버렸는데.

저녁나절 그들이 내뿜는 영혼이 느리게

Pressens autour de toi d'autres vivants liés

Par l'hydre vénérable;

Tes pareils sont nombreux, des pins aux peupliers,

De l'yeuse à l'érable,

Qui, par les morts saisis, les pieds échevelés

Dans la confuse cendre,

Sentent les fuir les fleurs, et leurs spermes ailés

Le cours léger descendre.

Le tremble pur, le charme, et ce hêtre formé

De quatre jeunes femmes,

Ne cessent point de battre un ciel toujours fermé,

Vêtus en vain de rames.

Ils vivent séparés, ils pleurent confondus

Dans une seule absence,

Et leurs membres d'argent sont vainement fendus

A leur douce naissance.

Quand l'âme lentement qu'ils expirent le soir

아프로디테 여신을 향해 올라갈 때,
순결한 영혼은 그늘 속에 조용히 앉아 있겠지,
부끄러움에 화끈 달아오른 표정으로.

그 영혼은 기습을 당하여 창백한 표정이지만,
기분 좋은 예감으로
눈앞에 보이는 어떤 육체가 젊은 얼굴로
미래를 지향한다는 느낌을 갖겠지……

그러나 너, 동물의 팔보다 더 순수한 팔들을
금빛 속에 담가놓고 있는 너,
잠이 꿈으로 변화하는 악의 환영을
햇빛 속에서 만들어놓는 너,

높고 풍성한 나뭇잎들이여, 강렬한 욕망이여,
거센 북풍이 금빛의 절정에서
너의 하프 연주로 젊은 겨울 하늘을
울리게 할 때, 플라타너스야,

신음 소리로 울부짖으렴!…… 오 나무의 유연한 몸이여,
몸을 꼬았다 풀었다 하며
꺾이지 않을 만큼 탄식의 소리를 내고, 바람이 수선스럽게

Vers l'Aphrodite monte,
La vierge doit dans l'ombre, en silence, s'asseoir,
Toute chaude de honte.

Elle se sent surprendre, et pâle, appartenir
A ce tendre présage
Qu'une présente chair tourne vers l'avenir
Par un jeune visage......

Mais toi, de bras plus purs que les bras animaux,
Toi qui dans l'or les plonges,
Toi qui formes au jour le fantôme des maux
Que le sommeil fait songes,

Haute profusion de feuilles, trouble fier
Quand l'âpre tramontane
Sonne, au comble de l'or, l'azur du jeune hiver
Sur tes harpes, Platane,

Ose gémir!...... Il faut, ô souple chair du bois,
Te tordre, te détordre,
Te plaindre sans te rompre, et rendre aux vents la voix

듣고 싶어 하는 목소리를 들려줘야지!

자신을 채찍질하렴!…… 스스로 제 살을 벗기는
　　　　성급한 순교자처럼
떠날 힘이 없는 불꽃과 경쟁해보렴,
　　　　본래의 횃불로 과연 돌아갈 수 있는지를!

태어날 새들에게 찬양의 노래 솟아오르도록,
　　　　그리고 영혼의 순수함이
불꽃의 꿈을 꾸는 줄기의 잎들에게
　　　　희망의 설렘을 줄 수 있도록,

나는 너를 선택했지, 공원의 유력 인사인
　　　　너의 흔들림에 취했으므로,
오 아치형의 키 큰 나무여, 그건 하늘이 너를 시험하고
　　　　너의 언어로 표현하라고 다그치기 때문이지!

오, 숲의 요정들과 사랑싸움으로 경쟁하는
　　　　시인만이 오직
페가수스의 야심 찬 엉덩이 어루만지듯
　　　　네 매끄러운 몸을 어루만질 수 있다면!

Qu'ils cherchent en désordre!

Flagelle-toi!...... Parais l'impatient martyr
Qui soi-même s'écorche,
Et dispute à la flamme impuissante à partir
Ses retours vers la torche!

Afin que l'hymne monte aux oiseaux qui naîtront,
Et que le pur de l'âme
Fasse frémir d'espoir les feuillages d'un tronc
Qui rêve de la flamme,

Je t'ai choisi, puissant personnage d'un parc,
Ivre de ton tangage,
Puisque le ciel t'exerce, et te presse, ô grand arc,
De lui rendre un langage!

Ô qu'amoureusement des Dryades rival,
Le seul poète puisse
Flatter ton corps poli comme il fait du Cheval
L'ambitieuse cuisse!......

—아니다, 나무가 말하네, 폭풍이
　　　　　　풀 한 포기 다루듯, 가차 없이
흔들어대도 그 웅장한 머리의 눈부신 빛으로
　　　　　　나무는 '아니다'라고 말하네!

—Non, dit l'arbre. Il dit: Non! par l'étincellement

De sa tête superbe,

Que la tempête traite universellement

Comme elle fait une herbe!

나무는 발레리의 중요한 시적 주제들 중 하나이다. 발레리의 나무 예찬은 친구인 앙드레 지드에게 보낸 편지에 잘 나타나 있다. "나무에 대한 생각에 빠져 있다가 그만 자네를 잊고 있었네. 나는 플라타너스와 자작나무 같은 나무들을 보면 저절로 감탄하게 된다네. 얼마 전에 깨달은 사실이지만, 나무는 언제 보아도 싫증이 느껴지지 않는다오." "그러니까 아름다운 나무는 기쁨을 주고, 함께 있으면 행복감이 느껴지네."* 발레리에게 나무는 이렇게 마음의 평화와 행복의 기쁨을 제공할 뿐 아니라, 그의 상상력을 풍부하게 만들고, 역동적으로 살아 있게 하는 시적 자원이다.

「플라타너스에게」는 지중해 지역에 많이 있는 이 거대한 나무에 대한 시인의 철학적 명상을 담은 시라고 할 수 있다. 이 시에서 보이듯이, 아름다우면서도 장엄한 느낌을 주는 나무에 대한 노래에 추상적인 표현이 거의 없다는 것은 특기할 만하다. 1연에서 10연까지 나무는 살아 있는 생명체이면서도 땅에 묶여 있어서 이동하지 못하는 존재로 묘사되고, 11연에서 18연까지는 이러한 운명적 한계에도 불구하고 성장의 의지와

* P. Laurette, *Le thème de l'arbre chez Paul Valéry*, Librairie C. Klincksieck, 1967, p. 32.

사랑의 열정을 포기하지 않는 존재로 표현된다. 시인은 나무의 강인함과 존엄성을 통해 육체의 한계에 묶여 있으면서도 그 한계를 초월하려는 인간의 정신과 자유의 본질을 성찰하는 것이다.

1연에서 "키 큰 플라타너스야, 너는 몸을 숙인 채 스키티아 청년처럼/하얀 알몸 드러"낸다는 구절은 거대한 나무의 당당함과 겸손함을 동시에 보여주면서, 하얗고 매끄러운 나무의 몸체를 스키티아 청년의 하얀 피부와 건장한 모습에 비유한다. 또한 3행에서 "너의 순진성"이라는 말을 사용한 것은 candeur라는 단어가 '하얀색'과 '순진성'의 의미를 동시에 암시해주기 때문이다. 2연에서 "살랑거리는 나무 그늘ombre retentissante"은 나뭇잎이 바람에 흔들려 소리 나는 모양을 나타내고, "너를 점령한/하늘은 안심하고 있겠지"는 움직이지 못하는 나무에게 보이는 하늘은 무심하다는 표현이다. 여기서 '하늘'로 번역한 원문의 단어는 ciel이 아니라 azur이다. 말라르메의 시적 용어라고 말할 수 있는 azur는 푸른 빛깔이 강조되는 '창공'으로 번역하는 것이 더 정확할지 모른다. 그러나 이 시에서 이 단어를 '하늘'로 번역한 까닭은, 이것이 맑고 푸른 하늘을 연상케 할 뿐 아니라, 그다음 행에 나오는 땅과 대비되기 때문이다. "검은 모성의 땅"은 그리스 신화에 나오는 대지의 여신을 가리킨다. 2연과 3연에서 보이듯이, 나무는 땅에 포획되어 있지만, 나무의 "이마"는 자신의 운명적 구속과는 상관없이 떠남의 "방랑벽"을 갖는 것으로 이해할 수 있다. 5연에서의 "히드라"는 나무뿌리를 적셔주는 습기 찬 땅이거나, 땅속에 퍼져 있는 물기를 뜻한다. 여기서 시인의 명상은 나무뿌리와 물의 관계를 통해 삶과 죽음의 영원한 순환을 주제로 전개된다. 7연에서 나뭇가지를 "노"라고 말한 것은, 하늘을 강처럼 상상하고 나무를 배처럼 생각할 때, 나뭇가지의 형태가 배의 '노'처럼 보였기 때문이다. 또한 8연에서 나무들이 "이별의 운명으로/당황해"한다는 것은 "단 한 번의 부재로dans une seule absence 당황해한다"는 원문을 의역한 것이다. 원문을 직역할 경우, 한 나무가 다른 나무를 사랑해서 한 몸이 되고 싶더라도 결코 합칠 수 없는 나무의 운명이 제대로 전달될 수 없기 때문이다. "그러나 너"로 시작하는 11연에서부터 시인의 어조는 달라진다. 이러한 어조의 변화는 「해변의 묘지」의 끝부분에서 "바람이 인다!…… 어쨌든 살아야 한다!"의 전환과 비슷하다. 기원문이나 격려하는 뜻의 '유도술exhortation' 문장이 연속된다. 13연과 14연에서 "신음 소리로 울부짖으렴"과 "자신을 채찍질하렴"은 시인이 겨울의 문턱에서 인내와 투쟁의 정신으로 나무를 괴롭히는 적대 세력에 대항해 싸워야 한다는 것을 강조하는 명령문이다. 15연에서는 이처럼 격렬한 어조가 부드럽게 완화되어 차분한 명상의 단계로 돌아간 듯하다. 16연에서 "나는 너를 선택했"다는 것은 나무와 시인의 동일시를 의미한다. 이러한 일체감은 15연의 "태

어날 새들에게 찬양의 노래 솟아오르도록" 하고, "줄기의 잎
들에게/희망의 설렘을 줄 수 있도록" 해야 한다는 구절에서
표명된 것처럼, 나무의 희망과 시인의 노래는 일치되는 것이
기도 하다.

　이 시의 결론이라고 할 수 있는 마지막 연에서 나무가 말하
는 "아니다"라는 부정은 「해변의 묘지」 후반부에서 "아니다,
아니다!…… 일어서라!"와 같다. 이러한 나무의 '부정'은 시
인의 '부정'이기도 하다. 여기서 위대한 정신은 동의하지 않
고 부정하는 정신이라는 발레리의 철학이 연상된다. 결국 시
인은 플라타너스와의 동일시를 통해 육체에 묶여 있는 영혼의
자유와 이상의 세계에 대한 열망을 나타내는 한편, 어떤 장애
에도 이상을 포기하지 않는 강인한 의지를 노래한다. 이 시를
전체적으로 본다면, 나무에 대한 시인의 명상은 '바라본다 →
숙고한다 → 느낀다 → 체험한다 → 분석한다 → 거부한다'는
흐름으로 전개되었다고 말할 수 있다.

해변의 묘지

내 영혼이여, 영생을 바라지 말고

가능성의 세계를 천착하라

핀다로스, 「아폴로 축제경기 축가」, III

비둘기들 거니는 저 조용한 지붕은 소나무들 사이,

무덤들 사이에서 꿈틀거리고,

올바른 자 정오는 거기서 불꽃들로

바다를 구성한다, 언제나 다시 시작하는 바다를!

오, 신들의 정적에 오랜 눈길 보낸

명상 후에 얻은 보상이여!

날카로운 섬광의 그 어떤 순수한 작업이

물거품의 수많은 미세한 금강석을 소진하고

그 어떤 평화가 잉태되는 것처럼 보이는가!

태양이 심연 위에서 휴식을 취할 때

영원한 원인의 순수한 작품들로서

시간은 반짝이고, 꿈은 앎이다.

Le cimetière marin

Μή, φίλα ψυχά, βίον ἀθάνατον σπεῦδε,

τὰν δ' ἔμπρακτον ἄντλει μαχανάν.

Pindare, *Pythiques*, III

Ce toit tranquille, où marchent des colombes,
Entre les pins palpite, entre les tombes;
Midi le juste y compose de feux
La mer, la mer, toujours recommencée!
O récompense après une pensée
Qu'un long regard sur le calme des dieux!

Quel pur travail de fins éclairs consume
Maint diamant d'imperceptible écume,
Et quelle paix semble se concevoir!
Quand sur l'abîme un soleil se repose,
Ouvrages purs d'une éternelle cause,
Le temps scintille et le songe est savoir.

안정성 있는 보물, 미네르바의 소박한 신전
정적의 총체, 가시적 비축물,
거만한 물결, 불꽃 너울 속에
그 많은 잠을 간직한 눈이여,
오, 나의 침묵이여!…… 영혼의 건축물
그러나 수많은 기왓장의 황금빛 절정, 지붕이여!

단 한 번의 한숨으로 요약되는, 시간의 신전,
이 순수한 지점에 나는 올라가 익숙해지노라,
바다를 바라보는 나의 시선에 둘러싸여서
그리고 신들에게 바치는 최상의 봉헌물처럼
고요한 반짝거림은 고지 위에
극단의 경멸을 뿌린다.

과일이 쾌락으로 녹아가듯이,
과일이 제 모습 죽어가는 입속에서
없어짐을 즐거움으로 변화시키듯이,
나는 여기서 미래의 내 연기를 들이마시고
하늘은 웅성거리는 해변의 변화를
소진된 영혼에게 노래한다.

아름다운 하늘이여, 진정한 하늘이여, 변하는 나를 보라!

Stable trésor, temple simple à Minerve,

Masse de calme et visible réserve,

Eau sourcilleuse, Œil qui gardes en toi

Tant de sommeil sous un voile de flamme,

Ô mon silence!...... Édifice dans l'âme,

Mais comble d'or aux mille tuiles, Toit!

Temple du temps, qu'un seul soupir résume,

À ce point pur je monte et m'accoutume,

Tout entouré de mon regard marin;

Et comme aux dieux mon offrande suprême,

La scintillation sereine sème

Sur l'altitude un dédain souverain.

Comme le fruit se fond en jouissance,

Comme en délice il change son absence

Dans une bouche où sa forme se meurt,

Je hume ici ma future fumée,

Et le ciel chante à l'âme consumée

Le changement des rives en rumeurs.

Beau ciel, vrai ciel, regarde-moi qui change!

그 많은 자만 끝에, 그 많은 기이하면서도
힘이 충만한 무위 끝에,
빛나는 공간에 나는 몸을 내맡기고
내 그림자는 죽은 자들의 집들 위를 지나가며
그 허약한 움직임에 나를 길들이노라.

하지점의 횃불에 노출된 영혼,
나는 너를 지켜본다, 가차 없는 화살들이 담긴
빛의 놀라운 정의여!
나는 너를 순수한 본래의 자리로 돌려놓는다
네 모습을 보아라!…… 그러나 빛을 돌려주면
그림자의 어두운 반쪽도 따르는 법이지.

오 나만을 위해, 오직 나에게 나 자신 속에서,
마음 곁에서, 시의 원천에서,
공백과 순수의 결과 사이에서,
나는 기다린다, 내 안에 있는 위대함의 메아리를,
영혼 속에서 언제나 미래인 공백의 울림을 자아내는
어둡고 소리 잘 나는 저수탱크를!

너는 아는가 잎들에 갇힌 듯한 가짜 포로,
빈약한 철책을 갉아 먹는 물굽이,

Après tant d'orgueil, après tant d'étrange
Oisiveté, mais pleine de pouvoir,
Je m'abandonne à ce brillant espace,
Sur les maisons des morts mon ombre passe
Qui m'apprivoise à son frêle mouvoir.

L'âme exposée aux torches du solstice,
Je te soutiens, admirable justice
De la lumière aux armes sans pitié!
Je te rends pure à ta place première:
Regarde-toi!...... Mais rendre la lumière
Suppose d'ombre une morne moitié.

Ô pour moi seul, à moi seul, en moi-même,
Auprès d'un cœur, aux sources du poème,
Entre le vide et l'événement pur,
J'attends l'écho de ma grandeur interne,
Amère, sombre et sonore citerne,
Sonnant dans l'âme un creux toujours futur!

Sais-tu, fausse captive des feuillages,
Golfe mangeur de ses maigres rivages,

감긴 내 눈 위에 눈부신 비밀들을,

그 어떤 육신이 나를 게으른 종말로 이끌어가고,

그 어떤 얼굴이 그 육신을 뼈투성이 땅으로 끌어당기는지를?

섬광이 거기서 내 곁을 떠난 사람들을 생각한다.

닫혀 있고, 신성하고, 물질 없는 불로 가득 찬,

빛에 봉헌된 땅의 한 부분,

횃불이 지배하는 이곳이 나는 좋다,

금빛과 돌과 거무튀튀한 나무들로 이루어진 이곳,

많은 대리석이 많은 망령 위에 떨고 있는 이곳,

충직한 바다는 여기 내 무덤들 위에서 잠을 자는데!

암캐처럼 달려오는 빛의 바다여, 우상 숭배자를 멀리하라!

목동의 미소 짓는 외로운 내가

신비의 양들, 고요한 내 무덤들의 하얀 양 떼,

풀을 뜯어먹게 할 때,

멀어지게 하라 소심한 비둘기들을,

부질없는 꿈과 호기심 많은 천사들을!

여기에 오면, 미래는 나태함이다,

깔끔한 매미는 메마름을 긁어대고,

모든 것이 불타고, 허물어져 대기 속에 흡수되어

Sur mes yeux clos, secrets éblouissants,

Quel corps me traîne a sa fin paresseuse,

Quel front l'attire à cette terre osseuse?

Une étincelle y pense à mes absents.

Fermé, sacré, plein d'un feu sans matière,

Fragment terrestre offert à la lumière,

Ce lieu me plaît, dominé de flambeaux,

Composé d'or, de pierre et d'arbres sombres,

Où tant de marbre est tremblant sur tant d'ombres;

La mer fidèle y dort sur mes tombeaux!

Chienne splendide, écarte l'idolâtre!

Quand solitaire au sourire de pâtre,

Je pais longtemps, moutons mystérieux,

Le blanc troupeau de mes tranquilles tombes,

Éloignes-en les prudentes colombes,

Les songes vains, les anges curieux!

Ici venu, l'avenir est paresse.

L'insecte net gratte la sécheresse;

Tout est brûlé, défait, reçu dans l'air

알 수 없는 그 어떤 검소한 본질로……
부재에 도취하면 삶은 광활하고,
쓰라림은 감미롭고, 정신은 맑아진다.

숨어 있는 주검들은 바로 이 땅속에 있고
땅은 그들의 몸을 덥히고 그들의 신비를 건조한다.
저 높은 곳에서 정오가, 움직임이 없는 정오가
자신 속에서 자신을 생각하며, 자기 자신에 만족하는데……
완전한 머리, 완벽한 왕관,
네 안에서 나는 은밀한 변화를 따른다.

네 안에서 너에 대한 두려움을 감당할 자는 오직 나일 뿐!
나의 뉘우침들, 나의 의심들, 나의 강요들은
너의 거대한 금강석의 흠집인데……
그러나 나무뿌리에 형체 없는 주민들은
대리석들로 온통 무거워진 자신들의 어둠 속에서
이미 서서히 네 편이 되고 말았다.

그들은 두터운 부재 속으로 녹아들었고,
붉은 찰흙은 백색의 종족을 흡수했으며,
살아가는 능력은 꽃들 속으로 옮아갔지!
죽은 이들의 친숙한 말투와

A je ne sais quelle sévère essence......

La vie est vaste, étant ivre d'absence,

Et l'amertume est douce, et l'esprit clair.

Les morts cachés sont bien dans cette terre

Qui les réchauffe et sèche leur mystère.

Midi là-haut, midi sans mouvement

En soi se pense et convient à soi-même......

Tête complète et parfait diadème,

Je suis en toi le secret changement.

Tu n'as que moi pour contenir tes craintes!

Mes repentirs, mes doutes, mes contraintes

Sont le défaut de ton grand diamant......

Mais dans leur nuit toute lourde de marbres,

Un peuple vague aux racines des arbres

A pris déjà ton parti lentement.

Ils ont fondu dans une absence épaisse,

L'argile rouge a bu la blanche espèce,

Le don de vivre a passé dans les fleurs!

Où sont des morts les phrases familières,

그들의 솜씨, 개성적 영혼들은 지금 어디에 있을까?
눈물 맺혀 있던 그곳에는 애벌레가 기어다닌다.

간지럼 타는 처녀들의 날카로운 소리들,
그 눈과 이, 축축한 눈꺼풀,
불꽃과 장난하는 매력적인 젖가슴,
순종하는 입술에 반짝이는 피,
마지막 선물과 그것을 지키는 손가락들,
모두가 땅 밑으로 가서 윤회의 흐름에 되돌아간다!

위대한 영혼이여, 그래도 너는 바라는가
물결과 금빛이 여기 육신의 앞에 빚어내는
이제 더는 거짓의 빛깔도 갖지 못하는 꿈을?
너는 몽롱한 상태로 노래할 것인가?
자, 모두가 도망친다! 나의 현존은 구멍이 뚫리고
영생에 대한 조급함은 또한 죽어간다!

어두운 황금빛의 빈약한 풍경이여,
죽음을 어머니의 품으로 삼는
끔찍스럽게도 월계관을 쓰고 위로하는 자여,
멋진 거짓말과 경건한 속임수여!
이 텅 빈 머리통과 이 영원한 웃음들

L'art personnel, les âmes singulières?
La larve file où se formaient des pleurs.

Les cris aigus des filles chatouillées,
Les yeux, les dents, les paupières mouillées,
Le sein charmant qui joue avec le feu,
Le sang qui brille aux lèvres qui se rendent,
Les derniers dons, les doigts qui les défendent,
Tout va sous terre et rentre dans le jeu!

Et vous, grande âme, espérez-vous un songe
Qui n'aura plus ces couleurs de mensonge
Qu'aux yeux de chair l'onde et l'or font ici?
Chanterez-vous quand serez vaporeuse?
Allez! Tout fuit! Ma présence est poreuse,
La sainte impatience meurt aussi!

Maigre immortalité noire et dorée,
Consolatrice affreusement laurée,
Qui de la mort fais un sein maternel,
Le beau mensonge et la pieuse ruse!
Qui ne connaît, et qui ne les refuse,

누가 모르고, 누가 거부하지 않으랴!

그 많은 삽질의 흙 무게 아래에서
흙이 되어 우리의 발걸음도 분간 못 하는,
깊은 땅속의 조상들, 비어 있는 머리들
참으로 좀먹는 자, 막무가내인 벌레는
묘석 아래 잠든 당신들 편이 아니어서
생명을 먹고 살고, 나를 떠나지 않는구나!

어쩌면 나 자신에 대한 사랑인가, 아니면 미움인가?
그 비밀의 이빨은 너무나 내 가까이 있어서
어떤 이름으로 불러도 적당하지 않구나!
무슨 상관이랴! 벌레는 보고, 원하고, 꿈꾸고, 따라오는데!
내 육신이 제 마음에 드니, 내 잠자리 위에서까지,
나는 이 생물에 예속되어 살고 있구나!

제논이여! 잔인한 제논이여! 엘레아의 제논이여!
진동하고 날면서도 날아가지 않는
날개 달린 화살로 너는 나를 관통했구나!
그 소리는 나를 낳고, 화살은 나를 죽이는구나!
아! 태양은…… 성큼성큼 달려도 움직이지 않는 아킬레우스,
이 영혼에게는 이 무슨 거북의 그림자인가!

Ce crâne vide et ce rire éternel!

Pères profonds, têtes inhabitées,
Qui sous le poids de tant de pelletées,
Êtes la terre et confondez nos pas,
Le vrai rongeur, le ver irréfutable
N'est point pour vous qui dormez sous la table,
Il vit de vie, il ne me quitte pas!

Amour, peut-être, ou de moi-même haine?
Sa dent secrète est de moi si prochaine
Que tous les noms lui peuvent convenir!
Qu'importe! Il voit, il veut, il songe, il touche!
Ma chair lui plaît, et jusque sur ma couche,
À ce vivant je vis d'appartenir!

Zénon! Cruel Zénon! Zénon d'Élée!
M'as-tu percé de cette flèche ailée
Qui vibre, vole et ne vole pas!
Le son m'enfante et la flèche me tue!
Ah! le soleil...... Quelle ombre de tortue
Pour l'âme, Achille immobile à grands pas!

아니다, 아니다!…… 일어서라! 연속되는 시대 속에서!
내 육체여 깨뜨려라 생각에 잠긴 이 형태를!
내 가슴이여, 바람의 탄생을 들이마셔라!
바다에서 뿜어 나오는 시원한 기운이
내 영혼을 나에게 돌려주니…… 오 소금기 담긴 힘이여!
물결로 달려가 거기서 힘차게 솟아오르자!

그렇다! 타고난 광란의 넓은 바다여,
얼룩덜룩한 표범 털가죽과
태양의 무수한 우상들로 구멍 난 망토여,
침묵과 다름없는 소란 속에서
번쩍이는 네 꼬리를 계속 물어뜯으며
너의 푸른 육체에 도취한 불변의 히드라여

바람이 인다!…… 어쨌든 살아야 한다!
거대한 바람이 내 책을 열었다가 다시 닫고,
하얗게 부서진 물결이 바위에서 솟구쳐 오르려 하는구나!
날아올라라, 온통 눈부신 책장들이여!
부수어라, 물결이여! 흥겨운 물살로 부수어라.
삼각돛들이 모이 쪼던 저 조용한 지붕을!

Non, Non!...... Debout! Dans l'ère successive!

Brisez, mon corps, cette forme pensive!

Buvez, mon sein, la naissance du vent!

Une fraîcheur, de la mer exhalée,

Me rend mon âme...... Ô puissance salée!

Courons à l'onde en rejaillir vivant!

Oui! grande mer de délires douée,

Peau de panthère et chlamyde trouée,

De mille et mille idoles du soleil,

Hydre absolue, ivre de ta chair bleue,

Qui te remords l'étincelante queue

Dans un tumulte au silence pareil,

Le vent se lève!...... Il faut tenter de vivre!

L'air immense ouvre et referme mon livre,

La vague en poudre ose jaillir des rocs!

Envolez-vous, pages tout éblouies!

Rompez, vagues! Rompez d'eaux réjouies

Ce toit tranquille où picoraient des focs!

20세기 상징주의 시인 발레리는 '순수시poèsie pure'의 시인이기도 하다. 그는 한평생 시를 시의 순수한 본질로 환원하려는 작업을 자신의 소명으로 삼았다. "물리학자가 순수한 물에 대해 말할 때와 같은 의미에서 순수"의 성격을 설명한 바 있는 그는, 시에서 산문의 요소들, 즉 "서사, 묘사, 웅변적 과장, 도덕적인 설교나 사회 비판"을 배제해야 한다고 주장했다. 그에게 시와 산문의 관계는 음音과 소리, 무용과 도보의 관계와 같은 것이다.

이처럼 발레리는 '순수시'의 시인이지만, 시인의 사회 참여에 대해서 부정적인 태도를 갖지 않았다. 오히려 그는 그 시대의 중요한 사건들에 관심을 가졌을 뿐 아니라, 독재 정치를 비판하거나 진정한 사회 발전의 의미와 대중의 문제에 대해서도 깊은 성찰을 보였다(「독재에 대한 생각L'idée de dictature」「독재에 대하여Au sujet de la dictature」「사회 발전의 문제Propos sur le progrès」 등). 그러나 그의 사회 비판은 어디까지나 산문을 통해서였다. 그는 사회 문제를 시의 자료로 삼지 않았고, 시에서 개인적 감정을 노출하지도 않았다. 그렇기 때문에 그는 19세기 낭만주의 시인들처럼 개인의 슬픔이나 고통, 추억이나 회상을 시적 주제로 삼지 않았다. "잃어버린 시간을 되찾으려는 것은 시간을 낭비하는 일"이라고 생각한 그에게 중요한 것은 현재의 시간에 몰두하고, 현재에 최선을 다하는 일이었다.

발레리는 시에서 내용과 형식의 관계는 분리될 수 없는 것이라고 생각한다. 굳이 분리한다면, 형식이 내용보다 앞선다는 것이다. "아름다운 작품은 작품 이전에 태어나는, 형식의 산물이다"라는 그의 말은 형식의 중요성을 강조한 것이다. 이런 점에서 삶과 죽음에 대한 명상을 담은 「해변의 묘지」는 리듬이 먼저 떠올라 그것을 영감으로 받아들여 착수하게 된 작품으로서 형식이 내용을 이끌어간 경우이다.

형식을 말하자면 이 시의 리듬은 10음절(4+6)로 구성된다. 19세기의 정형시가 대부분 12음절의 시구, 즉 알렉상드랭의 안정된 시구로 쓰인 것을 생각하면 발레리가 10음절의 시를 시도한 것 자체가 파격적이었음을 알 수 있다. "내 머리에 느닷없이 떠오른 어떤 리듬, 즉 10음절 시구들을 발견하고 나는 깜짝 놀랐다. 10음절의 유형은 19세기 프랑스 시인들이 별로 이용하지 않은 것이었기 때문이다."*

「해변의 묘지」는 그의 고향, 남프랑스의 세트Sète에서 바다를 굽어보는 위치에 있는 공동묘지 즉 생클레르 산비탈에 층층이 쌓인 묘지를 가리킨다. 묘지와 바다는 죽음과 삶처럼 대조적이다. 바다의 깊이는 영혼의 깊이를 상기시키고, 반짝이

* P. Valéry, Œuvres, I, Édition établie et annotée par Jean Hytier, Bibliothèque de la Pléiade, 1957, p. 1674.

는 바다의 표면은 명석한 의식을 연상시킨다. 이처럼 바다와 시인의 의식은 밀접한 상관관계를 갖는다. 또한 움직이지 않는 바다는 절대자의 유혹, 즉 개별적 존재를 거대한 전체 속에 소멸시키고자 하는 유혹을 불러일으키기도 한다.

　발레리는 지중해에 대해서 이렇게 말한 바 있다. "나의 어린 시절부터 지중해는 내 눈이나 머리에 언제나 현존의 형태로 나타났다. 〔……〕 사실상 공부에 몰두하지 않고 지내는 시간들, 바다와 하늘과 태양에 대한 무의식적인 숭배에 전념한 그 시간들보다 더 나를 형성하고, 나를 사로잡아서 나에게 가르침을 준—아니 나를 만들어준—것은 아무것도 없다."*「해변의 묘지」는 이러한 체험에서 비롯된 작품이다. 이 시에서 시인은 묘지가 있는 산비탈에서 바다를 바라보고, 삶과 죽음, 시간과 영원, 현재의 삶과 죽음의 내세 등의 문제를 성찰한다. 시인의 명상 속에서 이러한 대립적 주제들은 자연스럽게 이어지면서도 지양과 극복의 역동적 흐름으로 전개된다. 여기서 주목해야 할 것은, 바다와 영혼의 관계처럼 시인의 시각이 외부 세계를 출발점으로 하여 인간의 영혼 혹은 영혼의 현재적 인식으로 돌아온다는 점이다. 반복하여 변주되는 이러한 사유의 전개 방식은 여섯 번에 걸쳐서 되풀이된다. 이것을 도식화해서 정리하면 다음과 같다.

　　*　같은 책, p. 1094.

연	외부적 대상에 대한 사유의 출발	인간의 삶과 영혼에 대한 사유의 귀결
1~4	"비둘기들 거니는 저 조용한 지붕"(1연)	"영혼의 건축물"(3연) "바다를 바라보는 나의 시선"(4연)
5~6	"과일이 쾌락으로……"(5연) "아름다운 하늘이여,"(6연)	"변하는 나" "내 그림자는……"(6연)
7	"하지점의 횃불"(7연)	"노출된 영혼" "너를 지켜본다" "너를 순수한 본래의 자리로……"(7연)
9~12	"잎들에 갇힌 듯한 가짜 포로"(9연) "금빛과 돌과 거무튀튀한 나무들로 구성된 이곳"(10연)	"정신은 맑아진다"(12연)
13~17	"숨어 있는 주검들"(13연)	"위대한 영혼이여"(17연)
22~24	"바람의 탄생" "바다에서 뿜어나오는……" (22연)	"어쨌든 살아야 한다"(24연)

이처럼 시인의 사유가 구체적 현실에서 출발하여 전개되다가 인간의 의식으로 돌아오는 반복적 움직임은 언어의 차원에서 다채로운 은유와 상징의 표현으로 풍성한 시적 울림을 자

아낸다. 발레리의 시 중에서 가장 유명하고, 가장 아름다운 시로 꼽히는 이 시는 모두 24연으로 구성된다. 대부분의 연구자들이 동의하듯이, 이 시는 네 단락으로 구분 지을 수 있다. 첫째는 1연에서 4연까지로, 시인이 정오의 태양 아래에서 정지된 상태로 반짝이는 바다를 바라보는 장면이다. 둘째는 고요한 바다를 바라보면서 절대적 존재 속에 함몰되고 싶은 유혹을 받지만, 인간은 변화하는 것을 아는 의식의 존재임을 보여주는 5연에서 8연까지이다. 셋째는 9연에서 18연까지로, 죽음과 인간 조건에 대한 명상을 담은 부분이다. 여기서 시인은 영생에 대한 믿음을 부정한다. 모든 죽음은 무無로 돌아갈 뿐이기 때문이다. 끝으로 넷째는 살아 있는 인간, 의식하는 존재인 인간이 보편적인 생성에 참여하여 바람과 바다의 부름을 따른다는 끝부분이다. "비둘기들 거니는 저 조용한 지붕"(비둘기는 고기잡이배들의 흰 돛에 대한 은유이고, 조용한 지붕은 바다의 표면에 대한 은유이다)에서 출발한 이 시는 "삼각돛들이 모이쪼던 저 조용한 지붕"으로 끝남으로써 마지막 행이 첫 행의 "지붕과 비둘기의 이미지"로 되돌아가는 순환적 형태로 구성된다.

시인은 1연에서 "올바른 자 정오는 거기서 불꽃들로/바다를 구성한다, 언제나 다시 시작하는 바다를"이라고 정오의 바다를 표현한다. 정오가 '올바른 자'인 것은 천정점에 있는 이 시간에 태양이 하루를 똑같은 두 부분으로 나누기 때문이다. 이런 점에서 정오는 완전한 존재L'être parfait를 상징한다. 또한 6행에서 "명상 후에 얻은 보상"은 명상이 하나의 지적인 작업이자 휴식임을 나타낸다. 2연의 "영원한 원인의 순수한 작품들로서/시간은 반짝이고, 꿈은 앎이다"에서 '시간'과 '꿈'은 영원한 원인의 순수한 '작품들'과 동격이다. 천지 창조의 하느님을 연상시키는 이 구절은 시인이 바다 위에서 잠들어 있는 듯한 정지된 태양을 보고 절대적 존재인 창조주를 생각한 것으로 추론된다. 여기서 '시간'은 인간의 일상적 시간이 아니라 초월적 존재의 시간이고, 영원한 현재이다. 시인은 바다를 보면서 영원한 현재의 시간을 생각할 수 있다. '꿈'도 마찬가지다. "꿈은 앎"이라는 것은, 정오의 태양 아래 시인의 의식이 꿈의 상태에 가까워짐으로써 인간의 과학적 지식을 넘어서서 만물의 이치를 알고, 만물과 교감할 수 있는 의식의 높은 단계를 상징한 것으로 볼 수 있다.

둘째 단락은 절대적 존재의 부동성과 불변성과는 다르게 변화하는 존재인 인간의 삶과 죽음을 명상의 주제로 삼는다. 5연에서 "미래의 내 연기를 들이마시고"는 인간의 시신이 화장터의 재로 변하는 것을 뜻하는 표현이다. 7연에서 "그림자의 어두운 반쪽도 따르는 법"은 햇빛을 받는 모든 물체에 그늘진 면이 있듯이, 인간의 영혼에도 무의식이 있다는 것을 암시한다. 시인은 이제 바다를 바라보지 않고, 무덤을 바라본다. 그는 묘지 주변을 거닐면서 자신의 그림자를 보고 변화하는 존재의 "허약한 움직임"을 연상하기도 한다. 또한 "하지점의 횃불에 노출된 영혼"을 의식하고 "영혼 속에서 언제나 미래인 공백의 울림"을 상상한다. 시인에게 영혼의 내면세계는 영원한 탐구의 대상이다. 내면세계는 "어둡고 소리 잘 나는 저수탱크"로 표현된다. 시인은 마치 사막에서 오아시스의 물웅덩이를 찾는 심정으로 내면을 들여다보지만, 그의 시도는 늘 실패로 끝난다. 그러므로 발견의 기쁨은 늘 미루어짐으로써 "언제나 미래인 공백의 울림"은 좌절보다 새로운 시도를 의미하는 것으로 볼 수 있다.

죽음과 인간 조건에 대한 성찰을 담은 셋째 단락(9~18연)은 시인의 위치에서 눈부신 바다를 배경으로 무덤들의 철책이 마치 바닷물에 "갉아" 먹히는 것처럼 묘사하는 대목에서 시작된다. "내 눈 위에 눈부신 비밀들"은 바다의 깊은 곳에 있는 신비와 의식의 은밀하고 신비로운 세계가 겹쳐서 떠오른 이미지들이다. 시인이 이런 이미지들을 구사한 것은 명상 속에서 바다의 눈부신 빛과 어두운 깊이를 의식의 표면과 무의식의 내부로 대응시키기 위해서이다.

또한 11연에서 시인은 무덤들을 양 떼에 비유하고, 자신을 목동으로 나타낸다. 그가 자신을 "목동의 미소 짓는 외로운 나"로 말한 것은 자신의 외롭고 은밀한 명상을 나타내기 위해서이다. 12연에서 "미래는 나태함"이라는 것은 죽음은 의식의 소멸이고 움직임이 필요 없는 상태이기 때문이다.

이런 점에서 "부재에 도취하면 삶은 광활하고 / 쓰라림은 감미롭고, 정신은 맑아진다"는 시구는 죽음의 상태를 가정하고 쓴 표현이다. 의식이 있을 때 인간은 괴롭지만, 의식이 없을 때 "쓰라림"은 감미롭게 느껴질 수 있다. 그러나 이것을 인식하는 한, 파스칼의 말처럼, 인간의 정신은 '생각하는' 이성의 존재임을 반영한다. 14연 첫 행의 "네 안에서 너에 대한 두려움을 감당할 자는 오직 나일 뿐"이라는 구절은 순수한 시간의 완전함을 파괴하면서 절대적 존재의 권위에 손상을 입히는 작용이야말로 '생각하는' 존재인 인간의 의식이 할 수 있는 역할이라는 것을 말한다. 15연이 죽음 혹은 주검에 대한 명상이라면, 16연은 삶의 기쁨을 노래한다.

끝으로 넷째 단락에서 시인은 살아 있는 인간으로서 '살아 있음'을 깨닫고, 우주의 생성에 참여해야 한다는 생각을 표현한다. 삶과 죽음에 대한 오랜 명상 끝에 이 시에서 가장 유명한 구절, "바람이 인다!⋯⋯ 어쨌든 살아야 한다!"*가 등장하는 이 단락에서 중요시해야 할 부분은 21연에서 고대 그리스의 철학자 제논이 등장하는 구절이다. 잘 알려져 있듯이 제논은 '날아가는 화살은 움직이지 않는다'는 궤변을 주장한다. 그

---

* 이 시를 번역하는 것을 알고서 황동규 시인은, "바람이 인다⋯⋯ 살려고 애써야 한다"라는 일반적인 번역보다 이 구절의 의미가 분명히 전달되는 번역이 되었으면 좋겠다고 말했다. 그의 조언으로 "살려고 애써야 한다"는 처음의 번역을 "어쨌든 살아야 한다"로 번역했다.

의 논리에 의하면, 공간과 시간을 무한히 나눌 수 있는 것으로
가정할 때, 화살은 시간의 모든 순간에서는 움직이지 않고, 마
찬가지로 빠른 걸음의 아킬레우스는 느린 거북을 따라갈 수
가 없다는 것이다. 시인은 이 궤변을 반박한 디오게네스의 논
리를 빌려 이렇게 표현한다. "진동하고 날면서도 날아가지 않
는/날개 달린 화살로 너는 나를 관통했구나!/그 소리는 나를
낳고, 화살은 나를 죽이는구나!/아! 태양은…… 성큼성큼 달
려도 움직이지 않는 아킬레우스,/이 영혼에게는 이 무슨 거북
의 그림자인가!" 절대자의 상징인 태양은 아킬레우스인 영혼
에게 거북으로 비유될 수 있음을 나타낸다. 그렇다면 영혼은
순수 인식을 상징하는 정오의 태양과 경쟁하는 논리에서 패배
할 수밖에 없는가? 그러나 시인은 이러한 연상 속에서 좌절과
절망을 부정한다. 시인이 제논의 역설을 끌어온 것은 패배를
인정하지 않기 위해서이다. 그러므로 22연에서 "아니다, 아니
다!…… 일어서라!"는 것은 시인이 절대자의 순수 시간이 아
닌 인간적 시간, 즉 과거와 현재와 미래로 연속되는 시간을 긍
정하고 변화하는 삶의 기쁨을 노래하는 역동적 사유의 계기가
된다.

　이 시의 앞에서 시인은 "내 영혼이여, 영생을 바라지 말고/
가능성의 세계를 천착하라"는 핀다로스의 시구를 시의 제사題
詞로 인용했다. 이것은 인간에게 '가능성의 세계'인 현재의 삶
을 긍정하고, 가능한 한 열심히 살기를 권고하는 말이다. 이

말처럼 이제 바람이 불고, 파도는 일렁이는 흐름 속에서 시인의 영혼은 명상의 단계를 지나 행동의 단계로 전환한다. 이것은 끊임없는 사유의 전개 과정에서 온갖 유혹을 무릅쓰고 이룩한 정신의 승리이자, 인간의 유한성을 극복할 수 있는 인간의 승리이기도 하다.

기욤 아폴리네르

Guillaume Apollinaire
1880〜1918

미라보 다리

미라보 다리 아래 센강은 흐르고
우리의 사랑도
기억해야 하는가
기쁨은 언제나 고통이 지나면 왔는데

밤이여 오라 종이여 울려라
세월은 가도 나는 남아 있네

손에 손 잡고 얼굴을 마주하고 있어보자
우리의 팔로 만든 다리 밑으로
강물은 하염없는 시선에
지쳐서 흘러가는데

밤이여 오라 종이여 울려라
세월은 가도 나는 남아 있네

사랑은 떠나가네 저 흐르는 물처럼
사랑은 떠나가네
인생은 얼마나 느린가

Le pont Mirabeau

Sous le pont Mirabeau coule la Seine
Et nos amours
Faut-il qu'il m'en souvienne
La joie venait toujours après la peine

Vienne la nuit sonne l'heure
Les jours s'en vont je demeure

Les mains dans les mains restons face à face
Tandis que sous
Le pont de nos bras passe
Des éternels regards l'onde si lasse

Vienne la nuit sonne l'heure
Les jours s'en vont je demeure

L'amour s'en va comme cette eau courante
L'amour s'en va
Comme la vie est lente

희망은 얼마나 격렬한가

밤이여 오라 종이여 울려라
세월은 가도 나는 남아 있네

하루 이틀 지나고 한 주 두 주 지나가는데
지나간 시간도
사랑도 돌아오지 않네
미라보 다리 아래 센강은 흐르고

밤이여 오라 종이여 울려라
세월은 가도 나는 남아 있네

Et comme l'Espérance est violente

Vienne la nuit sonne l'heure
Les jours s'en vont je demeure

Passent les jours et passent les semaines
Ni temps passé
Ni les amours reviennent
Sous le pont Mirabeau coule la Seine

Vienne la nuit sonne l'heure
Les jours s'en vont je demeure

아폴리네르의 대표작이라고 할 수 있는 이 시는 1912년 2월 『레 수아레 드 파리Les soirées de Paris』 창간호에 발표된 작품이다. 화가 마리 로랑생과의 이별이 시인에게 영감을 주었다는 이 시는 많은 사람에게 시인의 이름보다 시의 제목이 더 널리 알려져 있기도 하다. 흔히 사랑을 주제로 한 시는 사랑의 기쁨보다 사랑의 슬픔을 노래한다. 시인은 사랑이 끝났을 때 비로소 자신의 슬픔과 고통을 시의 언어로 표현하고 싶은 욕구를 갖는 것이다. 그러나 아폴리네르의 이 시를 마리와 결별한 이후에 쓴 작품이라고 생각하면 잘못이다. 마리 로랑생의 전기를 쓴 플로라 그루에 의하면, 이들이 결정적으로 헤어진 때는 1914년이다. 그러니까 이 시가 발표된 이후에도, "이들의 관계는 이 빠진 톱니바퀴처럼 듬성듬성 이어지면서 간간이 파란 많은 격정을 치르기도 했고, 서로 헤어지자고 말하고 각자 자유를 주장하면서도 여전히 계속되고 있었다"*는 것이다.

어쨌든 「미라보 다리」는 두 사람의 사랑을 환기하는 시이자 이별을 예감하는 모든 연인에게 희망을 주는 시라고 말할 수 있다. 이처럼 희망의 메시지를 중요시하는 까닭은 "미라보"

* 플로라 그루, 『마리 로랑생』, 강만원 옮김, 까치, 1993, p. 133.

나 "센" 같은 고유명사가 아닌데도 이 시에서 대문자로 시작하는 명사는 오직 "희망L'Espérance"뿐이기 때문이다. 여기서 희망이 무엇을 의미하는지는 '독자의 몫'이다. 그것은 새로운 사랑일 수도 있고 삶의 전환을 의미하는 새로운 출발일 수도 있다.

이 시의 처음 두 행은 "미라보 다리 아래 센강은 흐르고/우리의 사랑도"로 구성된다. '흐른다coule'는 것은 단수 삼인칭 동사이므로 주어인 센강에 한정되겠지만, 복수 삼인칭 동사와 동음이므로 우리의 사랑도 '흐른다'처럼 이해할 수도 있다. 물론 문법적으로는 2행의 "우리의 사랑도"는 3행의 "기억해야 하는가"의 목적어로 해석해야 하지만, 구두점이 없는 시는 문법의 제약을 벗어날 수 있기 때문에 "센강은 흐르고" "우리의 사랑도" 흐른다고 해석할 수 있다. 이렇게 해석해야만 3행의 "기억해야 하는가"라는 의문문을 이해할 수 있다. '흐른다'는 말은 '변화한다'는 뜻을 내포한다. 그러니까 시인은 사랑도 변화하는 것임을 말하면서도 그것을 그대로 인정하려고 하지는 않는다. 또한 "기억해야 하는가"는 "기쁨은 언제나 고통이 지나면"과 대립된다. 이것은 시인이 기쁨을 기대하고 있다는 의미를 보여준다. '기쁨'의 반대어는 '슬픔'이다. 그런데 시인은 이 시구에서 슬픔을 뜻하는 tristesse, chagrin, amertume, affliction 등의 말 대신 고통이나 고뇌를 뜻하는 peine을 사용한다. 이 명사가 슬픔보다 더 깊고 착잡한 감정을 담고 있기 때문일 것이다. 가브리엘 마츠네프는 『결별을 위하여』에서 결별의 시련을 겪는 사람에게 이렇게 충고한다.

사랑하는 여인이 자네를 떠날 때 외부에서 오는 자네의 고통은 수동적인 것이어서, 죄인이 법의 판결에 따라 벌 받는 것처럼 자네도 고통을 치르는 것이라 생각하면 된다네.*

실제로 peine은 고통이나 아픔보다 벌이나 형벌의 뜻이 앞서는 말이다. 시인은 '고통'을 '벌'로 받아들였을지 모른다. 고통은 언제 끝날지 모르지만, 벌은 '판결에 따라' 일정 기간이 지나면 사람을 고통으로부터 자유롭게 할 수 있기 때문이다. 『결별을 위하여』에는 아폴리네르의 「미라보 다리」에서 후렴에 나오는 "세월은 가도 나는 남아 있네"를 잘 이해하게 만드는 다음과 같은 구절이 보인다.

어느 날 아침, 라디오에서 어린 딸이 살해되었다는 한 여자가 말하는 것을 들은 적이 있네. "가장 힘든 건 삶이 계속 흘러간다는 거예요. 내 딸아이가 없어도 계속 흘러간다는 사실이었어요."**

* 가브리엘 마츠네프, 『결별을 위하여』, 동문선, 2005, p. 31.
** 같은 책, p. 39.

딸의 갑작스러운 죽음은 부모의 삶을 정지시킬 만큼 큰 충격을 준다. 큰 슬픔에 빠진 사람은 세월의 흐름에 적응하지 못하고, 그 자리에 그대로 "남아 있"을 뿐이다. 그러니까 「미라보 다리」의 화자가 "세월은 가도 나는 남아 있네"라는 후렴을 되풀이하는 것은 사랑의 슬픔으로 자신은 아무 일도 못 하고 정지해 있는데 삶과 세월은 계속 흘러간다는 것을 안타깝게 표현한 것이다. 다시 말해서 "나는 남아 있네"는 강이 흐르고, 세월도 흐르고, 사랑도 변하는 것이지만, 그 모든 흐름과 변화에 적응하지 못하는 '나'의 부적응을 인정하는 것으로 볼 수 있다.

3연에서 시인은 사랑하는 여인과 손을 잡고 얼굴을 마주하고 있기를 바란다. 여기서 두 사람은 서로 포용하는 자세로 있다가 양팔을 상대편의 어깨에 얹어서 '다리'를 만들거나 그런 자세로 아무 말 없이 다리 아래의 강물만 바라본다. 물론 두 사람의 침묵을 암시하는 이 장면은 행복해 보이지 않는다. "강물은 하염없는 시선에 / 지쳐서 흘러가는데"에서 '지쳐서'라는 표현은 두 사람의 권태롭고 불편한 감정을 드러낼 뿐이다.

5연에서 시인은 결국 사랑이 떠나고 있음을 확인한다. 그러나 "인생은 얼마나 느린가"와 "희망은 얼마나 격렬한가"는 대립적이다. 인생이 느리고 희망도 느리다면 얼마나 절망적일까? 그러나 '희망'이 예기치 않게 빠른 속도로 격렬하게 솟구쳐 오를 수 있다면, 모든 절망의 순간은 희망의 순간으로 전환될 수 있다. 그 희망이 무엇인지는 중요한 문제가 아니다. 희망의 얼굴이 무엇이건, 슬픔과 절망을 극복할 수 있다는 게 중요하다.

이러한 희망을 대문자로 표시할 수 있다는 점에서 이 시는 절망으로 끝나는 우울한 사랑의 노래와 구별된다. 7연에서 "하루 이틀 지나고 한 주 두 주 지나가는데"와 "지나간 시간도/사랑도 돌아오지 않네"는 결국 '희망'에 대한 믿음 때문에 떠나간 '사랑이 돌아오지 않는다'는 진실을 솔직히 인정하는 것으로 볼 수 있다.

마지막 행의 "미라보 다리 아래 센강은 흐르고"가 첫 행과 일치한다는 점에서 이 시는 원형적인 순환 구조로 이루어졌음을 보여준다. 센강이 흐르듯이 인생도 흐른다. 인생의 흐름을 끊임없는 반복의 순환이라고 한다면, "나는 남아 있"다는 것도 한순간으로 볼 수 있다. 인생을 길게 보면, 모든 슬픔과 절망의 시간은 한순간일지 모른다.

마츠네프의 『결별을 위하여』에는 실연의 슬픔에 빠진 사람을 위로하기 위해 "배신한 연인이 아무리 잔인한 상처를 남겼다 하더라도 연인을 잃었다는 고통에 휩쓸려 정신을 잃지 말고, 사랑하는 연인을 가졌었다는 기쁨에 열중하기를 바란다"는 구절이 있다.* 나는 이 대목을 읽고 프레베르의 「고엽」을 떠올렸다. 「고엽」의 화자는 결별의 원인을 말하지 않고, "인생이 사랑하는 연인들을 헤어지게 했다"고 노래한다. 이 구절의 함축적 의미는 '인생이 사랑하는 연인들을 만나게 했다'이다. 모든 책임을 인생에 돌리는 마음가짐을 갖는다면, "사랑의 슬픔은 어느덧 사라질" 것이다.

* 같은 책, p. 51.

마리

당신은 소녀였을 때 저기서 춤을 추었겠지요
할머니가 되어서도 춤을 추시겠어요
그건 깡충깡충 뛰는 마클로트 춤
모든 종소리 울려 퍼지겠지요
마리 당신은 언제 돌아오는 건가요

가면들은 말이 없어요
음악은 너무 멀리서 들려와
하늘에서 내려오는 듯해요
그래요 나는 당신을 사랑하고 싶지만 사랑이 힘들어도
나의 아픔은 감미로워요

양들이 눈 속으로 떠나가네요
양털 같은 눈송이들과 은빛 눈송이들 속으로
군인들이 지나가요 어찌하여 나만
사랑이 없는가요 변하기 쉬운 사랑
사랑뿐 아니라 모든 것이 변하지요

당신의 머릿결이 어디로 향할지 내가 아나요

Marie

Vous y dansiez petite fille
Y danserez-vous mère-grand
C'est la maclotte qui sautille
Toutes les cloches sonneront
Quand donc reviendrez-vous Marie

Les masques sont silencieux
Et la musique est si lointaine
Qu'elle semble venir des cieux
Oui je veux vous aimer mais vous aimer à peine
Et mon mal est délicieux

Les brebis s'en vont dans la neige
Flocons de laine et ceux d'argent
Des soldats passent et que n'ai-je
Un cœur à moi ce cœur changeant
Changeant et puis encor que sais-je

Sais-je où s'en iront tes cheveux

하얗게 포말이 이는 바다처럼 숱이 많고 곱슬곱슬한
당신의 머릿결이 어디로 향할지 내가 아나요
당신의 손은 가을의 낙엽이 되어
우리의 고백으로 덮여 있어요

나는 센강 변을 거닐었지요
오래된 책 한 권을 겨드랑에 끼고
강물은 내 아픔 같아요
아무리 흘러가도 마르지 않아요
언제 일주일이 끝날까요

Crépus comme mer qui moutonne
Sais-je où s'en iront tes cheveux
Et tes mains feuilles de l'automne
Que jonchent aussi nos aveux

Je passais au bord de la Seine
Un livre ancien sous le bras
Le fleuve est pareil à ma peine
Il s'écoule et ne tarit pas
Quand donc finira la semaine

「마리」는 아폴리네르가 마리 로랑생과 이별한 후 겪은 슬픔과 고통을 주제로 한 시이다. 물론 마리 로랑생이 떠난 후 실연의 아픔을 노래한 대표적 시로 「미라보 다리」가 있다. 「마리」는 「미라보 다리」만큼 유명하지는 않지만, 시적 이미지의 풍부함으로 그 문학적 가치는 높이 평가할 수 있다. 제목의 '마리'는 '마리 로랑생'을 가리킨다. 그러나 이 시의 1연에서 "당신은 소녀였을 때 저기서 춤을 추었겠지요"의 '당신'은 마리 로랑생이 아니다. 연보에 의하면, 1899년 아폴리네르는 어머니와 동생과 함께 벨기에의 스타블로Stavelot시에서 여름 휴가를 보낸다. 그때 그곳에서 알게 된 여자의 이름 역시 '마리'이다. 그러니까 시인은 마리 로랑생을 생각하면서 그녀의 어린 시절을 동명이인인 어린 마리의 모습으로 바꾼다. 이런 관점에서 보자면 장소를 가리키는 중성대명사 '저기서y'는 벨기에의 스타블로를 가리킨다고 볼 수 있다. 3행의 마클로트 춤은 벨기에의 민속춤이다. 이것은 가면무도회의 춤과 음악을 떠올리게 한다. 또한 5행 "마리 당신은 언제 돌아오는 건가요"라는 의문문에서 '마리'는 분명히 마리 로랑생이다. 이 의문문을 통해서 마리가 그를 떠났고, 떠난 사랑을 기다리는 화자의 간절한 마음을 짐작할 수 있다.

2연에서 "그래요 나는 당신을 사랑하고 싶지만Oui je veux vous aimer mais"은, 화자가 '지난날과 마찬가지로 현재에도 당신을 사랑하고 있으며 앞으로도 계속 그럴 것으로 생각하지만'이란 의미를 담고 있다. '그러나mais'는 '나의 사랑이 아무리 변함없어도 당신이 받아주지 않고, 영원히 떠난다면'이라는 뜻을 암시한다.

3연은 이 시를 쓸 때의 계절이 눈 내리는 겨울임을 짐작게 한다. "양들이 눈 속으로 떠나가"는 모양과 "군인들이 지나가"는 광경은 시간의 흐름 속에서 모든 것이 변화한다는 것을 보여준다. "어찌하여 나만/사랑이 없는가요 변하기 쉬운 사랑"의 '사랑un cœur'은 마음을 뜻한다. 사랑이나 마음이나 변덕스러운 것은 마찬가지이다. 그런데 이것을 '사랑'으로 번역한 까닭은 "Un cœur à moi"에서 전치사 à가 소유를 뜻하기 때문이다. 나의 한 마음이 아니라 나 혼자만의 사랑인 것이다. 또한 3연에서 덧붙이고 싶은 설명은 끝의 que sais-je에 관한 것이다. 이 말의 뜻은 '나는 무엇을 아는가'이다. 프랑스의 유명한 문고로 "Que sais je" 문고가 있을 만큼 이 말은 보편화되어 있다. 그러나 이 말의 또 다른 뜻은 이것저것 열거한 후에 더 이상 말하고 싶지 않을 때 사용하는 표현으로서 '기타 등등'이다.

4연에서 "당신의 머릿결"은 "하얗게 포말이 이는 바다처럼 숱이 많"다고 표현된다. 보들레르의 「머릿결La chevelure」

이란 시에서도 여인의 머릿결을 바다에 비유하고, 남자는 그 바다에서 헤엄치는 이미지로 나타난다. 그러나 아폴리네르의 이 시에서 주목할 점은 '머릿결'이 단순히 '바다'나 '파도'로 비유된다는 것이 아니라, "하얗게 포말이 이는 바다처럼 comme mer qui moutonne"에서 동사 'moutonne'에 '양 또는 양털mouton'이 들어가 있으면서 3연의 "양털 같은 눈송이"와 연결되어 있다는 점이다. 그 "머릿결이 어디로 향할지" 모른 다는 것은 그녀가 어디로 또는 누구에게로 갈지 모른다는 뜻 이다. "당신의 손은 가을의 낙엽이 되어/우리의 고백으로 덮여 있어요"는 매우 독특한 표현이다. 우리의 고백이 가을의 낙엽처럼 되었다는 뜻인지 아니면 가을의 낙엽같이 변한 당신의 손을 우리의 고백이 덮었다는 것인지는 분명히 알 수 없다. 다만 고백은 마음속의 생각이나 비밀을 솔직하게 말하는 것으로서 두 사람의 연인 관계를 개선할 수도 있고, 악화시킬 수도 있다는 것이다.

5연은 화자의 고통을 표현한다. 사랑을 잃은 젊은이는 센강 변을 거닐면서 강물을 바라본다. 그가 슬픈 목소리로 말하는 "강물은 내 아픔 같아요/아무리 흘러가도 마르지 않아요"는 "미라보 다리 아래 센강은 흐르고/우리의 사랑도" 흘러간다는 암시와는 다르다. 그것은 아픔이 '흘러간다'에 연결되기보다 마르지 않는 강물처럼 계속 통증이 느껴진다는 의미이기 때문이다. 이 시의 마지막 행에서 "언제 일주일이 끝날까요"

는 1연의 "마리 당신은 언제 돌아오는 건가요"와 연결된다. 이런 점에서 이 시는 끝과 시작이 원형으로 이어지는 것이다.

황혼

유령의 그림자가 햇빛이
기진맥진한 풀 위를 스쳐 지나가고
어릿광대 여자는 옷을 벗고
연못에 자기 몸을 비춰 본다

황혼의 약장수는
곧 시작할 공연을 선전하고
빛이 없는 하늘은 우유처럼
희미한 별들로 가득하다

간이 무대 위에 창백한 어릿광대는
먼저 관객들에게 인사한다
보헤미아 출신의 마술사들
몇몇의 요정들과 마법사들도

별 하나를 들고
그는 팔을 쭉 펴서 묘기를 부린다
발을 매달고 있는 사람은
박자를 맞추어 심벌즈를 울린다

Crépuscule

Frôlée par les ombres des morts
Sur l'herbe où le jour s'exténue
L'arlequine s'est mise nue
Et dans l'étang mire son corps

Un charlatan crépusculaire
Vante les tours que l'on va faire
Le ciel sans teinte est constellé
D'astres pâles comme du lait

Sur les tréteaux l'arlequin blême
Salue d'abord les spectateurs
Des sorciers venus de Bohême
Quelques fées et les enchanteurs

Ayant décroché une étoile
Il la manie à bras tendu
Tandis que des pieds un pendu
Sonne en mesure les cymbales

맹인 여자는 예쁜 아기를 잠재우고
암사슴은 새끼들을 데리고 지나가며
난쟁이는 슬픈 얼굴로 바라본다
거대한 어릿광대의 큰 모습을

L'aveugle berce un bel enfant

La biche passe avec ses faons

Le nain regarde d'un air triste

Grandir l'arlequin trismégiste

아폴리네르의 「황혼」은 발레리의 「띠」와 대조를 이룬다. 발레리의 「띠」는 저녁 하늘의 붉은 노을을 바라보면서, 구름이 허리띠처럼 보인다는 것을 노래한 시이다. 시인은 그림처럼 아름다운 하늘을 바라보면서, 처음에는 "기뻐서 말 못 하"다가, 자신의 침묵과 "이 세계와의/최고의 관계"를 감동적으로 느낀 후, 자신의 한계에 대한 의식으로 돌아온다. 그러나 아폴리네르의 「황혼」은 우선 일인칭이 등장하지 않고, 시의 전면에 나타나는 인물들은 어릿광대, 약장수, 마술사, 맹인 여자와 난쟁이다. 또한 「띠」에서는 구름을 방랑자처럼 표현한 반면, 「황혼」은 유랑 극단 혹은 곡마단의 방랑자들을 묘사의 대상으로 삼는다. 하늘은 붉게 물든 저녁노을 대신에 "빛이 없"고, "우유처럼/희미한 별들"이 보이는 어두운 색깔로 묘사된다. 「황혼」의 풍경은 아름답기보다 쓸쓸하다.

1연에서 "햇빛이/기진맥진한" 상태로, "풀 위를 스쳐 지나가고", 옷을 벗은 "어릿광대 여자"가 "연못에 자기 몸을 비춰 본다"는 묘사는 매우 특이하다. 옷을 벗은 여자는 에로틱한 장면보다, 남루한 차림의 여자가 옷을 벗고 연못에서 몸을 씻는 모습을 떠오르게 한다. 3연의 "간이 무대 위"에서 관객들에게 인사하는 "창백한 어릿광대"의 표정은 이중적인 의미를 갖는다. '창백한blême'이란 형용사는 하얗게 분을 바른 얼굴을 가리키면서도, 하늘의 "희미한 별들astres pâles"의 '희미한'과 동의어이다. 또한 별들의 희미함과 어릿광대 얼굴의 창백함은 색깔의 일치를 보여준다.

그 어릿광대는 4연에서 "별 하나를 들고" 묘기를 보이는데, 그의 종이 별은 하늘의 별과 대조를 이룬다. 그리고 곡예를 부리며 "발을 매달고 있는 사람un pendu des pieds"은 "목매어 죽은 사람le pendu"을 연상하게 한다. 서커스단의 공연에서 공중의 줄에 발을 묶은 채 거꾸로 매달려서 "심벌즈를 울"리는 사람의 모습은 매우 비현실적이다. 마지막 연에 나오는 맹인 여자와 예쁜 아기, 암사슴과 새끼들, 난쟁이와 거대한 어릿광대 역시 비현실적 존재들로 보인다. 여기서 "거대한 어릿광대"로 번역한 것의 원문은 trismégiste이다. 이 말은 그리스인들이 거대한 헤르메스에게 세 배나 크다고 별명을 붙인 것의 의역이다.

아폴리네르의 이 시는 빛과 어둠이 교차하는 '황혼'의 몽환적 분위기를 통해서 현실과 비현실, 우울과 환상, 삶과 예술이 혼합된 세계를 보여준다.

아듀

히드 잎을 땄다
가을은 죽었다 잊지 말기를
우리는 더 이상 지상에서는 만날 수 없겠지
시간의 향기여 히드 잎이여
그래도 잊지 말기를 나는 너를 기다린다는 것을

L'adieu

J'ai cueilli ce brin de bruyère
L'automne est morte souviens-t'en
Nous ne nous verrons plus sur terre
Odeur du temps brin de bruyère
Et souviens-toi que je t'attends

"아듀"로 번역한 이 시의 제목 "L'adieu"는 글자 그대로 영원히 이별할 때 쓰는 작별 인사이다. 시인은 헤어지는 연인에게 아듀를 말하면서도 이별이 영원한 이별이 아니며, 다시 만날 것을 기약하고 싶은 생각으로 "나는 너를 기다린다"는 것을 잊지 말라고 말한다. 그렇다면 2행에서 "잊지 말기를"의 목적어는 무엇일까? 문법적으로 해석하자면 그것은 "가을"이다. 그러나 독자는 무엇 때문에 이 시의 화자가 가을을 기억해달라고 한 것인지는 알 수 없다.

형용사나 부사가 없고 간단히 명사와 동사로 구성된 이 짧은 시의 특징은 논리적인 접속사가 전혀 없다는 점이다. 그러므로 독자는 "히드 잎을 땄다"와 "가을은 죽었다"의 연결 관계를 알지 못하고, "우리는 더 이상 지상에서는 만날 수 없"게 된 까닭이 무엇인지도 알지 못한다. 다만 "히드 잎을 땄다"와 같은 사소한 행위를 통해서 조락의 계절인 가을이 저물면서 우리의 사랑도 끝났다는 것을 짐작할 수 있다. 4행에서 "시간"은 가을과 관련이 있고, "향기"는 히드 잎을 연상시킨다. 또한 1행과 2행에서 사용된 동사가 과거 시제이고 3행의 동사는 미래형이며, 마지막 행의 동사는 명령형이라는 점에서 시인의 관점이 과거에 머물지 않고 미래로 전환하고 있다는 점이 주목된다. 이런 점에서 2행의 "잊지 말기를"은 시인이 막연히 우리의 사랑을 잊지 말아달라고 말하고 싶었거나, 마지막 행의 "그래도 잊지 말기를"과 같은 의미로, "나는 너를 기다린다는 것"의 목적절과 관련되어 기원과 소망을 표현한 것일지 모른다. 명령형으로 되어 있는 "잊지 말기를sou-viens-t'en"의 명사형은 기억이나 추억souvenir이다. 그러나 우리말에서 기억과 추억은 얼마나 다른가? 사랑을 기억한다는 것과 추억한다는 것의 차이는 얼마나 큰 것일까? 이런 점에서 이 시의 화자가 말하고 싶은 것은 기억이 아니라 추억일 것이다. 사랑이 추억으로 남아 있는 한, 사랑은 죽은 것이 아니기 때문이다.

병든 가을

병들고 사랑스러운 가을이여
장미밭에 폭우가 몰아치고
과수원에 눈이 내려 쌓이면
너는 세상을 떠나겠지

불쌍한 가을이여
쌓인 눈과 무르익은 과일의
하얀빛과 풍요로움 속에서
먼 하늘나라로 잘 가거라
사랑을 한 번도 해본 적 없는
푸른 머리카락의 키 작은 순진한 물의 요정 위로
새 떼 날아가는데

먼 곳의 숲 어느 변두리에서
사슴들 우는 소리 들려왔지

얼마나 사랑스러운가 오 사랑하는 계절이여 너의 소리여
사람이 따지 않아도 떨어지는 열매들
눈물 흘리는 바람과 숲

Automne malade

Automne malade et adoré
Tu mourras quand l'ouragan soufflera dans les roseraies
Quand il aura neigé
Dans les vergers

Pauvre automne
Meurs en blancheur et en richesse
De neige et de fruits mûrs
Au fond du ciel
Des éperviers planent
Sur les nixes nicettes aux cheveux verts et naines
Qui n'ont jamais aimé

Aux lisières lointaines
Les cerfs ont bramé

Et que j'aime ô saison que j'aime tes rumeurs
Les fruits tombant sans qu'on les cueille
Le vent et la forêt qui pleurent

가을날 한 잎 두 잎 떨어지는 그 모든 눈물
밟히는
낙엽
달리는
기차
인생은
흘러간다.

Toutes leurs larmes en automne feuille à feuille

Les feuilles

Qu'on foule

Un train

Qui roule

La vie

S'écoule.

아폴리네르는 계절 중에서 가을을 가장 좋아한다. 그는 「별자리Signe」라는 시에서 "나의 영원한 가을이여 오 내 정신의 계절이여"라고 가을을 찬미한 바 있다. 그가 이렇게 가을을 변심하지 않는 영원한 애인처럼 노래하는 것은 가을이 양면성을 지닌 계절이기 때문이다. 가을은 나무의 열매가 무르익어 풍성한 수확을 기대할 수 있는 계절이면서 동시에 죽음의 겨울이 예감되는 계절이다.

많은 시인이 가을을 주제로 시를 썼다. 보들레르는 「가을의 노래Chant d'automne」에서 "머지않아 우리는 차가운 어둠 속에 잠기리 / 잘 가거라, 너무나 짧았던 여름날의 찬란한 빛이여!"를 시작으로 가을의 어느 날 겨울의 땔감을 위해 장작 패는 소리를 듣고 관에 못 박는 소리를 연상하면서 죽음의 강박관념에 사로잡히는 불안한 마음을 이야기한다. 또한 베를렌은 「가을의 노래Chanson d'automne」에서 "가을날 / 바이올린의 / 긴 흐느낌은 / 단조로운 / 우울감으로 / 내 마음 아프게 하네"라고 노래하면서 지난날의 고통스러운 기억 때문에 "거센 바람에 / 휩쓸려" 낙엽처럼 사라지고 싶은 심정을 노래한다. 이들에게 가을은 양면성의 계절이 아니라 허무와 슬픔, 소멸과 죽음만을 일깨울 뿐이다.

이들과는 다른 시선으로 가을을 노래한 아폴리네르의 이 시에서 가을의 양면성은 거의 동시적으로 표현된다. 이것을 두 계열로 나누어보면 다음과 같다.

원문의 행	가을의 풍성함	겨울의 예감
1	사랑스러운adoré	병든malade
3~4	과수원vergers	눈이 내려 쌓인aura neigé
6	풍요로운richesse	하얀빛blancheur
7	무르익은 과일fruits mûrs	눈neige
15	열매들fruits	떨어지는tombant

시인은 이 시의 전반부에서 이처럼 가을의 이중성을 한 행혹은 두 행 속에서 병치하는 절묘한 표현법을 사용하다가 후반부에서 가을이 실연과 이별, 슬픔과 눈물의 계절임을 환기한다. 전반부가 끝나는 대목에서 "푸른 머리카락의 키 작은 순진한 물의 요정"은 비극적인 사랑을 상징하는 신화적 인물에 근거를 둔 표현이다. 프랑스어의 '옹딘Ondine'과 같은 이 요정은 로렐라이처럼 사랑의 실패를 상징한다. 또한 후반부에서 나뭇잎이 떨어지는 모양을 가을의 "눈물"이라고 묘사한

것에 주목할 필요가 있다. 이것은 다른 어느 시인에게서도 보이지 않는 새로운 표현 방식이기 때문이다. 끝으로 이 시의 마지막 부분을 주목해보자.

> 밟히는
> 낙엽
> 달리는
> 기차
> 인생은
> 흘러간다.

이 부분에서 명사는 '낙엽'과 '기차'와 '인생'이다. 이 명사들에는 어떤 형용사도 붙어 있지 않다. 또한 명사들을 연결하는 접속사도 없다. 한 명사가 한 행으로 끝나면서 간결하게 수직적인 형태를 보여주는 이러한 구조는 그 어떤 화려한 시구보다 독자의 상상력을 촉발한다. 시인은 '낙엽을 밟는다' 대신에 '밟히는 낙엽'을, '기차는 달린다' 대신에 '달리는 기차'를 아무 감정도 노출하지 않고 마치 화가가 서로 다른 색깔의 물감을 화폭에 뿌리듯이 던져놓는다. 이처럼 짧고 객관적인 시적 서술은 「미라보 다리」에서 "세월은 가도 나는 남아 있네"처럼 실연의 아픔을 떨치지 못하는 시인의 모습과는 다르다. 시인은 가을을 "병든 가을"이라고 명명하면서, 가을의 죽음과 계절의 변화를 환기하고, 시의 끝에서 달리는 기차의 이미지를 통해 시간의 빠른 흐름을 떠올린다. 그렇게 "인생은 흘러간다"고 했을 때, 우리는 자신의 인생을 돌아보고, 삶을 더욱 가치 있게 살아야겠다고 다짐해볼 수 있을 것이다.

5월

5월 멋진 5월 라인강에서 작은 배를 타고 가는데
여인들이 산의 높은 곳에서 내려다보고 있었지
당신들은 얼마나 멋있는지 그러나 작은 배는 멀어져갔네
그 누가 강변의 버드나무들 눈물 흘리게 했던가

그때 꽃이 핀 과수원들은 뒤쪽에서 꼼짝 않고 있었지
5월의 벚나무들에서 떨어진 꽃잎은
내가 그토록 사랑한 여인의 손톱이고
시든 꽃잎은 그녀의 눈꺼풀 같았지

강변의 길에는 느릿느릿
곰 원숭이 개가 집시들에게 이끌려
당나귀가 끄는 마차를 따라가는데
라인강 지역의 포도밭에서는 군가가
멀리서 들려오는 피리 소리에 실려 멀어져가네

5월 멋진 5월은 폐허를 송악으로
순결한 포도나무로 장미나무로 장식했네
라인강의 바람은 흔들고 있네 강가의 버드나무를

Mai

Le mai le joli mai en barque sur le Rhin

Des dames regardaient du haut de la montagne

Vous êtes si jolies mais la barque s'éloigne

Qui donc a fait pleurer les saules riverains

Or des vergers fleuris se figeaient en arrière

Les pétales tombés des cerisiers de mai

Sont les ongles de celle que j'ai tant aimée

Les pétales fléris sont comme ses paupières

Sur le chemin du bord du fleuve lentement

Un ours un singe un chien menés par des tziganes

Suivaient une roulette trainée par un âne

Tandis que s'éloignait dans les vignes rhénanes

Sur un fifre lointain un air de régiment

Le mai le joli mai a paré les ruines

De lierre de vigne vierge et de rosiers

Le vent du Rhin secoue sur le bord les osiers

수다스러운 갈대와 포도나무의 노출된 꽃들을

Et les roseaux jaseurs et les fleurs nues des vignes

아폴리네르는 1901년 8월부터 1년간 독일 라인강 지역에 사는 귀족 가문의 딸 가정교사로 지냈다. 그의 시집 『알코올』에서 '라인강의 노래'라는 소제목 아래 실린 「라인강의 밤」 「5월」 「로렐라이」 「여자들」 등은 그때 쓴 시들이다. 그 저택에서 그는 다른 가정교사인 영국인 여성, 애니 플레이든과 사랑에 빠진다. 그러나 그녀와의 사랑은 '불가능한 사랑'이거나 '불행한 사랑'의 기억으로만 남게 된다. 그의 유명한 장시 「사랑받지 못한 자의 노래」는 그녀와의 사랑을 잊지 못해 절망하고 방황하는 시인의 슬픈 노래라고 할 수 있다.

이 시에서도 그러한 사랑의 추억과 그리움은 1연과 2연에서 나타난다. 5월의 풍경은 청명하고 아름답다. 그러나 시인의 마음은 아름다운 풍경을 즐길 만큼 편안하지 않다. "라인강에서 작은 배를 타고 가는" 시인은 주변의 산 높은 곳에 있는 "멋있는" "여인들"을 보면서 자신의 아픈 사랑을 떠올린다. 산은 멈춰 있고 강물은 흐르는 것이라면, 산 위에 있는 여인들과 배를 타고 가는 사람은 만날 수 없는 운명의 관계에 놓여 있는 셈이다. 화자는 이러한 직관 속에서 자신의 슬픈 사랑을 강변에 있는 버드나무가 눈물 흘리는 모양에 기대어 표현한다.

2연에서 화자는 사랑하던 여인의 모습을 과수원의 벚나무와 관련시켜, "떨어진 꽃잎"은 그녀의 손톱이고, "시든 꽃잎"은 그녀의 "눈꺼풀" 같다고 말한다. 그러나 이러한 두 표현의 차이는 별로 크지 않다. 다만 "떨어진 꽃잎"이 그녀의 손톱이라고 말하는 것은 여인에 대한 기억이 훨씬 더 생생하게 전달되는 느낌을 줄 뿐이다.

3연과 4연은 사랑의 추억과 상관없는 외부의 풍경을 서술한다. 3연은 곡마단의 집시들이 "당나귀가 끄는 마차"를 타고 가는 모양과 멀리서 들려오다 다시 멀어져가는 소리가 자아내는 쓸쓸한 풍경을 연상케 한다. 화자는 곡마단의 떠들썩한 공연의 분위기와는 다르게 초라한 모습으로 느리게 가는 행렬을 묘사하고, 군가의 힘찬 노랫가락 대신에 군가 속에서 들려오는 아련한 "피리 소리"에 초점을 맞춘다. 4연에서 "폐허 les ruines"는 모순된 이중적 의미를 갖는 단어이다. 폐허의 성은 본래의 형태가 파괴되었다는 점에서 변화를 뜻하기도 하지만, 그것이 완전히 파괴되지 않고 폐허 그대로 남아 마치 파괴에 저항하여 존속하는 것처럼 보인다는 점에서는 영속을 의미하는 것이다. 또한 라인강의 바람이 아무리 거세게 불어도 버드나무와 갈대, 포도나무는 쓰러지지 않고 (알몸의) 노출된 꽃들을 피운다는 것은 사랑의 슬픔에도 불구하고 희망을 보려는 시인의 의지를 반영한다고 해석할 수 있다.

여자들

포도 재배 농가에서 여자들이 바느질을 합니다
렌첸아 난롯불을 준비하고 커피 물을 올려놓으렴
불 위에—고양이가 불을 쬐면서 기지개를 펴는구나
—제르트뤼드와 이웃집 남자 마르탱이 드디어 결혼한다지

눈먼 밤꾀꼬리가 노래하려고 애썼지만
올뻬미가 울자 새장에서 불안에 떨었습니다
저 아래 사이프러스 나무는 눈보라 속에서
여행하는 교황 같지—우체부가 방금 멈춰 섰구나

새로 오신 학교 선생님과 이야기를 하려나 보지
—올겨울은 아주 춥구나 포도주 맛은 아주 좋겠지
—다리 저는 귀머거리 성당 관리인이 위독하단다
—늙은 시장 딸이 영대에 수를 놓는다더라

주임신부 영명축일에 쓸 거라지 저 아래 숲은
바람이 불어 그랜드 오르간의 장중한 노래를 불렀습니다
꿈 선생과 그의 누이인 근심 부인이 불시에 나타났습니다
케티 너 이 양말 잘 꿰매지 않았구나

Les femmes

Dans la maison du vigneron les femmes cousent
Lenchen remplis le poéle et mets l'eau du café
Dessus — Le chat s'étire après s'être chauffé
— Gertrude et son voisin Martin enfin s'épousent

Le rossignol aveugle essaya de chanter
Mais l'effraie ululant il trembla dans sa cage
Ce cyprès là-bas a l'air du pape en voyage
Sous la neige — Le facteur vient de s'arrêter

Pour causer avec le nouveau maître d'école
— Cet hiver est très froid le vin sera très bon
— Le sacristain sourd et boiteux est moribond
— La fille du vieux bourgmestre brode une étole

Pour la fête du curé La forêt là-bas
Grâce au vent chantait à voix grave de grand orgue
Le songe Herr Traum survint avec sa sœur Frau Sorge
Kaethi tu n'as pas bien raccommodé ces bas

—커피와 버터 타르틴
마멀레이드 돼지기름 우유병을 가져오렴
—커피 좀더 다오 렌첸아
—바람 소리가 라틴어로 말하는 소리 같지

—렌첸 미안하지만 커피 좀더 줄래
—로테야 너 슬프구나 이런—그 애는 사랑에 빠진 모양이야
—신의 가호가 있기를—난 나 자신만 사랑할 뿐인데
—쉿 지금 할머니께서 묵주 신공을 바치신다

—얼음사탕을 먹어야겠다 르니야 기침이 나는구나
—피에르가 족제비를 데리고 토끼 사냥을 나가네
바람이 세차게 불어 전나무들이 모두 흥겨운 춤을 추었습니다
로테야 사랑은 슬픈 거란다—일제야 인생은 즐거운 거야

밤이 깊어졌습니다 포도나무 그루터기가
어둠 속에서 납골당처럼 되었고
눈 속에 수의들이 쌓여 있는 모양이었습니다
개들은 기진맥진한 행인들을 보고 짖어댔습니다

그 사람이 죽었구나 들어봐라 교회의 종소리가

—Apporte le café le beurre et les tartines

La marmelade le saindoux un pot de lait

—Encore un peu de café Lenchen s'il te plaît

—On dirait que le vent dit des phrases latines

—Encore un peu de café Lenchen s'il te plaît

—Lotte es-tu triste O petit cœur—Je crois qu'elle aime

—Dieu garde—Pour ma part je n'aime que moi-même

—Chut A présent grand-mère dit son chapelet

—Il me faut du sucre candi Leni je tousse

—Pierre mène son furet chasser les lapins

Le vent faisait danser en rond tous les sapins

Lotte l'amour rend triste—Ilse la vie est douce

La nuit tombait Les vignobles aux ceps tordus

Devenaient dans l'obscurité des ossuaires

En neige et repliés gisaient là des suaires

Et des chiens aboyaient aux passants morfondus

Il est mort écoutez La cloche de l'église

성당 관리인의 죽음을 알리며 천천히 울려 퍼졌습니다
리즈야 난롯불이 꺼져가니 불기운을 돋워야지
흐릿한 어둠 속에서 여자들은 성호를 그었습니다

Sonnait tout doucement la mort du sacristain

Lise il faut attiser le poêle qui s'éteint

Les femmes se signaient dans la nuit indécise

"포도 재배 농가에서 여자들이 바느질을 합니다"로 시작하는 이 시는 삼대가 사는 집안의 여자들이 나누는 일상의 대화를 직접화법으로 옮겨놓고 화자의 지문을 섞은 '이야기시 poème conversation'이다. 첫 행의 서술처럼 집 안의 상황을 설명하거나 창밖의 풍경을 기술하는 화자의 역할도 빠뜨릴 수 없는 요소이다. 그러나 화자는 작중 인물로 등장하지 않기 때문에, 그가 어떤 위치에 있는지는 짐작하기 어렵다. 그는 보이지 않는 관찰자로 머물고 있을 뿐이다.

이 농가에서 삼대의 "여자들"은 할머니, 어머니, 딸들이다. 그 딸들의 이름은 렌첸, 일제, 케티, 로테이다. 이 시의 끝 연에서 어머니가 난롯불이 꺼지지 않게 해야 한다고 리즈에게 일을 시키는데, 리즈가 누구인지는 분명치 않다. 여하간 이들이 나누는 대화의 주제는 모든 일반 가정의 일상생활이 그렇듯이, 집안일에 관한 것이거나 집 밖의 이웃과 마을에서 일어난 사건이다. "할머니께서 묵주 신공을 바치신다"와 "늙은 시장 딸이 영대에 수를 놓는"다는 말과 "주임신부 영명축일"에 쓴다는 대화는 이들이 독실한 가톨릭 신자임을 짐작게 한다. 또한 로테가 슬픈 표정을 짓는다는 말에서 그녀의 슬픔이 사랑 때문이라는 것을 알 수 있고, "제르트뤼드와 이웃집 남자

마르탱이 드디어 결혼한다"는 말은 이들의 사랑에 우여곡절이 많았다는 것을 짐작게 한다.

등장인물의 대화와 말의 기능은 제각각이다. 명령형으로 요구하는 말도 있고, 사실의 정보를 알려주는 말도 있으며, 내면의 성찰을 담은 말도 있다. 그러나 말의 주체가 누구인지는 명확하지 않다. 다만 "난롯불을 준비"하라거나 간식을 가져오라는 말, "할머니께서 묵주 신공을 바치"시니 조용히 하자거나 종소리를 듣고 성당 관리인의 죽음을 짐작하는 목소리의 주인이 딸들의 어머니인 것은 분명해 보인다.

그러나 누가 케티를 야단치는지, 누가 커피를 더 달라고 하는지는 알 수 없다. 기침하는 사람이 할머니인지 어머니인지도 분명하지 않다. 말의 주체가 불분명한 만큼, 대화의 경계도 모호하고, 대화의 주제도 다양하다. 결혼하는 사람들에 관한 것도 있고, 죽어가는 사람에 관한 것도 있다. 집 밖의 사건도 인과 관계 없이 연속된다. 이처럼 경계 없이 자유로운 말들로 구성된 이 시에서 화자의 목소리는 어떤 역할을 하는 것일까?

화자는 여자들의 이야기를 연결하면서 그들의 말에서 느껴지는 감정을 전달하는 역할을 한다. 그는 작중 인물들의 대화에 참여하지는 않지만, 그들의 대화에 자신의 시적 서술을 적절히 연결하기도 한다. 화자의 이러한 시적 묘사가 갖는 특징을 검토하기 위해서 4연과 8연을 예로 들어보자.

주임신부 영명축일에 쓸 거라지 저 아래 숲은
바람이 불어 그랜드 오르간의 장중한 노래를 불렀습니다
꿈 선생과 그의 누이인 근심 부인이 불시에 나타났습니다
케티 너 이 양말 잘 꿰매지 않았구나

〔……〕

밤이 깊어졌습니다 포도나무 그루터기가
어둠 속에서 납골당처럼 되었고
눈 속에 수의들이 쌓여 있는 모양이었습니다
개들은 기진맥진한 행인들을 보고 짖어댔습니다

4연은 작중 인물들의 말과 화자의 진술이 균형 있게 배치
되어 있고, 8연은 화자의 지문으로만 구성된다. 4연에서 작중
인물들이 나누는 말, 즉 "주임신부 영명축일에 쓸 거라지"와
"케티 너 이 양말 잘 꿰매지 않았구나"의 주제는 극도로 이질
적이다. 그 이질적인 대화 사이에 삽입된 화자의 두 문장도 불
연속적이다. 숲이 "바람이 불어 그랜드 오르간의 장중한 노래
를 불렀"다는 것과 프랑스어가 아닌 독일어로 쓴 "꿈 선생과
그의 누이인 근심 부인이 불시에 나타났"다는 문장의 접속은
황당하게 보이기도 한다. 물론 이 말은 꿈이 근심과 함께 온
다는 독일의 한 속담을 패러디한 것일지 모른다. 여하간 독자

들의 예상을 깨뜨리는 이러한 비논리적 표현 방식은 매우 재미있고 유쾌하다. 또한 8연에서 죽음을 환기하는 풍경 묘사는 7연의 "바람이 세차게 불어 전나무들이 모두 흥겨운 춤을 추었"다는 화자의 즐거운 느낌과 "로테야 사랑은 슬픈 거란다" "일제야 인생은 즐거운 거야"라는 삶의 진실에 관한 대화와 대립하면서 이 시의 끝부분인 9연의 내용과 자연스럽게 대응된다. 성당 관리인의 죽음을 알리는 종소리와 "난롯불이 꺼져"간다는 것은 비슷한 의미로 연결되어 있다. 또한 "난롯불이 꺼져가니 불기운을 돋워야지"에서, 시인은 우리의 삶이 끊임없이 다시 시작되는 것임을 암시했다고 말할 수 있다.

보통 사람의 일상 언어를 시적 언어로 변모시킨 이 시를 통해서, 우리는 시적 언어란 객관적으로 존재하는 것이 아니라, 시인의 상상력에 따라 평범한 말이나 대화를 얼마든지 시적으로 새롭게 변화시킬 수 있는 것임을 알게 된다.

라인강의 밤

내 술잔은 불꽃처럼 떨리는 술로 가득 차 있어요
들어보세요 뱃사공의 느린 노래를
달빛 아래 일곱 여인이 발에까지 늘어진
푸른빛 머리 틀어 올리는 모습 보았다는 이야기를

일어나서 노래해요 더 큰 소리로 원무를 춤추며
더 이상 뱃사공 노래 들리지 않도록
그리고 내 곁에 있게 해요 머리를 곱게 땋고
눈빛이 고요한 금발의 여자들을

라인강 포도나무들 비치는 라인강은 취해 있어요
밤의 모든 황금별은 떨면서 강물에 떨어지는 게 비쳐요
목소리는 계속 숨넘어가는 듯 노래하네요
여름을 매혹하는 푸른빛 머리의 요정들을

내 술잔은 웃음소리 터지듯 깨졌어요

Nuit Rhénane

Mon verre est plein d'un vin trembleur comme une
flamme

Écoutez la chanson lente d'un batelier

Qui raconte avoir vu sous la lune sept femmes

Tordre leurs cheveux verts et longs jusqu'à leurs pieds

Debout chantez plus haut en dansant une ronde

Que je n'entende plus le chant du batelier

Et mettez près de moi toutes les filles blondes

Au regard immobile aux nattes repliées

Le Rhin le Rhin est ivre où les vignes se mirent

Tout l'or des nuits tombe en tremblant s'y refléter

La voix chante toujours à en râle-mourir

Ces fées aux cheveux verts qui incantent l'été

Mon verre s'est brisé comme un éclat de rire

이 시의 화자는 어느 여름날 밤, 라인강 변의 한 술집에서 사랑의 추억을 떠올리며 독일 신화에 나오는 물의 요정들을 연상한다. 강물 깊은 곳의 수정궁에 산다는 '옹딘'이라는 이 요정들은 뱃사공이나 기사들을 유혹해서 그들을 물속에 붙잡아둔다는 것이다. 이러한 요정들에 대한 시인의 상념은 불길한 죽음의 예감으로 이어진다.

1연에서 화자는 술잔에 담긴 포도주의 붉은빛을 보고 불꽃을 상상한다. "불꽃처럼 떨리는 술"에서 '떨리는'이라는 형용사는 불안과 두려움을 암시한다. 또한 '불의 물'이라고 불리기도 하는 술은 물인 동시에 불이라고 할 수 있다. 바슐라르는 『불의 정신분석』에서 E. T. A. 호프만을 술잔에서 영감을 이끌어온 사람이라고 말하고, "호프만의 술은 불타는 술"이라고 정의한 바 있다. 바슐라르 식으로 해석하면, 아폴리네르의 술은 "불꽃처럼 떨리는 술"로서 불안과 두려움을 불러일으키는 것이자 동시에 그러한 감정들을 잠재우는 것이다. "뱃사공의 느린 노래"의 가사는 신비롭고 아름다운 여인들을 보고 뱃사공이 유혹에 빠지게 되었다는 신화를 환기한다.

2연에서 화자는 두려움을 잊기 위해 "일어나서" 큰 소리로 노래하자고 말한다. 그리고 그는 자기를 유혹할 것 같지 않은 정숙한 여자들을 자기 옆에 있게 해달라고 요구한다. 3연에서 "라인강은 취해 있"다는 것은 술을 마신 화자의 눈에 강이 취한 것처럼 보이기 때문일 수도 있고, 강 속에 포도나무들이 담겨 있어서 포도주에 취한 강으로 볼 수 있기 때문이기도 하다. 또한 "밤의 모든 황금별은 떨면서 강물에 떨어"진다는 구절에서 '떨림'의 표현은 밤의 서늘한 공기에 몸이 떨려온다는 느낌일 수도 있고, "불꽃처럼 떨리는 술"과 마찬가지로 불안과 두려움을 나타내는 것이기도 하다. 그 두려움은 노래하는 사람의 "숨넘어가는 듯"한 죽음의 어조와 일치한다. 한 행으로 끝나는 4연의 "내 술잔은 웃음소리 터지듯 깨졌어요"는 프랑스어 éclater가 (금속이나 유리가) '산산조각으로 터지다'와 (감정의 표현 소리 따위가) '터져나오다' 두 가지 뜻을 갖는다는 점에서, 술잔이 깨졌다는 것과 웃음이 터져 나왔다는 것을 한 문장에 담았다고 볼 수 있다.

그렇다면 시인은 왜 "웃음소리 터지듯"이란 비유를 사용했을까? 이것은 참았던 울음을 터뜨린다는 것의 반어적 표현이 아닐까?

구역

마침내 너는 이 낡은 세계에 싫증이 났구나

목동이여 오 에펠탑이여 오늘 아침 양 떼 다리들이 울고 있네

너는 그리스 로마 시대에 살고 있다는 것이 지겹지

여기서는 자동차조차도 옛날 물건 같지
종교만 여전히 새로울 뿐이지 종교는
포르타비아시옹*의 격납고처럼 단순하니까

오 기독교여 유럽에서는 오직 너만 구식이 아니지
가장 현대적인 유럽인은 교황 피우스 10세** 바로 당신
창들이 지켜보는 너 너는 부끄러움으로
오늘 아침 교회에 들어가서 고해할 수 없지
너는 광고 전단과 카탈로그와 큰 소리로 노래하는 포스터를
읽고 있네

* 20세기 초의 파리 공항. 현대적이고 기능적인 산업 건축물로 알려져 있다.
** 1903~14년 동안의 교황이다. 그는 20세기 현대 문명의 상징인 비행기를
경이롭게 보면서 그 당시 비행 기록을 세운 비행사를 축복하기도 했다.

Zone

À la fin tu es las de ce monde ancien

Bergère ô tour Eiffel le troupeau des ponts bêle ce matin

Tu en as assez de vivre dans l'antiquité grecque et romaine

Ici même les automobiles ont l'air d'être anciennes
La religion seule est restée toute neuve la religion
Est restée simple comme les hangars de Port-Aviation

Seul en Europe tu n'es pas antique ô Christianisme
L'Européen le plus moderne c'est vous Pape Pie X
Et toi que les fenêtres observent la honte te retient
D'entrer dans une église et de t'y confesser ce matin
Tu lis les prospectus les catalogues les affiches qui chantent tout haut

오늘 아침 시는 바로 이런 것 산문은 신문들이지
25상팀짜리 주간지에는 범죄 사건과
위인들의 인물 소개와 잡다한 기사 제목으로 가득하지

오늘 아침 나는 이름을 잊은 멋진 거리를 보았네
새롭고 깨끗한 이 거리는 햇빛의 나팔이었지
사장들 노동자들 멋진 타이피스트들이
월요일 아침부터 토요일 저녁까지 하루에 네 번 지나가네
아침에는 사이렌 소리가 세 번 신음하고
정오경에는 성난 종이 짖어대지
파리의 오몽티에빌가와 테른길 사이에서
광고판과 벽의 간판들
표지판 게시문들이 앵무새처럼 울어대는데
나는 이 산업의 거리의 우아함을 좋아한다네

어린 시절의 거리가 떠오른다 너는 아직 어린아이일 뿐
네 어머니는 너에게 푸른색과 흰색의 옷만 입힌다
너는 신앙심이 깊고 너의 가장 오랜 친구 이름은 르네 달리즈
너희는 교회의 화려한 미사를 가장 좋아한다
저녁 9시 가스등이 짙은 푸른빛이 되면 너희는 기숙사 침실
을 몰래 빠져나와

Voilà la poésie ce matin et pour la prose il y a les jour-
naux

Il y a les livraisons à 25 centimes pleines d'aventures
policières

Portraits des grands hommes et mille titres divers

J'ai vu ce matin une jolie rue dont j'ai oublié le nom

Neuve et propre du soleil elle était le clairon

Les directeurs les ouvriers et les belles sténo-dactylog-
raphes

Du lundi matin au samedi soir quatre fois par jour y
passent

Le matin par trois fois la sirène y gémit

Une cloche rageuse y aboie vers midi

Les inscriptions des enseignes et des murailles

Les plaques les avis à la façon des perroquets criaillent

J'aime la grâce de cette rue industrielle

Située à Paris entre la rue Aumont-Thiéville et l'avenue
des Ternes

Voilà la jeune rue et tu n'es encore qu'un petit enfant

Ta mère ne t'habille que de bleu et de blanc

학교 예배당에서 밤새도록 기도한다
그리스도의 빛나는 영광은 영원하고
매력적인 깊은 자수정 빛으로 끊임없이 돌아간다
그건 우리 모두가 가꾸는 아름다운 백합
그건 바람에 꺼지지 않는 붉은 머리카락의 횃불
그건 비통한 어머니의 창백하고 진홍빛인 아들
그건 언제나 만인의 기도로 무성한 나무
그건 명예와 영원을 위한 이중의 교수대
그건 여섯 갈래의 별
그건 금요일에 죽고 일요일에 부활하는 신
그건 비행사들보다 더 높이 하늘에 오르는 그리스도
그는 높이 오르기의 세계 기록 보유자

눈의 동공인 그리스도여
세기들의 스무째 동공은 자기의 역할을 알고
금세기는 예수처럼 새로 변하여 하늘로 올라가지
심연 속의 악마들은 고개를 들고 그를 바라보더니
날 줄 아는 걸로 보아 난 사람이라고 부르고
유대 지방의 마술사 시몬*을 흉내 낸다고 소리치지
천사들은 멋진 공중 곡예사 주위로 날아다니고

* 『신약성서』의 「사도행전」에 나오는 마술사로 하늘을 나는 기적을 행했다
  고 한다.

Tu es très pieux et avec le plus ancien de tes camarades René Dalize

Vous n'aimez rien tant que les pompes de l'Église

Il est neuf heures le gaz est baissé tout bleu vous sortez du dortoir en cachette

Vous priez toute la nuit dans la chapelle du collège

Tandis qu'éternelle et adorable profondeur améthyste

Tourne à jamais la flamboyante gloire du Christ

C'est le beau lys que tous nous cultivons

C'est la torche aux cheveux roux que n'éteint pas le vent

C'est le fils pâle et vermeil de la douloureuse mère

C'est l'arbre toujours touffu de toutes les prières

C'est la double potence de l'honneur et de l'éternité

C'est l'étoile à six branches

C'est Dieu qui meurt le vendredi et ressuscite le dimanche

C'est le Christ qui monte au ciel mieux que les aviateurs

Il détient le record du monde pour la hauteur

Pupille Christ de l'œil

Vingtième pupille des siècle il sait y faire

Et changé en oiseau ce siècle comme Jésus monte dans

이카로스* 에녹** 엘리야*** 티아나의 아폴로니오스****가

최초의 비행기 주위에서 떠돈다네

면병을 들어 올리며 영원히 올라가는 사제들은

종종 비켜서서 성체에 실려 오는 사람들을 지나가게 하지

마침내 비행기가 날개를 접지 않고 멈추자

하늘은 수많은 제비로 가득 차네

까마귀 매 부엉이 무리가 날갯짓하며 오고

아프리카에서 따오기들 홍학들 황새들이 도착하지

이야기꾼들과 시인들이 찬양하는 로크새*****는

최초의 인간 아담의 머리를 움켜잡고 맴돌고

독수리는 큰 소리로 울며 지평선 너머로 사라지고

아메리카에서 작은 벌새가 날아오지

중국에서는 날개가 하나밖에 없어 쌍을 지어 다니는

길고 재빠른 비익조가 날아왔네

그러고는 순결한 성령의 비둘기가

금조와 안상반점眼狀斑點인 공작의 호위를 받고 나타나지

스스로 자기 재생하는 장작더미의 불사조는

---

* 그리스 신화에 나오는 인물로 밀랍 날개를 몸에 붙이고 하늘로 날아오르다
 가 태양에 가까이 가면서 밀랍이 녹아 바다로 떨어진다.
** 『구약성서』에 나오는 카인의 아들. 그는 하늘로 신비롭게 사라졌다고 한다.
*** 이스라엘 왕국 초기의 예언자.
**** 신新피타고라스학파의 철학자. 여행 중에 하늘로 사라졌다는 전설이 있다.
***** 『천일 야화』에 나오는 거대한 새.

l'air

Les diables dans les abîmes lèvent la tête pour le regard-
er

Ils disent qu'il imite Simon Mage en Judée

Ils crient s'il sait voler qu'on l'appelle voleur

Les anges voltigent autour du joli voltigeur

Icare Enoch Elie Apollonius de Thyane

Flottent autour du premier aéroplane

Ils s'écartent parfois pour laisser passer ceux que trans-
porte la Sainte-Eucharistie

Ces prêtres qui montent éternellement élevant l'hostie

L'avion se pose enfin sans refermer les ailes

Le ciel s'emplit alors de millions d'hirondelles

À tire-d'aile viennent les corbeaux les faucons les hi-
boux

D'Afrique arrivent les ibis les flamants les marabouts

L'oiseau Roc célébré par les conteurs et les poètes

Plane tenant dans les serres le crâne d'Adam la première
tête

L'aigle fond de l'horizon en poussant un grand cri

Et d'Amérique vient le petit colibri

De Chine sont venus les pihis longs et souples

한순간 뜨거운 재로 모든 것을 덮고
사이렌 요정들 위험한 해협을 떠나
셋이 모두 귀엽게 노래 부르며 오고
독수리 불사조 중국의 비익조는 모두
날아다니는 기계와 우호 관계를 맺는다네

지금 너는 군중 속에서 외롭게 파리를 걷는다
버스의 무리들은 울면서 네 옆을 지나가고
너는 이제 더는 누구의 사랑도 받지 못하게 되었다는 듯
사랑의 괴로움으로 목이 멘다
지금이 옛날이라면 너는 수도원에 들어가겠지
당신이 마음의 준비 없이 기도하면 부끄러운 일이지요
너는 너를 비웃고 지옥의 불처럼 너의 웃음은 탁탁 튄다
네 웃음의 불꽃은 네 삶의 바탕을 금빛으로 물들인다
그건 어두운 박물관에 걸려 있는 그림이어서
때때로 너는 그 그림을 자세히 보려 한다

오늘 너는 파리의 거리를 걷는데 여자들은 피투성이가 되어
있다
그건 내가 기억하고 싶지 않은 아름다움의 종말이었다

샤르트르에서 열렬한 불꽃으로 둘러싸인 노트르담

Qui n'ont qu'une seule aile et qui volent par couple

Puis voici la colombe esprit immaculé

Qu'escortent l'oiseau-lyre et le paon ocellé

Le phénix ce bûcher qui soi-même s'engendre

Un instant voile tout de son ardente cendre

Les sirènes laissant les périlleux détroits

Arrivent en chantant bellement toutes trois

Et tous aigle phénix et pihis de la Chine

Fraternisent avec la volante machine

Maintenant tu marches dans Paris tout seul parmi la foule

Des troupeaux d'autobus mugissants près de toi roulent

L'angoisse de l'amour te serre le gosier

Comme si tu ne devais jamais plus être aimé

Si tu vivais dans l'ancien temps tu entrerais dans un monastère

Vous avez honte quand vous vous surprenez à dire une prière

Tu te moques de toi et comme le feu de l'Enfer ton rire pétille

Les étincelles de ton rire dorent le fond de ta vie

당신의 사크레쾨르 성당의 피가 몽마르트르에서 나를 흥건히 적셨지

나는 행복의 약속을 듣고 상처받네

내가 괴로워하는 사랑은 부끄러운 병이라네

너의 마음을 사로잡는 영상은 너를 불면과 불안 속에 지내게 하고

지나가는 영상은 언제나 네 곁에 머물지

너는 지금 지중해 바닷가

일 년 내내 꽃이 피는 레몬나무 밑에 있다

너는 친구들과 작은 배를 타고 뱃놀이한다

한 친구는 니사르, 다른 친구들은 망통이 하나 튀르비 애가 둘

우리는 심해의 문어들을 질겁하며 바라본다

해초 사이로 구세주의 상징인 물고기들이 헤엄친다

너는 프라하 근교의 여인숙 정원에 있다

너는 행복감에 젖어 있고 장미 한 송이가 탁자 위에 있다

너는 산문 콩트를 쓰다가 말고 물끄러미 바라본다

장미꽃 한가운데에서 잠들고 있는 잔꽃무지를

너는 질겁하면서 생비 성당의 마노*에서 네 모습 그려진 것을 보았다

C'est un tableau pendu dans un sombre musée
Et quelquefois tu vas le regarder de près

Aujourd'hui tu marches dans Paris les femmes sont en-
sanglantées
C'était et je voudrais ne pas m'en souvenir c'était au dé-
clin de la beauté

Entourée de flammes ferventes Notre-Dame m'a regardé
à Chartres
Le sang de votre Sacré-Cœur m'a inondé à Montmartre
Je suis malade d'ouïr les paroles bienheureuses
L'amour dont je souffre est une maladie honteuse
Et l'image qui te possède te fait survivre dans l'insomnie
et dans l'angoisse
C'est toujours près de toi cette image qui passe

Maintenant tu es au bord de la Méditerranée
Sous les citronniers qui sont en fleur toute l'année
Avec tes amis tu te promènes en barque
L'un est Nissard il y a un Mentonasque et deux Turbi-
asques

너의 모습을 본 그날 너는 죽고 싶도록 슬펐다
너는 햇빛에 질겁하는 나자로**를 닮았다
유대인 구역의 패종시계는 바늘이 거꾸로 돌았다
너는 그것처럼 너의 삶에서 느리게 뒷걸음친다
라친성***을 올라가기도 했고 저녁에는
카페에서 체코의 민요를 듣기도 했다

너는 마르세유 수박 밭 한가운데 있다

너는 코블렌츠에서 제앙 호텔에 있다

너는 로마에서 모과나무 아래 앉아 있다

너는 암스테르담에서 못생겼는데도 네 눈에 예쁜 아가씨와
함께 있다
그녀는 라이덴의 대학생과 결혼할 예정이란다
거기선 셋방을 라틴어로 쿠비쿨라 로칸다라고 한다
기억이 난다 나는 거기서 사흘 구다에서 사흘을 보냈다

* 프라하의 대성당에 있는 작은 예배당은 벽이 마노와 자수정으로 장식되어
  있다.
** 무덤에 묻혔다가 예수의 기적으로 다시 살아난 사람.
*** 프라하 왕궁.

Nous regardons avec effroi les poulpes des profondeurs
Et parmi les algues nagent les poissons images du Sauveur

Tu es dans le jardin d'une auberge aux environs de Prague
Tu te sens tout heureux une rose est sur la table
Et tu observes au lieux d'écrire ton conte en prose
La cétoine qui dort dans le cœur de la rose

Épouvanté tu te vois dessiné dans les agates de Saint-Vit
Tu étais triste à mourir le jour où tu t'y vis
Tu ressembles au Lazare affolé par le jour
Les aiguilles de l'horloge du quartier juif vont à rebours
Et tu recules aussi dans ta vie lentement
En montant au Hradchin et le soir en écoutant
Dans les tavernes chanter des chansons tchèques

Te voici à Marseille au milieu des Pastèques

Te voici à Coblence à l'hôtel du Géant

Te voici à Rome assis sous un néflier du Japon

너는 파리에서 예심판사 사무실에 있다

너는 형사범으로 구속된다*

너는 자신의 거짓과 나이를 깨닫기 전에

괴롭고 즐거운 여행을 했다

너는 스무 살과 서른 살에 사랑의 고통을 겪었다**

나는 미친 사람처럼 살았고 허송세월을 보냈다

너는 감히 네 손을 바라보지도 못하고 끊임없이 나는 흐느

껴 울고 싶다

너의 문제로 내가 사랑하는 여자의 문제로 너를 불안하게

만든 모든 문제로

너는 눈물 가득한 눈으로 저 불쌍한 이민자를 바라본다

그들은 신을 믿고 기도하고 여자들은 아이에게 젖을 먹이지

그들은 생라자르 역 대합실에 그들의 냄새를 가득 채운다

그들은 동방 박사 세 사람처럼 자신의 별을 믿는다

그들은 아르헨티나에서 돈을 벌어

출세한 다음에 자기 나라로 돌아오기를 바란다

* 아폴리네르는 루브르의 「모나리자」 도난 사건에 연루된 혐의로 5일 동안
  상테 감옥에서 구류를 살았다.
** 아폴리네르가 스무 살에 사랑했던 여자는 애니 플레이든이고, "서른 살에
   사랑의 고통을" 겪게 했던 여자는 마리 로랑생이다.

Te voici à Amsterdam avec une jeune fille que tu trouves
belle et qui est laide

Elle doit se marier avec un étudiant de Leyde

On y loue des chambres en latin Cubicula locanda

Je m'en souviens j'y ai passé trois jours et autant à Gou-
da

Tu es à Paris chez le juge d'instruction

Comme un criminel on te met en état d'arrestation

Tu as fait de douloureux et de joyeux voyages

Avant de t'apercevoir du mensonge et de l'âge

Tu as souffert de l'amour à vingt et à trente ans

J'ai vécu comme un fou et j'ai perdu mon temps

Tu n'oses plus regarder tes mains et à tous moments je
voudrais sangloter

Sur toi sur celle que j'aime sur tout ce qui t'a épouvanté

Tu regardes les yeux pleins de larmes ces pauvres émi-
grants

Ils croient en Dieu ils prient les femmes allaitent des
enfants

Ils emplissent de leur odeur le hall de la gare Saint-La-

어떤 가족은 붉은 이불을 갖고 다닌다지 당신이 당신의 마음을 갖고 다니듯이

붉은 이불과 우리의 꿈은 게다가 비현실적이지

그 이민자들 중 어떤 사람들은 여기에 남아

로지에가街나 에쿠프가*의 누옥에 거주한다지

나는 저녁에 그들을 종종 보았지 그들은 머리에 바람을 쐬러 나와서

장기의 말처럼 거의 움직이지 않지

특히 유대인들이 있는데 부인들은 가발을 쓰고

가게 안쪽에서 핏기 없는 얼굴로 앉아 있지

너는 음탕한 술집 카운터 앞에 서 있다

너는 불쌍한 사람들 틈에서 싸구려 커피를 마신다

밤에 너는 넓은 식당에 있다

이 여자들은 심술궂지는 않지만 저마다 걱정거리가 있다

아무리 못생긴 여자도 자기 애인에게 고통을 겪게 하겠지

그녀는 저지** 출신 하사관의 딸이라네

* 파리의 중심지 뒷골목에서 빈민가처럼 보이는 이 거리에는 유대인 이민자들이 많이 산다.
** 영국 해협에 있는 섬.

zare

Ils ont foi dans leur étoile comme les rois-mages

Ils espèrent gagner de l'argent dans l'Argentine

Et revenir dans leur pays après avoir fait fortune

Une famille transporte un édredon rouge comme vous
transportez votre cœur

Cet édredon et nos rêves sont aussi irréels

Quelques-uns de ces émigrants restent ici et se logent

Rue des Rosiers ou rue des Écouffes dans des bouges

Je les ai vus souvent le soir ils prennent l'air dans la rue

Et se déplacent rarement comme les pièces aux échecs

Il y a surtout des Juifs leurs femmes portent perruque

Elles restent assises exsangues au fond des boutiques

Tu es debout devant le zinc d'un bar crapuleux

Tu prends un café à deux sous parmi les malheureux

Tu es la nuit dans un grand restaurant

Ces femmes ne sont pas méchantes elles ont des soucis
cependant

Toutes même la plus laide a fait souffrir son amant

내가 예전에 보지 못했던 그녀의 손은 거칠고 갈라져 있다

나는 그녀의 배에 생긴 흉터를 보고 엄청난 연민을 느낀다

나는 지금 소름 끼치게 웃는 불쌍한 여자의 몸에 부끄러움
의 입을 맞춘다

너는 혼자이다 곧 아침이 올 것이다
거리엔 우유 배달부들이 양철통 울리는 소리를 낸다
밤은 아름다운 메티브*처럼 멀어진다
그녀는 믿을 수 없는 여자 페르딘이거나 세심한 여자 레아**
다

너는 너의 삶처럼 불타는 알코올을 마신다
네가 마시는 너의 삶은 화주와 같은 것

너는 오퇴유 쪽으로 걸어서 집에 가고 싶어 한다
오세아니아와 기니의 물신*** 사이에서 잠들기 위해

* 메티브Métive는 혼혈 여자métisse와 같은 뜻이다.
** 성서에 나오는 인물들.
*** 미술비평가이자 미술품 수집가이기도 했던 아폴리네르는 아프리카와 오

Elle est la fille d'un sergent de ville de Jersey

Ses mains que je n'avais pas vues sont dures et gercées

J'ai une pitié immense pour les coutures de son ventre

J'humilie maintenant à une pauvre fille au rire horrible
ma bouche

Tu es seul le matin va venir
Les laitiers font tinter leurs bidons dans les rues
La nuit s'éloigne ainsi qu'une belle Métive
C'est Ferdine la fausse ou Léa l'attentive

Et tu bois cet alcool brûlant comme ta vie
Ta vie que tu bois comme une eau-de-vie

Tu marches vers Auteuil tu veux aller chez toi à pied
Dormir parmi tes fétiches d'Océanie et de Guinée
Ils sont des Christ d'une autre forme et d'une autre
croyance
Ce sont les Christ inférieurs des obscures espérances

이것들은 다른 형태와 다른 신앙의 그리스도이다
이것들은 이름 없는 희망 낮은 자세의 그리스도이다

아듀 아듀

목 잘린 태양이여

세아니아 문명의 예술에 많은 관심을 갖고, 이 지역의 전통 예술인 조각
상 두 개를 그의 침실에 놓아두었다. 그가 여기서 이 조각상들을 언급한
것은 조형적인 아름다움의 예술적인 가치를 환기하기 위해서가 아니라,
자신의 정체성을 잊기 위한 것처럼 보인다.

Adieu Adieu

Soleil cou coupé

1912년에 쓴 이 시는 『알코올』(1913)에 실린 시들 중에서 가장 나중에 쓴 시이다. 그러나 아폴리네르는 이 시를 시집의 맨 앞에 배열함으로써 이 작품의 중요성을 부각한다. 시인의 현대 세계에 대한 깊은 성찰과 솔직한 내면 고백을 새로운 모더니즘 기법으로 표현한 이 장시는 문학사의 기준에서도 매우 중요하게 평가할 수 있다. 이 시를 해설하기에 앞서 우선 이 시의 제목, '구역zone'의 의미를 검토해보자. 아폴리네르 연구자인 미셸 데코댕Michel Décaudin에 의하면, 시인이 이 제목을 정한 것은 이 단어의 독특한 분위기, 즉 "모호성, 불행의 암시, 여기에 덧붙여 닫힌 원형의 고리와 출발점으로 돌아온다는 이미지" 때문이라는 것이다. 사전에 의하면, 'zone'은 "띠 모양의 부분, 지대, 지역, 구역, 빈민촌"을 뜻한다.

시인이 어느 날 아침 집에서 나와 파리의 여러 거리와 장소를 돌아다니다가 다음 날 새벽 집으로 돌아올 때까지 보고 느끼고 생각한 것을 과거로의 여행과 연결한 점에서, 이 시는 "닫힌 원형의 고리와 출발점으로 돌아온다는 이미지"가 지배적이라고 할 수 있다. 그러나 이러한 이미지에 적합한 번역어가 없기 때문에, 모호성과 "불행의 암시"를 동시에 함축한 이미지에 가장 가까운 단어로 '구역'을 번역어로 선택했다. 형용사가 붙지 않은 '구역'의 의미는 모호하다. 그러나 '구역'이 '한계 구역'이나 '경계 구역'을 연상시킨다는 점에서, 시인이 한계에 끝까지 가본다거나 경계를 넘어서려는 정신의 모험을 함축할 수 있다고 보았다.

모두 155행으로 구성된 이 시는 두 부분으로 나눌 수 있다. 전반부는 70행까지이고, 후반부는 71행부터 끝까지이다. 이렇게 구분하는 이유는 전반부가 현대 세계에 대한 다양한 성찰과 도시의 풍경에 대한 새로운 시각, 신앙심이 깊었던 어린 시절의 기억, 종교에 대한 찬미 등이 시간의 진행에 따라 직선적으로 전개된 반면, 후반부는 사랑의 고통과 소외된 자의 의식, 불행한 사람들에 대한 공감, 삶에 대한 불안으로 방황하면서 뒷걸음치는 것처럼 보이는 내면의 모양이 서술되어 있기 때문이다. 첫 행부터 자신이 살고 있는 도시를 오래된 낡은 세계로 묘사한 시인은 2행에서 "목동이여 오 에펠탑이여 오늘 아침 양 떼 다리들이 울고 있네"라는 특이한 표현을 통해, 현대 문명의 산물인 에펠탑과 다리를 비문명적인 목동과 양 떼의 은유로 결합한다. 또한 산업 기술 문명의 상징인 자동차를 오래된 도시의 분위기 때문에 '오래된' 것처럼 보인다고 말하는 반면, 종교는 오래된 것이면서도 비행장 "격납고처럼 단순하"다는 점에서 새롭다고 말하기도 한다.

파리의 기념비적 건물이나 유서 깊은 거리의 풍경에 관심이 없는 시인은 전통적인 아름다움의 기준과는 다르게, 아름다운 요소들이 전혀 없는 번잡한 "산업의 거리"를 "멋진 거리"라고 표현한다. 이 거리는 "사장들 노동자들 멋진 타이피스트들이" 하루에 네 번씩 지나다니고, "사이렌 소리가 세 번 신음"하고, 광고판이 "울어대는" 시끄러운 거리이다. 시인은 시각적인 대상을 청각적으로 표현하거나, 도시의 온갖 선전문이나 팸플릿을 도시의 시라고 정의하기도 하고, 고전적인 아름다움과 비슷한 의미의 "우아함"이란 단어를 "산업의 거리"에 결합하기도 한다. 그의 관점에서 이 거리는 '젊은 거리la jeune rue'이다. 프랑스어에서 '젊은'과 '어린'은 동일한 의미로 쓰인다. 시인은 '젊은 거리'라는 표현에서 어린 시절을 연상하며 모나코에서 중학교를 다녔을 때를 떠올린다. 어린 시절의 기억은 과거형이 아닌 현재형으로 기술되며, 그 시절의 '나'는 '너'로 자기 자신을 객관화하여 자기 자신과 대화를 하듯이 말한다. 그는 지금 "교회에 들어가서 고해할 수 없"을 만큼 신앙심을 잃었지만, 어린 시절에는 밤새도록 기도를 할 만큼 신앙심이 깊었다는 것이다.

어린 시절의 기억을 토대로 한 그리스도의 이미지는 성서의 상징이자 믿음과 순결을 의미하는 백합과, 그리스도의 붉은 머리카락을 뜻하는 횃불, "만인의 기도로 무성한 나무" 등으로 나타난다. 여기서 특히 흥미로운 것은 "비행사들보다 더 높이 하늘에 오르는 그리스도"와 "높이 오르기의 세계 기록 보유자"라는 표현들이다.

이처럼 그리스도를 찬미하는 이미지들에 이어 나오는 다음 행의 시구는 이해하기가 쉽지 않다.

> 눈의 동공인 그리스도여
> 세기들의 스무째 동공은 자기의 역할을 알고
> 금세기는 예수처럼 새로 변하여 하늘로 올라가지

그리스도와 세계의 관계, 동공과 눈의 관계, 20세기와 다른 세기들의 관계로 정리될 수 있는 이 텍스트에서 "그리스도"와 "동공"과 '20세기'는 동등한 가치를 갖는다. 그러므로 "눈의 동공인 그리스도"와 20세기는 영원한 과거와 불멸의 현재에 비유할 수 있다. 앞에서 시인은 "종교만 여전히 새로울 뿐"이고, "종교는/포르타비아시옹의 격납고처럼 단순하다"고 말했지만, 이것은 뒤집어 말하면 "격납고처럼 단순"하기 때문에 종교는 여전히 새롭고 영원할 수 있다는 의미로 해석할 수 있는 것이다. 종교가 영원하다는 것은 그리스도의 존재 가치가 영원하다는 말이기도 하다.

시인은 20세기를 비행기의 시대라고 생각하여 "금세기는 예수처럼 새로 변하여 하늘로 올라"간다고 표현한다. 여기서부터 전반부가 끝날 때까지 이 시는 신화와 전설 또는 『구약성서』나 소설에서 등장하는 인물들, 특히 하늘과 관련된 다양한 인물과 날짐승의 묘사로 가득 차 있다. 불수레를 타고 하늘로 올라갔다는 예언자가 나오기도 하고, 암컷과 수컷에게 눈과 날개가 하나밖에 없으므로 짝을 지어서 날아야만 하는 새가 등장하기도 한다.

이처럼 이 시의 전반부는 공간과 시간의 한계를 탐구하면서, 그 한계를 초월하려는 시인의 시적 모험과 모더니즘의 상상력으로 펼쳐진다. 이 과정에서 어린 시절의 기억이 삽입되어 있기도 하지만, 시의 흐름 속에서 공간적 상상력은 경계를 넓히면서 계속 확산된 느낌을 준다. 이러한 시적 진행은 과거와 현재, 오래된 것과 새로운 것, 현실과 초현실 등 온갖 대립된 요소들을 혼합하면서 대립의 경계를 모호하게 만드는 방법으로 진행된다. 여기에 덧붙여서 시각과 청각의 요소들이 결합되어 감각의 경계를 허물어버린 표현도 많다. 가령 "다리들"이 양 떼처럼 운다거나 벽보와 팸플릿이 노래를 부르고, 거리가 나팔 소리를 울리는 듯 보였다는 것이 그러한 예다.

이러한 시적 전개가 직선적이고 수평적이라면, 그리스도의 이미지들(백합, 횃불, 아들, 나무, 교수대, 별)이 등장하는 부분부터 시의 흐름은 수직적이거나 상승적이다. 그리스도는 이러한 흐름의 시작이자 끝이라고 할 수 있다. 시인이 그리스도를 비행사에 비유하고, 종교적 의미의 하늘과 비행기를 연결한 것은 신앙과 과학을 대립적으로 보지 않고 융합하려는 의도 때문이다. 이러한 융합은 53행의 "마침내 비행기가 날개를 접지 않고 멈추자"에서 완성된다. 하늘에서 비행기가 정지하듯 움직인다는 것을 표현한 이 구절은 수직적인 것과 수평적인 것이 대립되지 않고 상호 보완적으로 결합된 상태를 나타낸다. 시인은 이 대목에서 비행기 주위로 모든 대륙(유럽, 아프리카, 오리엔트, 아메리카, 아시아)의 새들이 모여들고, 모든 문화(『천일 야화』에 등장하는 새, 『구약성서』의 비둘기, 그리스 신화의 불사조 등)가 한곳에 집중되는 상태를 상상한다.

앞에서 말한 것처럼 이 시의 후반부는 화자가 뒷걸음치듯, 서술의 흐름이 앞으로 진행되기보다 정체된 느낌을 주는데, 그 이유는 내면의 부끄러운 자의식이 그의 걸음을 방해하기 때문으로 보인다. 전반부에서도 그랬듯이, 그는 자기 자신을 의식하는 자아와 의식되는 자아로 나눈다. 의식하는 자아는 '나'이고, 의식되는 자아는 '너'이다. 의식하는 자아가 현재의 '나'라면, 의식되는 자아는 현재의 '나'일 수도 있고, 과거의 '나'일 수도 있다. 의식하는 자아인 '나'는 의식되는 '너'에게 이렇게 말한다.

1) 너는 이제 더는 누구의 사랑도 받지 못하게 되었다는 듯/사랑의 괴로움으로 목이 멘다(73~74행)

2) 너는 너를 비웃고 지옥의 불처럼 너의 웃음은 탁탁 튄다(77행)

3) 오늘 너는 파리의 거리를 걷는데 여자들은 피투성이가 되어 있다/그건 내가 기억하고 싶지 않은 아름다움의 종말

이었다(81~82행)

　4) 나는 행복의 약속을 듣고 상처받네/내가 괴로워하는
사랑은 부끄러운 병이라네(85~86행)

　5) 너는 스무 살과 서른 살에 사랑의 고통을 겪었다/나는
미친 사람처럼 살았고 허송세월을 보냈다(117~118행)

　위의 예문들 중에서 특히 이해하기 어려운 부분은 3)에서
"여자들은 피투성이가 되어 있다"는 문장이다. 이것은 실제
사실이 아니라 외양이 그렇게 보였다는 의미일 것이다. 그렇
다면 시인은 왜 여자들을 그렇게 보았을까? 우리의 추측은
ensanglanté가 '피투성이의'와 '붉은색으로 물든'이란 뜻을
갖고 있으므로, 여자들의 옷차림이나 화장한 얼굴에서 시인
이 그런 느낌을 받았으리라는 점이다. 또한 이 단어의 발음이
sangloter(흐느껴 울다)와 유사하다는 점을 말할 수 있다. 시인
은 이 구절 앞에서 "사랑의 괴로움으로 목이 멘다"거나 "지옥
의 불처럼 너의 웃음은 탁탁 튄다"고 말한 바 있다. '목이 멘
다'는 동사와 '웃음'이란 명사는 모두 울음을 환기한다고 볼
수 있다. 그는 울고 싶은 심정을 그렇게 표현한 것이기 때문
이다. "흐느껴 울고" 싶은 시인의 눈에는 여자들이 밝고 아름
답게 보이지 않고, 피투성이처럼 처절하게 보일 수 있다. 4)에
서 "나는 행복의 약속을 듣고 상처받"는다는 것은 연인들의
행복에 대한 약속은 결국 믿을 수 없는 거짓임을 깨달은 사람

의 고백으로 보인다. 이러한 예문들에서 알 수 있듯이, '나'는 '너'를 객관화하여 보거나, '너'의 고통은 '너'의 잘못이라고 비난하듯이 말하기도 한다. 5)에서 "나는 미친 사람처럼 살았고 허송세월을 보냈다"고 진술하는 대목은 시인의 절망을 솔직히 드러내는 말이다. 이러한 '나'를 통해서 '나'와 '너'의 역할은 바뀌고, '나'와 '너'는 모두 이처럼 정신적 혼란에 빠진 듯하다.

이처럼 후반부에서 시인의 시야는 좁아지고, 그의 닫힌 감각은 숨 막힘과 목멤으로 표현된다. 그는 군중 속에서 길을 잃은 듯 외롭게 걸어가거나 낯선 곳에 유배된 사람처럼 방황하는 모습을 보이기도 한다. "사크레쾨르 성당의 피가 몽마르트르에서 나를/홍건히" 적셔오는 느낌과 "너의 마음을 사로잡는 영상은 너를 불면과 불안 속에 지내게" 한다는 현재의 상황은 슬픔과 절망의 의미로 연결된다. 회한의 눈으로 자기의 삶을 돌아본 시인은 불쌍한 이민자들에게 동류의식을 갖고, 그들이 사는 동네를 지나간다. 121행부터 134행까지는 불행한 이민자들의 삶을 그리고, 135행부터 143행까지는 화자가 음탕한 술집에서 "싸구려 커피"를 마시고, 가난한 사람들이 이용하는 "넓은 식당"에 들렀으며, 사창가의 창녀와 관계를 가졌다고 암시하기도 한다.

이 시의 끝부분에서 주목해야 할 부분은 다음과 같다.

너는 너의 삶처럼 불타는 알코올을 마신다
네가 마시는 너의 삶은 화주와 같은 것

〔……〕

아듀 아듀

목 잘린 태양이여

시인은 삶을 알코올과 화주에 비유한다. 화주는 힘을 뜻하는 활력주이자 동시에 삶의 정수를 의미한다. 시인이 그의 시집 제목을, 복수의 의미를 넣어 'Alcools'로 정한 것은 그의 시를 모두 알코올이라고 생각했기 때문일 것이다. 이런 점에서 삶과 알코올과 시는 동일한 의미와 가치를 갖는다고 할 수 있다. 삶처럼 불타는 알코올은 '삶처럼 불타는 시'이기도 하고, '삶을 불태울 수 있는 시'이기도 하다. 이 시의 후반부에서 줄곧 우울하고 절망적인 모습을 보였던 시인은 이 마지막 부분에서 삶과 시에 대한 뜨겁고 치열한 의지를 되찾았다고 말할 수 있다. 이렇게 본다면, "아듀 아듀"라는 작별 인사와 "목 잘린 태양"의 이미지는 부정적인 것이 아니다. 진정한 삶이 죽음의 절망을 극복함으로써 도래할 수 있는 것처럼, "목 잘린 태양"은 태양의 죽음이 아니라 태양의 새로운 탄생의 이미지로 해석할 수 있기 때문이다.

아폴리네르는 이 시에서 20세기 문명과 종교, 도시의 현실에 대한 거시적 시각을 보여준 동시에 자신의 개인적 불행과 고통을 드러내면서, 절망의 끝까지 가보려는 모험을 감행했다. 그는 낭만주의 시인들처럼 실연의 슬픔을 감성적으로 미화하지 않았고, 오히려 담대한 정신으로 고통스러운 내면을 객관화하여 보려 했다. 그는 기존의 문학적 관습에 구속되지 않았고, 새로운 정신으로 시를 새롭게 만들었으며, 종래의 서정적 표현을 배제한 새로운 시적 가치를 창조한 것이다. 그러므로 시적 운율과는 상관없는 짧은 문단들이 파격적으로 연결된 이 시는 문학의 전통과 관습을 부정한 일종의 '반시反詩'라고 할 수 있다.

죌 쉬페르비엘

Jules Supervielle
1884〜1960

순종

숲이 말한다. "언제나 희생되는 건 나야.

사람들은 나를 괴롭히고, 내 몸을 뚫어버리지, 도끼로 산산
조각을 내기도 하지.

싸움을 걸기도 하고, 이유 없이 학대하기도 해.

내 머리에 앉은 새와 내 다리에 있는 개미를 죽이기도 해,

그리고 내가 애정을 느낄 수 없는 이름을 새기기도 해.

아! 사람들은 내가 저항하지 못한다는 걸 너무나 잘 알아

사람들이 성가시게 하는 말[馬]이나 불만이 많은 소처럼.

그래도 난 언제나 사람들이 하자는 대로 할 수밖에 없어.

사람들이 나에게 명령했지 '뿌리를 내려라' 그러면 나는 힘
껏 뿌리를 내려주었지.

'그늘을 만들어라' 그러면 도리에 맞는 범위에서 만들었지.

'겨울을 준비해야지' 나는 마지막 잎새까지 잃어버렸어.

날이 가고 달이 가면서 나는 해야 할 일을 잘 알게 되었지,

오래전부터 사람들은 이제 더는 나에게 명령할 필요도 없게
되었어.

그러면 왜 저 나무꾼들은 발맞추어 오는 걸까?

사람들이 나에게서 기대하는 걸 말하면, 나는 그렇게 하지

사람들이 하늘의 한 조각 구름이나 별자리로 말해준다면,

Docilité

La forêt dit: «C'est toujours moi la sacrifiée,

On me harcèle, on me traverse, on me brise à coups de hache,

On me cherche noise, on me tourmente sans raison,

On me lance des oiseaux à la tête ou des fourmis dans les jambes,

Et l'on me grave des noms auxquels je ne puis m'attacher.

Ah! On ne le sait que trop que je ne puis me défendre

Comme un cheval qu'on agace ou la vache mécontente.

Et pourtant je fais toujours ce qu'on m'avait dit de faire.

On m'ordonna: «Prenez racine.» Et je donnai de la racine tant que je pus.

«Faites de l'ombre.» Et j'en fis autant qu'il était raisonnable.

«Cessez d'en donner l'hiver.» Je perdis mes feuilles jusqu'à la dernière.

Mois par mois et jour par jour je sais bien ce que je dois faire,

Voilà longtemps qu'on n'a plus besoin de me command-

나는 반항자가 아니고, 누구에게 싸움을 걸지도 않아,
하지만 그래도 누군가는 나에게 말해줄 수 있을 것 같아,
떠오르는 바람이 나를 캐묻기 좋아하는 숲이 되게 할 때."

er.

Alors pourquoi ces bûcherons qui s'en viennent au pas cadencé?

Que l'on me dise ce qu'on attend de moi, et je le ferai,

Qu'on me réponde par un nuage ou quelque signe dans le ciel,

Je ne suis pas une révoltée, je ne cherche querelle à personne.

Mais il me semble tout de même que l'on pourrait bien me répondre

Lorsque le vent qui se lève fait de moi une questionneuse.»

이 시에서 시인은 숲을 의인화하여 숲의 언어를 경청한다. 물론 숲은 말하지도 못하고, 울부짖지도 못하고, 노래하지도 못한다. 입이 없는 숲의 언어에 귀를 기울이는 시인은 숲의 생각을 전달하는 해석자이자 통역자라고 할 수 있다.

　이 시는 두 부분으로 나뉜다. 하나는 첫 행부터 시의 중간쯤 되는 부분 "나는 힘껏 뿌리를 내려주었지"까지이고, 다른 하나는 그 이후부터 끝까지이다. 이렇게 시를 나누는 이유는, 전반부가 사람들의 온갖 학대에도 말이나 소처럼 생각 없이 순종하는 나무의 모습을 보여준다는 점에서이고, 후반부는 나무의 속생각 혹은 깊은 생각을 드러낸다는 점에서이다. 다시 말해서 전반부의 나무가 자신이 겪은 고난과 피해를 증언하듯이 말한다면, 후반부의 나무는 생각하는 나무와 질문할 줄 아는 나무의 모습을 보여준다.

　후반부의 시작은 "'그늘을 만들어라' 그러면 도리에 맞는 범위에서autant qu'il était raisonnable 만들었지"이다. 이 구절에서 '도리에 맞는'으로 번역한 형용사는 '이성적'이라는 뜻도 있다. 시인은 생각하는 존재가 인간만이 아니고 나무도 생각하는 이성을 가질 수 있음을 밝히려고 한 것이다. 후반부에서 "왜 저 나무꾼들은 발맞추어 오는 걸까?"라는 의문문은 군인

들의 행진과 함께 집단적인 벌목 작업에 대한 두려움을 짐작
게 한다. 또한 나무는 사람들과 대화를 하고 싶어 하기 때문
에, "사람들이 나에게서 기대하는 걸 말하면, 나는 그렇게 하
지"는 단순한 순종이 아니라 대화의 희망을 표현한 것으로 보
인다. 물론 나무는 사람들과의 대화보다 "하늘의 한 조각 구
름이나 별자리"와 이야기를 나누고 싶어 할 것이다. 나무는
사람들 중에도 자기를 이해하는 사람이 있을 것이라고 상상한
다. 이 시의 마지막 행에서 "떠오르는 바람이 나를 캐묻기 좋
아하는 숲이 되게 할 때"처럼 바람과 같은 사람이 있으리라는
희망을 갖는다.

죽은 시인을 위해서

그에게 빨리 개미를 주세요.
아무리 작은 개미라도,
하지만 그가 좋아할지!
죽은 사람을 실망시켜서는 안 되지요.
그에게 개미를 주거나 아니면 제비의 입을 주세요
풀잎 한 조각이거나 파리의 한 끄트머리를 주세요
그에겐 자기만의 커다란 빈 공간이 있어요
그리고 아직 자기의 운명을 모를 거예요.

그 대신 그는 당신에게 골라서 가지라고 줄 거예요
그건 손으로 잡을 수 없는 정말 알 수 없는 선물들이지요.
흰 눈 속에 잠자는 부드러운 빛,
가장 높이 떠 있는 구름의 이면,
소란 속의 침묵,
보호해주는 것이 하나도 없는 별, 그런 것들이에요.
그는 이 모든 것에 이름을 지어 준답니다.
자기에겐 개 한 마리 사람 하나 없어도.

Pour un poète mort

Donnez-lui vite une fourmi
Et si petite soit-elle,
Mais qu'elle soit bien à lui!
Il ne faut pas tromper un mort.
Donnez-la lui, ou bien le bec d'une hirondelle,
Un bout d'herbe, un bout de Paris,
Il n'a plus qu'un grand vide à lui
Et comprend encor mal son sort.

A choisir il vous donne en échange
Des cadeaux plus obscurs que la main ne peut prendre:
Un reflet qui couche sous la neige,
Ou l'envers du plus haut des nuages,
Le silence au milieu du tapage,
Ou l'étoile que rien ne protège.
Tout cela il le nomme et le donne
Lui qui est sans un chien ni personne.

「죽은 시인을 위해서」라는 이 시는 죽은 시인에게 바치는 조사나 추도사와 같다. 그러나 조사나 추도사가 연상케 하는 엄숙하고 비장한 어조와는 달리, 이 시는 어린 독자들을 대상으로 한 동시처럼 단순하고 경쾌한 흐름으로 표현된다.

이 시의 중간에 보이는 여백을 기준으로 한다면, 위에서는 죽은 시인이 좋아할 만한 선물이 제시되고, 아래에서는 시인이 답례로 주는 선물 목록이 제시된다고 할 수 있다. 그렇다면 왜 죽은 시인에게 선물을 주는 것일까? 지금도 지구 어딘가에 남아 있는 풍습이겠지만, 원시인들은 죽은 사람의 무덤에 그가 생전에 아끼고 좋아하던 물건들을 시신과 함께 묻었다고 한다. 그러므로 시의 첫 행에서 "빨리"라는 부사는 '장례식을 치르기 전에'라는 의미를 함축한 것이다. 그리고 "개미"를 선물로 준다는 것은 끊임없이 움직이며 일하는 개미의 속성이 시인과 같아서일 뿐 아니라, 땅속에 시신과 제일 가깝게 길을 만드는 생물이 개미이기 때문일 것이다. 또한 "제비의 입"이나 "풀잎 한 조각"은 모두 시인이 좋아하는 자연의 작은 요소들로 짐작된다. 그리고 "파리의 한 끄트머리"라는 것은 시인이 살아 있을 때 친숙했던 집과 거리와 카페 같은 공간과 관련된 추억일지 모른다.

이 시의 후반부는 시인 쉬페르비엘이 애호하는 시적 이미지들을 보여준다고 할 수 있다. "흰 눈 속에 잠자는 부드러운 빛" "가장 높이 떠 있는 구름의 이면" "소란 속의 침묵" 등은 보통 사람들이 볼 수 없고 오직 '견자見者, le voyant'인 시인만이 볼 수 있는 것들이다. "보호해주는 것이 하나도 없는 별"은 권력의 높은 자리에 있는 사람이건, 소중한 존재나 사물이건, 모두 보호해주는 사람들과 기관이 있는 법인데, '별'은 그런 것 하나도 없이 하늘에 떠 있다는 것을 의미한다. 하늘의 별은 지상의 시인과 같다. 시인은 자기 곁에 "개 한 마리 사람 하나 없어도" 외롭지 않다. 그는 이 세상에 존재하는 모든 것과 친구가 될 수 있다. '견자'는 '볼 수 없는 것'을 보는 사람일 뿐 아니라, 사람들이 '알지 못하는 것'에 "이름을 지어"서 알게 해주는 사람인 것이다. 그는 사람들이 알지 못하는 것을 알고 있기 때문이다.

둘러싸인 저택

산의 몸통이 우리 집 창문 앞에서 망설입니다.
"우리는 산인데요, 어떻게 좀 들어갈 수 있을까요?
우리는 높이가 있고, 바위와 돌이 많고,
하늘에 의해 변형된 약간의 땅도 있는데요."
나뭇잎이 우리 집을 에워쌉니다.
"숲이 집에 들어가서 할 말이 있을까요?
우리 세계는 가지가 무성하고, 잎이 무성한데
하얀 침대가 놓인 방 안에서
위쪽으로 타고 있는 촛불 옆에서
그리고 유리병 속에 잠겨 있는 꽃 앞에서
우리가 무엇을 할 수 있을까요?
사방이 벽인 방에서 손으로 글을 쓰다가
팔짱을 끼고 있는 이 사람을 위해 무엇을 할 수 있을까요?
우리의 섬세한 뿌리의 의견을 들어봅시다.
그는 우리를 보지 못했으니, 제 속 깊은 곳에서
자기 말을 이해하는 다른 나무들을 찾겠지요."
그러자 강이 말했습니다. "나는 아무것도 알고 싶지 않아.
나는 나 혼자서만 흘러갈 뿐이니, 사람들을 모르지.
사람들이 내가 있다고 생각하는 곳에 내가 그대로 머문 적

La demeure entourée

Le corps de la montagne hésite à ma fenêtre:
«Comment peut-on entrer si l'on est la montagne,
Si l'on est en hauteur, avec roches, cailloux,
Un morceau de la Terre, altéré par le Ciel?»
Le feuillage des bois entoure ma maison:
«Les bois ont-ils leur mot à dire là-dedans?
Notre monde branchu, notre monde feuillu
Que peut-il dans la chambre où siège ce lit blanc,
Près de ce chandelier qui brûle par le haut,
Et devant cette fleur qui trempe dans un verre?
Que peut-il pour cet homme et son bras replié,
Cette main écrivant entre ces quatre murs?
Prenons avis de nos racines délicates,
Il ne nous a pas vus, il cherche au fond de lui
Des arbres différents qui comprennent sa langue.»
Et la rivière dit: «Je ne veux rien savoir,
Je coule pour moi seule et j'ignore les hommes.
Je ne suis jamais là où l'on croit me trouve
Et vais me devançant, crainte de m'attarder.

이 없었지.

나는 늦을까 봐 두려워 나를 앞질러 가게 되지.

자신의 다리로 걸어가는 사람들에게는 좀 미안한 말이지만

그들은 이야기하면서 걸으니, 늘 제자리걸음으로 돌아
가지.”

그러나 별은 속으로 중얼거립니다. “나는 통화하면서 불안
에 떠는데.

아무도 나를 생각해주지 않으면, 나는 존재할 수 없으
니까.”

Tant pis pour ces gens-là qui s'en vont sur leurs jambes

Ils partent, et toujours reviennent sur leurs pas.»

Mais l'étoile se dit: «Je tremble au bout d'un fil,

Si nul ne pense à moi je cesse d'exister.»

쉬페르비엘의 시에는 인간과 자연의 관계를 주제로 삼은 작품이 많다. 이러한 시에서, 그는 종종 자연의 대상들을 의인화한다. 자연의 의인화는 인간의 입장에서 자연을 바라보지 않고, 자연의 관점에서 자연의 말을 듣기 위해서이다. 「둘러싸인 저택」도 마찬가지이다. 이 시의 제목에서 '둘러싸인'이란 과거분사는 산, 숲, 강, 별 같은 자연에 둘러싸였다는 것이고, '저택'은 인간의 집이거나 시인의 집을 의미한다. 그렇다면 시인은 왜 집 대신에 '저택'이란 명사를 사용한 것일까? 아마도 '저택'이 집보다 규모가 크고, 견실하게 만들어졌다는 이미지 때문일 것이다.

이 시의 독특한 점은 "산의 몸통"이 걸어와서 시인의 집 창문 앞에서 머뭇거리다가, 들어갈 수 없는 것을 알면서도 조심스럽게 "어떻게 좀 들어갈 수 있을까요?"라고 묻는 것이다. 산은 정중한 태도를 취할 뿐 아니라, 자신이 그 집에서 무엇을 할 수 있는지를 자문한다. 또한 산은 자신을 위해서가 아니라 시인을 위해서 자기가 도울 일이 무엇인지를 묻기도 한다. 산의 이러한 이타적인 태도와는 달리, 강은 인간에게 관심을 갖고 있지 않다. 강은 빨리 흘러가야 하는 자신의 임무 때문에 인간에게 관심을 쏟을 여유가 없는 것이다. 강의 관점에서 인간을 보는 시인의 상상력은 매우 독특하다.

　또한 이 시의 끝부분에서 별이 하는 말은 매우 의미심장하다. 별은 "통화하면서 불안에" 떤다고 말한다. 물론 별의 통화 대상은 인간일 것이다. 별은 자신이 인간에게 전화할 수 없기 때문에 어쩌면 인간의 전화를 기다리는 입장일지 모른다. 별이 '불안에 떤다'는 것은 인간이 전화를 하지 않고, 자기를 "생각해주지 않으면" 자기는 존재할 수 없다고 생각하기 때문이다. 그러나 정작 불안에 떨어야 할 존재는 인간이 아닐까? 별빛이 인간에게 길을 밝혀주던 시대는 행복했다고 말한 철학자가 있었다. 별빛이 길을 밝혀주건 아니건 간에, 별빛을 찾지 않고, 떨림과 설렘을 잊은 이 시대의 사람들이 불행한 것이다. 시인은 인간이 불안에 떨어야 하는 것을 역설적으로 별이 "불안에 떠는" 것으로 표현한다. 이런 점에서 이 시의 울림은 크다.

시인

세상에서 가장 순한 동물인
시인에게 친절히 대하세요.
우리에게 자기의 가슴과 머리를 빌려주고,
우리의 모든 불행과 동화된 모습의,
그는 우리와 똑같은 사람이지요.
형용사의 사막에서
그는 자기의 고통스러운 낙타를 타고
예언자들보다 앞서가지요.
그는 매우 정직한 사람이어서
불행과 불행의 무덤들을 찾아다니고
우리를 위해 자신의 불쌍한 몸을
까마귀에게 주는 착한 사람이지요.
그는 분명한 언어로 표현하지요
우리의 무한히 작은 것들을.
아! 그의 축일에는 그에게
통역자의 모자를 선물해야겠어요!

Le Poète

Soyez bon pour le Poète,

Le plus doux des animaux.

Nous prêtant son cœur, sa tête,

Incorporant tous nos maux,

Il se fait notre jumeau;

Au désert de l'épithète,

Il précède les prophètes

Sur son douloureux chameau;

Il fréquente très honnête,

La misère et ses tombeaux,

Donnant pour nous, bonne bête,

Son pauvre corps aux corbeaux;

Il traduit en langue nette

Nos infinitésimaux.

Ah! donnons-lui, pour sa fête,

La casquette d'interprète!

오래전부터 많은 시인이 시인을 주제로 시를 쓰거나, 시인의 역할을 정의하는 산문을 쓰기도 했다. 시인을 민중의 지도자라고 말하는 시인도 있었고, 보통 사람들이 보지 못하는 것을 보는 견자가 시인이라고 말하는 시인도 있었다. 그러나 쉬페르비엘은 이 시에서 시인을 인간의 모든 고통과 불행에 공감하고 헌신적인 태도를 보이는 사람, 예수 그리스도와 같은 성인에 비유한다.

이 시의 첫 부분에서 그는 유머러스한 어조로 시인을 "세상에서 가장 순한 동물"이라고 변호하듯이 말한다. "자기의 가슴과 머리를 빌려주고", "우리의 모든 불행과 동화된" 그의 모습은 그리스도를 연상시키기에 충분하다. 여기서 '동화되다 incorporer'와 '강생하다incarner'가 같은 뜻임을 상기할 필요가 있다.

> 형용사의 사막에서
> 그는 자기의 고통스러운 낙타를 타고
> 예언자들보다 앞서가지요.

이 대목에서 우리는 "고통스러운 낙타를 타고" "사막"을 횡단하는 시인의 이미지를 떠올리게 된다. 그렇다면 왜 "형용사의 사막"일까? 형용사의 문법적 정의는 사람이나 사물의 속성을 나타내는 품사이다. 세상에는 무수한 명사가 있듯이 무수한 형용사가 존재한다. 그럼에도 시인이 "형용사의 사막"이라고 한 것은 많은 형용사가 관련 대상의 본질을 나타내지 않고 외양만 표현한다고 보기 때문이다. 그러나 진정한 시인은 외양 속에 감춰진 진정한 '형용사'를 찾는 사람이다. 또한 시인이 "예언자들보다 앞서"간다는 것은, 이 시대에는 그리스도 같은 시인의 헌신적 역할이 중요하다고 보기 때문일 것이다.

> 우리를 위해 자신의 불쌍한 몸을
> 까마귀에게 주는 착한 사람이지요.
> 그는 분명한 언어로 표현하지요
> 우리의 무한히 작은 것들을.

시인이 "자신의 불쌍한 몸을／까마귀에게" 준다는 것은 중세 시인 프랑수아 비용의 「목 매달린 자들의 발라드」에 나오는 한 구절을 연상시킨다. 좌절과 절망 속에서 살았으면서도 인간의 고통스러운 내면을 아름답고 깊이 있는 언어로 표현한 비용은, "까치와 까마귀는 우리의 눈을 파내고" "우리는 결코 잠시도 편안히 쉴 수 없다"고 노래한 바 있다. 인용된 부분에서 "무한히 작은 것들"은 보통 사람의 감각으로는 포착하거나 인식하기 어려운, 미세하고 순간적인 진실의 양상을 가리킨다. 시인은 그러한 "작은 것들"을 "표현"하면서 인간의 현재와 본질적 모습을 일깨워준다. 그는 우리가 알 수 없는 것을 알게 해주고, 우리가 근원적으로 하고 싶은 말을 대변해주는 사람이다.

이 시는 쉬페르비엘이, 동시대의 초현실주의 시인들처럼 분노와 열정의 목소리로 사회에 대한 불만을 외치지 않고, 그들과 달리 대상을 사려 깊은 시선과 낮은 목소리로 노래한 시인임을 보여준다.

피에르 르베르디

Pierre Reverdy
1889~1960

오래된 항구

한 걸음 더 호수 쪽으로, 부두 위로, 불이 켜진 술집의 문 앞
으로.

선원은 벽에 기대어 노래하고, 여인도 노래한다. 작은 배들
은 좌우로 흔들리고, 큰 배들은 사슬을 팽팽하게 잡아당기고
있다. 술집 안에는 거울 위에 나타난 깊은 풍경이 있다. 구름
이 홀 안에 있고, 하늘의 열기와 바다의 소리도. 모든 어렴풋
한 모험들은 그것들과 멀어진다. 물과 어둠은 밖에서 기다린
다. 곧 떠날 시간이 오리라. 항구는 길게 뻗어 있고, 지류는 다
른 지역으로 빠르게 흘러가며, 모든 배경은 추억으로 가득하
다. 기울어진 거리, 곧 잠이 드는 지붕들.

그렇지만 그 모든 것은 서 있으면서 언제나 떠날 준비를
한다.

Vieux port

Un pas de plus vers le lac, sur les quais, devant la porte éclairée de la taverne.

Le matelot chante contre le mur, la femme chante. Les bateaux se balancent, les navires tirent un peu plus sur la chaine. Au-dedans il y a les paysages profonds dessinés sur la glace; les nuages sont dans la salle et la chaleur du ciel et le bruit de la mer. Toutes les aventures vagues les écartent. L'eau et la nuit sont dehors qui attendent. Bientôt le moment viendra de sortir. Le port s'allonge, le bras se tend vers un autre climat, tous les cadres sont pleins de souvenirs, les rues qui penchent, les toits qui vont dormir.

Et pourtant tout est toujours debout prêt à partir.

오래된 항구의 쓸쓸한 분위기가 한 폭의 그림처럼 느껴지는 이 산문시에서, 화자의 시선은 이동하고 있지만, 화자가 누구인지는 밝혀져 있지 않다. 등장인물도 거의 없다. 술집 안에서 노래하는 "선원"과 "여인"이 있을 뿐이다. 또한 술집은 떠들썩한 분위기가 아니라 적막한 느낌을 준다. 술집 안의 "거울 위에 나타난 깊은 풍경"에는 "구름"과 "하늘의 열기와 바다의 소리"가 있다. 밖과 안, 낮과 밤의 모든 경계는 지워지고, 비현실적 대상들이 모두 불투명하게 혼동된 상태에서 "기울어진 거리"는 현실의 공간이 아니라 꿈의 공간을 암시한다. 여기서 "거울 위에 나타난 깊은 풍경"과 "배들이 좌우로 흔들리"는 풍경은 보들레르의 「여행으로의 초대」에서 "호화로운 천장" "깊숙한 거울들"이란 표현과 "저 운하 위에／방랑자 기질의／배들이 잠자는" 풍경을 연상시킨다.

이 시의 마지막 문장, "그렇지만 그 모든 것은 서 있으면서 언제나 떠날 준비를 한다"는 것은 아무리 배와 사람들로 붐비지 않는 적막한 항구라고 해도, 항구는 바다 옆에 있기 때문에 언제나 떠나고 싶은 욕망을 불러일으키는 곳임을 일깨워준다.

피에르 르베르디는 시집 제목을 『바다의 자유』(1959)라고 붙였을 만큼 바다를 좋아한 시인이다. 그는 바다에 대한 자신의 사랑을 '열정적passionné'이라고 표현하며, 진정한 자유는 "바다의 자유la liberté des mers"임을 노래하기도 한다. 그 바다가 단수가 아니라 복수인 것은 바다가 다양한 풍경을 의미하기 때문이다. 그의 바다에 대한 그리움은 어린 시절이 끝날 무렵부터였다고 한다. 그러나 그는 랭보의 「취한 배」처럼 바다에서의 모험을 정면에서 그리지 않는다. 이 시에서 알 수 있듯이 오래된 항구의 한적한 술집을 배경으로 하거나 바닷가 언덕 위에서 바다를 바라보며 명상에 잠겨 막연히 다른 세계로 떠날 것을 꿈꿀 뿐이다.

돌담

넘지 못하는 장벽이 있다
언제나 더 높이 올라가야 한다
떨어지는 시간 속에서
환영幻影 속에 스며드는 혼란스러운 금빛의 말에서
도달할 수 없는 희망을 향해
하늘의 마침표인 달밖에
아무것도 보이지 않는 흐릿한 어둠 속에서
아래쪽 길에는 여인들이 한 사람씩 지나가고 있었다
하지만 문은 다시 닫혔다
이젠 더는 아무도 내려가지 않으리라
길을 걸어가던 어떤 남자가
멈춰 선다
그의 환영은 전혀 준비되지 않았다
그래서 남은 사람들이 모두 앞서갔다
하늘의 색깔이 펼쳐지고 있었다
창문이 없는
하얀 외딴집이 있는 데까지
그곳엔 한 여인이 기다린다
대리석 층계 위에서

Le mur de pierres

Il y a une barrière qu'on ne franchit pas

Il faut toujours monter plus haut

Au milieu des heures qui tombent

De l'or des mots troublants qui se glissent dans l'ombre

Vers cet inaccessible espoir

Dans la nuit mate et sans rien voir

que ce point final du ciel qu'est la lune

En bas les femmes passaient une à une

Mais la porte s'est refermée

Personne ne descendra plus

Quelqu'un qui marchait dans la rue

S'arrête

Son ombre n'était jamais prête

Alors tout le reste avançait

La couleur du ciel s'étendait

Jusqu'à la maison blanche et perdue

Sans fenêtres

Où une femme attend

sur le perron de marbre

나무들이 직선으로 늘어선 길에서
들려오는 둔탁한 소리에 멈춰 서서
불안한 바람 소리
그 뒤에 숨어 있는 그림자들
그리고 새들의 날개를 단
연인들의 웃음소리는
우물 표지판에 부딪쳐 튀어 오르는데

Arrêtée par le bruit sourd que l'on entend

Dans la ligne des arbres

La voix inquiétante du vent

Les formes cachées là derrière

Et le bruit ricochant sur la plaque des eaux

Du rire des amants

A l'aile des oiseaux

「돌담」이란 제목을 보고, 흙과 돌로 만든 나지막한 시골집 담장을 연상하는 독자가 있을지 모른다. 그러나 이 시의 "돌담"은 "넘지 못하는 장벽"처럼 높고 견고한 성벽을 가리킨다. 이 시의 화자는 감옥과 같은 그 '장벽'을 넘기 위해서 "높이 올라가야" 하지만, 그 시도는 언제나 실패로 끝나고 만다. "떨어지는 시간"이란 올라가거나 넘어서려고 해도 늘 떨어지고 마는 좌절의 시간이다. "혼란스러운 금빛의 말"은 인간에게 희망을 갖게 하는 인생의 격언 같은 말로 이해된다.

르베르디의 많은 시가 그렇듯이, 이 시 역시 시인의 고독한 내면을 보여준다. "도달할 수 없는 희망" "아무것도 보이지 않는 흐릿한 어둠", 닫혀 있는 문, "창문이 없는/하얀 외딴집" "불안한 바람 소리" 등의 외롭고 어두운 절망적 이미지들은 그의 다른 시에서도 친숙하게 나타난다. 그렇다면 '돌담'은 무엇일까? 이것은 시인의 외면과 내면 사이에 놓여 있는 것일까? 아니면 시인과 세계(타인)의 소통을 가로막는 장벽일까? 그 돌담이 무엇이건 시인은 돌담을 넘어서기보다 돌담 안에 머물려 한다. 돌담을 넘지도 못하고, 돌담을 넘는다 해도 희망의 세계가 펼쳐질 것처럼 보이지 않기 때문이다.

그의 시에서 '창'이나 '문'은 열려 있기보다 닫혀 있는 경우가 많다. 이 시에서도 '문'은 "다시 닫혔"고 "하얀 외딴집"에는 창문이 없다. 또한 "길을 걸어가던 어떤 남자"는 발걸음을 멈추고, 다른 사람들이 앞서간다. 그가 멈춰 선 이유가 환영幻影이 준비되지 않았기 때문이라면, 이것은 무엇일까? 이 단어 l'ombre는 그림자 또는 망령이라고 번역할 수도 있다. 그런데 être comme l'ombre et le corps(육체)가 '늘 같이 붙어 다니다'라는 뜻의 숙어라면, l'ombre는 정신이나 영혼을 의미하는 것으로 볼 수도 있다.

물론 육체와 정신이 건강한 사람이라면, 정상적인 삶을 영위할 수 있고, 타인과의 소통도 자유로울 수 있을 것이다. 그러나 르베르디의 인물들은, 그의 다른 시 제목처럼, 「인간의 불균형La disproportion de l'homme」과 같은 모습으로 표현된다. 그들은 웃지도 않고, 큰 소리로 말하지도 않는다. 길을 걷다가도 멈춰 서고, 하염없이 기다린다. 그들이 무엇을 또는 누구를 기다리는지 알 수 없다. 그들에게는 "불안한 바람 소리"가 들리거나 "그 뒤에 숨어 있는 그림자들"이 느껴질 뿐이다. 이런 점에서 르베르디는 인간의 근원적 고독과 불안을 탐구한 시인이라고 말할 수 있을 것이다.

밤의 원무

종소리가 멀리서 들려온다
두 세계가 가까워진다
종탑의 가장자리에 별들이 매달려 있다
한구석에서 굴뚝에 연기가 피어오른다
촛불이 켜진다
누군가 올라간다
곧 종이 울리리라
구름이 지나가면서 종을 흔들어놓았다
우리는 지금 그런 일에 익숙하다
아무도 더는 놀라지 않는다
두 눈으로 당신이 계신 하늘을
측정해본다
자유로운 영혼은 날아올랐다
우리는 아직 우리가 쉴 수 있는
자리를 고를 수 있다
오랫동안 걸어다닌 후에는
보다 아래쪽에 남은 구역이 있다
어둠 속에서
우리는 귀를 기울였다

Ronde nocturne

Le timbre vient de loin

Les mondes se rapprochent

Sur les bords du clocher des étoiles s'accrochent

Dans le coin des cheminées fument

Ce sont des bougies qui s'allument

Quelqu'un monte

Les cloches vont sonner

Un nuage en passant les a fait remuer

A présent on a l'habitude

Personne n'est plus étonné

Les yeux mesurent l'altitude

Où vous êtes placé

Un cœur libre s'est envolé

On peut encore choisir sa place

Où l'on pourrait se reposer

Après avoir longtemps marché

Plus bas il reste une surface

Dans la nuit

On écoutait

　　　　　그 사람일까

지평선에 어떤 사람이 소리 없이 하늘로 올라갔다

계단이 삐걱거리는 소리를 낸다

　　　　　계단은 인간이 만든 것이다

그건 우화이거나 육교이지

달아나던 시간은 날갯짓으로만 펄럭인다

Serait-ce lui

A l'horizon sans bruit quelqu'un montait au ciel

L'escalier craque

Il est artificiel

C'est une parabole ou une passerelle

L'heure qui s'échappait ne bat plus que d'une aile

"종소리가 멀리서 들려온다/두 세계가 가까워진다"(1~2행)에서 알 수 있듯이, 이 시는 교회의 종소리를 통해 지상의 세계와 천상의 세계를 연결 짓는 시인의 상상 세계를 보여준다. "두 세계가 가까워"지는 것과 관련된 이미지들은 3행의 "종탑의 가장자리에 별들이 매달려 있다"와 5행의 "촛불이 켜진다", 6행의 "누군가 올라간다", 19행의 "우리는 귀를 기울였다", 22행의 "계단이 삐걱거리는 소리를 낸다" 등이다. 이 중에서 "촛불이 켜진다"와 "누군가 올라간다"는 것은 한 사람의 죽음을 암시하고, 그의 영혼이 하늘로 올라가는 것을 연상케 한다. 그러니까 그의 죽음을 알리는 의미에서 "곧 종이 울리리라"(7행)가 이어진 것이다.

이 시의 중간에 "자유로운 영혼은 날아올랐다"의 '영혼'은 '마음le cœur'을 의역한 것이다. 죽은 사람에게는 '자유로운 마음'보다 '자유로운 영혼'이 적절해 보였기 때문이다. 이 구절 앞에 있는 "당신이 계신 하늘"의 '당신'은 하느님을 의미한다. 또한 "우리가 쉴 수 있는/자리"는 착한 영혼이 갈 수 있는 천국의 자리를 가리킨다. "오랫동안 걸어다닌 후"는 인간의 삶을 여행이나 여정으로 비유하는 관습에서 비롯된 표현이다.

지평선에 어떤 사람이 소리 없이 하늘로 올라갔다
계단이 삐걱거리는 소리를 낸다
　　　계단은 인간이 만든 것이다
그건 우화이거나 육교이지
달아나던 시간은 날갯짓으로만 펄럭인다

　이 시의 마지막 부분에서 "어떤 사람이 소리 없이 하늘로 올라갔다"는 구절은 예수가 하느님의 처소인 하늘로 올라간 사건을 근거로 한 것이다. 교회가 이날을 예수 승천 축일로 기념한 것은 부활한 예수가 하느님의 영광 안으로 들어갔음을 기리기 위해서이다. 또한 위 인용문에서 "계단" "우화" "육교"는 모두 천상의 세계와 지상의 세계를 연결하는 상징적 의미가 있다. "우화"는 예수의 생애를 이야기하는 복음서를 가리킨다. 또한 "달아나던 시간은 날갯짓으로만 펄럭인다"는 것은 종소리의 은유적 표현으로 보인다.

　끝으로 이 시의 제목은 왜 '밤의 원무'일까? 원무는 사람들이 원형을 만들어 추는 춤이다. 그렇다면 죽은 사람의 영혼이 하늘로 올라가는데 천사들이 그 영혼을 에워싸고 춤을 춘다는 것일까? 아니면 삶과 죽음, 낮과 밤은 원형으로 순환한다는 의미에서일까? 그 무엇이든 시인은 지상의 세계와 천상의 세계, 두 세계를 연결 지으려 한다.

봄의 빈자리

단 한 번 그 웅덩이 앞을 지나가다가 나는 머리를 기울였다
누가 있어요
어떤 길이 여기서 끝나지요
무슨 까닭에 삶이 멈추었나요
나도 모르는 사이에

한구석에서 나무들이 떨고 있다
수줍은 바람이 지나간다
호수엔 소리 없이 잔물결이 인다
어떤 사람이 담을 따라서 걸어온다
누군가 그를 뒤쫓는다

나는 미친 듯이 뛰어가다가 길을 잃었다
텅 빈 길은 빙빙 돈다
집들은 닫혀 있다
나는 이제 나갈 수 없다
하지만 아무도 나를 가두지 않았다

나는 다리와 통로를 지나갔다

Les vides du printemps

En passant une seule fois devant ce trou j'ai penché mon front
Qui est là
Quel chemin est venu finir à cet endroit
Quelle vie arrêtée
Que je ne connais pas

Au coin les arbres tremblent
Le vent timide passe
L'eau se ride sans bruit
Et quelqu'un vient le long du mur
On le poursuit

J'ai couru comme un fou et je me suis perdu
Les rues désertes tournent
Les maisons sont fermées
Je ne peux plus sortir
Et personne pourtant ne m'avait enfermé

J'ai passé des ponts et des couloirs

둑길에 먼지로 앞이 보이지 않았다
더 멀리서 너무 긴 침묵이 나를 불안하게 했다
그래서 곧 길을 물어볼 사람을 찾았다

사람들이 웃었다
하지만 아무도 나의 불행을 이해하려고 하지 않았다

조금씩 나는 이처럼 혼자 걷는 길에 익숙해졌다
내가 어디로 가는지 알지도 못하면서

알고 싶어 하지도 않으면서
내가 잘못 생각했을 때
내 앞에 훨씬 새로운 길이 밝게 빛났다

그런 후 웅덩이가 다시 벌어졌다
언제나 같은 것
언제나 투명한 것
그리고 언제나 맑은 것

예전엔 빈 거울을 보았을 때 아무것도 보이지 않았다
지금은 알아보지만 전에는 잊고 있었던 그 얼굴

Sur les quais la poussière m'aveugla

Plus loin le silence trop grand me fit peur

Et bientôt je cherchais à qui je pourrais demander mon

chemin

On riait

Mais personne ne voulait comprendre mon malheur

Peu à peu je m'habituais ainsi à marcher seul

Sans savoir où j'allais

Ne voulant pas savoir

Et quand je me trompais

Un chemin plus nouveau devant moi s'éclairait

Puis le trou s'est rouvert

Toujours le même

Toujours aussi transparent

Et toujours aussi clair

Autrefois j'avais regardé ce miroir vide et n'y avais rien vu

Du visage oublié à présent reconnu

「봄의 빈자리」라는 이 시에는 공간의 어휘들이 많이 등장한다. 그것들은 웅덩이, 길, 구석, 호수, 담, 집, 다리, 통로, 둑길 등이다. 제일 먼저 등장하는 "웅덩이"는 국어사전에 의하면 "늪보다는 둘레가 작으면서 움푹하게 패어 물이 괴어 있는 곳"이다. 물은 겨울에는 얼었다가 봄이 되어 녹았을 것이다. 이 '웅덩이le trou'는 첫 행에 나오고 끝에서 여섯째 행에 다시 나타난다. 이런 점에서 '웅덩이'는 이 시를 이해하는 데 중요한 열쇠로 보인다.

　　1) 단 한 번 그 웅덩이 앞을 지나가다가 나는 머리를 기울였다/누가 있어요/어떤 길이 여기서 끝나지요/무슨 까닭에 삶이 멈추었나요/나도 모르는 사이에

　　2) 그런 후 웅덩이가 다시 벌어졌다/언제나 같은 것/언제나 투명한 것/그리고 언제나 맑은 것//예전엔 빈 거울을 보았을 때 아무것도 보이지 않았다/지금은 알아보지만 잊고 있었던 그 얼굴

1)에서 화자는 웅덩이를 내려다보면서 세 가지 물음을 던진다. 두번째 물음에서 알 수 있는 것은 웅덩이를 기점으로 길이

바뀐다는 점이다. 또한 세번째 물음에서 "길"은 "삶"과 동의어임을 알 수 있다. 2)에서 "웅덩이가 다시 벌어졌다"는 것으로 볼 때 그동안 웅덩이는 닫혀 있었을 것이다. 그리고 그 웅덩이는 거울처럼 "언제나 같"고 "언제나 투명"하고 "언제나 맑"다. '웅덩이＝거울'은 예전에는 보이지 않았고, "잊고 있었던" 것인데 지금은 알아볼 수 있는 "얼굴"이라면, 이것은 화자의 자화상이자 내면의 거울이라고 할 수 있다.

1)에서는 의문문이 3개이지만, 2)에서는 모든 동사가 단정적인 어조의 긍정문이다. 또한 2)에서 "예전"은 대과거 동사와 함께 "아무것도 보이지(알지) 않았다"는 문장과 연결되었다면, "지금"은 '알아보는reconnu'이라는 현재형 형용사가 쓰였다는 점에서 의문이 해소되었음을 알 수 있다.

1)과 2) 사이에서 화자는 "미친 듯이 뛰어가다가 길을 잃"고, "아무도 나를 가두지 않았"는데 "나갈 수 없다"거나, "둑길에 먼지로 앞이 보이지 않"고, "길을 물어볼 사람을 찾았"지만 아무도 대답하지 않고, "아무도 나의 불행을 이해하려고 하지 않았다"는 것이다. 화자는 자신의 고독과 불행을 혼자서 감당해야 한다는 것을 깨닫고 "혼자 걷는 길에 익숙해졌"음을 토로한다.

내가 잘못 생각했을 때
내 앞에 훨씬 새로운 길이 밝게 빛났다

이 구절에서 "내가 잘못 생각했을 때"는 '내가 잘못 생각한다는 것을 알게 되었을 때'로 해석할 수도 있다. 흔히 '내가 잘못했다'는 것은 '나의 잘못을 인정한다'는 의미와 같기 때문이다. 그러니까 "내 앞에 훨씬 새로운 길이 밝게 빛났다"는 것은 새로운 삶의 길이 열리게 되었음을 뜻한다. 이것은 오랜 방황 끝에 구원을 받고 새로운 삶을 살게 되었다는 의미로 해석할 수도 있고, 거짓된 위선의 삶을 버리고 진실한 자아의 삶을 찾았을 때 웅덩이=거울은 닫혀 있지 않고 "다시 벌어"지면서 인생의 새로운 봄을 맞이할 수 있다는 것으로 이해할 수도 있다. 봄은 그러므로 계절을 가리키는 한정된 시간이 아니라 우리가 언제나 새롭게 시작할 수 있는 인생의 첫 시절이라고 생각해본다.

앙드레 브르통

André Breton
1896~1966

해바라기
―피에르 르베르디에게

여름이 저무는 시간 중앙시장을 지나가는 외지의 여인은
발끝으로 걷고 있었다.
　절망은 하늘에서 아주 예쁘고 커다란 아룸*을 굴려 떨어뜨
렸고
　그녀의 핸드백에는 나의 꿈
　하느님의 대모만이 맡을 수 있는 각성제 병이 들어 있었다
　무기력 상태가 안개처럼 펼쳐져 있었다
　'담배 피우는 개'에
　긍정과 부정이 들어왔다
　젊은 여자의 모습은 잘 보이지 않거나 비스듬히 보였다
　내가 마주하고 있는 존재는 화약의 사자인가
　아니면 생각을 뜻하는 검은 바탕 위의 흰 곡선인가
　순진한 사람들의 무도회는 절정에 달했다
　마로니에 나무들에서 초롱불은 느리게 불이 붙었고
　그림자 없는 여인은 퐁토샹주 위에서 무릎을 꿇었다
　지르쾨르길의 음색은 예전 같지 않았다

＊　천남성과의 식물.

Tournesol

—À Pierre Reverdy

La voyageuse qui traversa les Halles à la tombée de l'été
Marchait sur la pointe des pieds
Le désespoir roulait au ciel ses grands arums si beaux
Et dans le sac à main il y avait mon rêve ce flacon de sels
Que seule a respirés la marraine de Dieu
Les torpeurs se déployaient comme la buée
Au Chien qui fume
Où venaient d'entrer le pour et le contre
La jeune femme ne pouvait être vue d'eux que mal et de
biais
Avais-je affaire à l'ambassadrice du salpêtre
Ou de la courbe blanche sur fond noir que nous appe-
lons pensée
Le bal des innocents battait son plein
Les lampions prenaient feu lentement dans les marron-
niers
La dame sans ombre s'agenouilla sur le Pont au Change
Rue Gît-le-Cœur les timbres n'étaient plus les mêmes

밤의 약속들은 마침내 실현되었다
전령 비둘기들 구원의 입맞춤들은
미지의 아름다운 여인의
완전한 의미의 크레이프 속에 솟은 젖가슴과 합류했다
파리의 중심가에 있는 농가는 번창하고 있었다
농가의 창문들은 은하수 쪽으로 면해 있었지만
뜻밖의 손님들 때문에 농가에는 아무도 살지 않았다
뜻밖의 손님들은 유령보다 더 헌신적인 사람들이다
그 여인처럼 어떤 이들은 헤엄치는 모습이다
그들의 실체 일부분이 사랑 속으로 들어온다
그것은 그들을 마음속에 내면화한다
나는 감각기관의 힘에 좌우되는 노리개가 아니지만
재의 머리카락에서 노래 부르던 귀뚜라미가
어느 날 밤 에티엔 마르셀 동상 가까운 곳에서
나에게 예지의 눈길을 보내며
말했다 앙드레 브르통은 지나가라고

Les promesses des nuits étaient enfin tenues

Les pigeons voyageurs les baisers de secours

Se joignaient aux seins de la belle inconnue

Dardés sous le crêpe des significations parfaites

Une ferme prospérait en plein Paris

Et ses fenêtres donnaient sur la voie lactée

Mais personne ne l'habitait encore à cause des survenants

Des survenants qu'on sait plus dévoués que les revenants

Les uns comme cette femme ont l'air de nager

Et dans l'amour il entre un peu de leur substance

Elle les intériorise

Je ne suis le jouet d'aucune puissance sensorielle

Et pourtant le grillon qui chantait dans les cheveux de

cendre

Un soir près de la statue d'Étienne Marcel

M'a jeté un coup d'œil d'intelligence

André Breton a-t-il dit passe

「해바라기」는 초현실주의자인 앙드레 브르통이 자동기술의 방법으로 쓴 시이다. 이 시의 줄거리는 브르통의 자전적 소설 『열애 *L'amour fou*』에 쓰여 있듯이, 그가 한 여인을 우연히 만나 그녀와 밤새도록 파리의 중심가에서 산책한 사연과 관련된다. 이 시는 1923년에 나온 『땅빛』에 수록되어 있고, 브르통이 그녀를 만난 것은 1934년이다. 그러니까 그는 첫눈에 반한 여인과 함께 11년 전에 쓴 자동기술의 시적 행로를 따라 밤 산책을 한 것이다.

자동기술의 시가 대체로 그렇듯이, 이 시도 얼핏 보아 해석이 불가능해 보인다. 그러나 브르통은, 꿈이 예언적인 역할을 하듯이 이 시가 11년 후의 미래를 예시해주는 '예언적 시 un poème prophétique'라고 주장하고, 그녀와 밤 산책을 하고 난 다음에 시의 의미가 분명해졌음을 설명한다. 그의 설명에 의하면, 이 시의 첫 구절 "외지의 여인은/발끝으로 걷고 있었다"는 1934년 5월 29일에 만난, 조용한 걸음걸이로 걷는 여자의 모습과 일치하고, "여름이 저무는 시간"은 '낮이 저무는 시간'과 동의어이면서 '여름이 다가오는' 5월 말의 시간과 연결될 수 있다는 것이다. 그는 이런 식으로 시에서 중요한 요소들, "절망" "담배 피우는 개" "순진한 사람들의 무도회" "초롱불" 등의 의미를 분석하고 "퐁토샹주" "지르쾨르" 등의 장소들과 그날 밤의 산책길이 정확하게 일치한다는 것을 강조한다. 그러나 그의 설명과 분석은 문학 연구자나 비평가의 경우와는 다르게 논리적이라기보다 시적이고, 설명적이 아니라 암시적이다. 그렇기 때문에 독자들은 그의 설명을 읽으면서 그 시에서 언급된 인물들의 동선과 분위기가 시인이 밤의 산책에서 경험했던 것과 일치한다는 것을 알게는 되지만, 그가 자동기술의 시를 의식적으로 완전하게 해설해주지 않기 때문에 의심을 품게 된다. 그러나 이런 의심은 오히려 독자로 하여금 그의 시를 적극적으로 해석하게 만드는 동기가 된다. 이런 의미에서 그의 시를 해석해보자.

이 시의 첫 행에서 "외지의 여인"은 어디에서 온 사람일까? 브르통은 그 여인과 만났던 상황을 설명하기 위해 몽마르트르의 카페에서 친구들과 만났던 일과 그 카페에 그녀가 들어와 그들이 앉았던 자리와 멀지 않은 곳에 자리를 잡을 때 '불의 옷을 입은 것처럼' '지독하게 아름다운' 여인의 느낌을 받았다고 말한다. 또한 그녀가 앉아서 누군가에게 보내는 편지를 쓰고 있었는데, 나중에 알고 보니 그 편지의 수신인이 앙드레 브르통이었다는 것이다. 두 사람이 같은 카페에 앉아 있다는 사실을 모르는 채, 한 사람이 독자로서 저자인 브르통에게 보내는 편지를 쓴다는 우연이 어떻게 가능할까? 여하간 그들은 자정에 다시 만나기로 약속한다. 그들은 그날 밤 몽마르트르에서 센강 쪽으로 걷다가 중앙시장을 가로질러 가게 된다. 5월 말의 밤은 아름다웠고, 그녀의 걸음걸이는 "발끝으로 걷고 있었다"고 할 만큼 경쾌했다. 그녀를 만나기 전, 브르통은 절망적 상황에서 사랑을 갈구했는데, 그것은 "절망은 [……] 커다란 아룸을 [……] 떨어뜨렸"다는 말로 표출되어 있다. 아룸은 백합처럼 하얀 꽃이라는 점에서 순결한 사랑과 희망을 표상한다고 할 수 있다. 물론 아룸에서 희망의 상징인 별의 이미지를 떠올릴 수도 있을 것이다. 그녀의 "핸드백"은 프로이트 식으로 말하면 여성 성기의 상징인 만큼 그 핸드백 속에 남성의 꿈이 담겨 있다는 것은 자연스럽다. 그러나 그 꿈이 "하느님의 대모만이 맡을 수 있는 각성제 병"과 동격인 이유는 무엇일까? 단순하게 생각하면 그 여인이 다른 세계에서 온 것처럼 신비스러운 모습이기 때문에 그녀를 "하느님의 대모"라고 표현한 것일 수 있고, '각성제'는 꿈과 대립되는 것이지만, 「초현실주의 제2 선언문」에서 중요하게 언급되었듯이 모든 모순과 대립이 소멸되는 '정신의 지점'이 존재한다는 믿음과 관련시킬 때, 이러한 대립의 결합 논리는 초현실주의의 관점에서 자연스러운 것일 수 있다.

"무기력 상태가 안개처럼 펼쳐져 있었다"는 구절은 절망의 내면 심리를 반영한 것으로 해석된다. "담배 피우는 개"는 술집 간판이지만, "무기력 상태가 안개처럼 펼쳐"진 내면의 풍경과 담배 연기가 자욱한 술집의 분위기가 잘 어울리는 느낌을 준다. "긍정과 부정이 들어왔다"는 것은 무엇일까? 장-뤼크 스탱메스에 의하면, 앞서 「초현실주의 제2 선언문」에서 인용한 것처럼, "긍정과 부정, 에로스와 타나토스, 여성성과 남성성이 합쳐진 '정신의 지점'처럼, '외지의 여인'은 이원적 대립을 벗어난 존재"*로 부각되었다는 것이다. 그렇지 않으면 그녀의 마음이 시인의 마음속에 갈등을 불러일으킨 것으로 해석될 수도 있다. 그 카페에서 브르통은 "잘 보이지 않거나 비스듬히 보였"기 때문에 그녀를 더 잘 보려고 가까이 다가간다. 그녀와 가까운 자리에 앉아서 "마주하고" 있다 보니 그녀의 모습에서 불꽃 같은 "화약"의 느낌과 냉정한 이성의 "생각"이 동시에 연상되었을 것이다. 여기서 "검은 바탕 위의 흰 곡선"은 어두운 본능적 욕망과 명석한 이성적 사고를 대비한 것으로 보인다.

또한 "순진한 사람들의 무도회"는 무엇일까? 여기서 우선 주목해야 할 것은 '순진한 사람들'과 관련하여, 그곳이 무고하게 죽은 사람들의 묘지가 있었던 곳일 뿐 아니라 중세 때 그곳에서 살았던 유명한 연금술사 니콜라 플라멜의 이름을 붙인 광장이 있으며, 그 광장의 한복판에는 16세기 식으로 물의 요정들을 장식한 형태의 분수가 있다는 것이다. '무도회'는 프랑스의 모든 광장이 그렇듯이, 혁명 기념일(7월 14일)에 시민들

* J. L. Steinmetz, *André Breton et les surprises de l'amour fou*, P. U. F., 1994, p. 52.

이 모두 나와 초롱불 밑에서 춤을 추는 장면을 연상시킨다. 그러므로 그녀의 "화약" 같은 불의 존재성과 무도회에서의 불의 이미지가 분수의 물과 결부되어 연금술적 변화를 일으킨 것으로 볼 수 있다. 과거의 연금술사에게 물과 불이 대립된 두 요소가 아니었듯이, 초현실주의적 상상력에서도 그들이 하나인 것은, 이미 『나자』에서 '방황하는 영혼'의 나자가 물과 불이 같은 것이라고 말했던 부분에서 거듭 확인되는 점이기도 하다.* 그리고 "그림자 없는 여인"은 비물질성이 느껴질 만큼 가벼운 그녀의 이미지를 표현한 것이다.** 또한 센강 북쪽과 시테섬을 연결한 "퐁토샹주" 다리의 이름에 '변화하다'라는 의미의 '샹주'가 있다는 것도 눈여겨볼 만하다. 초현실주의자들에게 '삶을 변화시켜야 한다'는 랭보의 명제처럼 중요한 것도 없다. 그다음에 나오는 "지르쾨르"는 파리의 대학로인 라틴가에서 가장 짧은 길로서, '마음이 잠들어 있다'는 의미를 나타내는 것으로 해석된다. '마음이 잠들어 있다'는 것은 사랑의 존재 앞에서 마음이 굴복한 상태일 것이다. 마음이 굴복한 상태가 행복한 상태인 것은, 무엇보다 갈등의 원인이 제거되었기 때문이다.

---

* 앙드레 브르통, 『나자』, 오생근 옮김, 민음사, p. 88.
** 스탱메스는 "그림자 없는 여인은 퐁토샹주 위에서 무릎을 꿇었다"는 구절에서 파리의 수호자인 성녀 주느비에브가 기도를 하는 모습을 떠올릴 수 있다는 것을 말하고, '그림자 없는 여인'을 원죄가 없는, 그야말로 순수한 성녀의 모습으로 해석한다. J. L. Steinmetz, 같은 책, pp. 52~53.

"밤의 약속들은 마침내 실현되었다"는 것과 "구원의 입맞춤들"은 모두 육체적인 접촉을 암시하는 사랑의 만남이 실현되었다는 것과 같은 의미이다. 두 사람은 다시 센강을 건너서 파리의 중심에 있는 시테섬의 꽃 시장이 있는 쪽으로 걸어간 흔적을 보인다. 꽃 시장에서 농가가 연상되었을 것이다. 그러므로 "농가의 창문들은 은하수 쪽으로 면해 있었지만 / 뜻밖의 손님들 때문에 농가에는 아무도 살지 않았다"는 구절은 은하수가 표현하는 풍요로움의 이미지와 함께 행복한 전원의 풍경을 환기한다. 여기서 "뜻밖의 손님들"이 "유령"과 대립 관계인 것은 새로운 사랑과 과거의 사랑의 대립 관계에 비교할 수 있다.

끝으로 "재의 머리카락에서 노래 부르던 귀뚜라미"는 무엇일까? 불이 재로 변한 것이라면, 불의 이미지를 갖는 여인의 머리카락은 재의 이미지로 변용된 것이고, 귀뚜라미는 지혜로운 곤충의 대명사이기 때문에 귀뚜라미가 "예지의 눈길"을 보냈다는 것은 그녀에게서 "예지의 눈길"이 느껴졌다는 의미로 해석된다. 또한 "지나가라"는 명령형도 다리를 건너가듯이, 혹은 그 여자의 계시를 따라서 '변화해야 한다'는 것과 같다. 물론 "지나가라"를 명령형으로 보지 않고, '지나간다'는 사실을 확인하는 뜻으로 해석해도 의미가 크게 달라지는 것은 아니다.

나는 돌아온다

결국 우리는 지금 어디에 있는가
나는 두 손가락으로 유리창의 석판을 반들거리게 한다
투명한 빛의 그리핀*이 머리를 지나간다
석판의 균열로 거리를 알아보지 못한다
날이 어두워진다 우리가 오래전부터 모험을 하러 간 것은
분명하다
좀 천천히 천천히 가세요
나는 당신에게 말했다 왼쪽에 표지판이 있다고

길 이름이 뭐라고 *맛있는 식사를 할 권리를 가질 수 있는 거*
리라니
계산기에 나온 값이 1700프랑이다 당치도 않은 일이지
당신은 도대체 무엇을 기대하면서 지도를 보는 거지요
하지만 택시 기사는 꿈에서 빠져나온 것 같다
그는 머리를 오른쪽으로 돌리고 큰 소리로 읽는다
친절한 사람들의 거리
아니

* 몸은 사자이고 머리와 날개는 독수리이며 귀는 말이고 볏은 물고기 지느러
  미인 괴물.

Je reviens

Mais enfin où sommes-nous

Je lustre de deux doigts le poil de la vitre

Un griffon de transparence passe la tête

Au travers je ne reconnais pas le quartier

Le soir tombe il est clair que nous allons depuis longtemps

à l'aventure

Doucement doucement voyons

Et moi je vous dis qu'il y avait une plaque là à gauche

Rue quoi *Rue-où-peut-être-donné-le-droit-à-la-bonne-chère*

Et dix-sept cents francs au compteur c'est insensé

Qu'attendez-vous pour consulter votre plan nom de Dieu

Mais le chauffeur semble sortir d'un rêve

La tête tournée à droite il lit à haute voix

Rue-des-chères-bonnes-âmes

Eh bien

Ça ne lui fait ni chaud ni froid

Bien mieux il parle de reprendre la course

Il a déjà la main sur son drapeau

그에겐 덥지도 않고 춥지도 않아

그는 운행을 다시 해야겠다고 여러 번 말한다

그는 벌써 그의 신호기를 손으로 잡는다

우리가 어디에 갔었지 나는 잊어버렸다

우리는 노후한 담배가게로 들어간다

아이티섬의 베야옹드 나무 같은

회색의 얇은 천이 두툼한 커튼을 열어젖혀야 한다

계산대에 벌거벗은 여자가 경쾌한 몸짓으로

이지러진 형태의 유리잔에 피를 붓는다

병에 붙은 라벨에는 '공딘의 자유로운 어부들'이라 씌어 있
다 그 술은 단치히 에비타 데 마르티네즈 회사에서 만든 증류
주 같다

시가 상자는 전투 장면의 그림으로 번득인다

벽에 걸린 경이로운 것은 채광 환기창의 부채이다

부인 코리메네는 여기서 먼가요

하지만 뜨거운 수풀 속의 미녀는 손톱에 자기 얼굴을 비춰
본다

방 안쪽에서 노름꾼들은 채색 유리의 급사면을 쓰러뜨린다

우리는 되돌아온다

길의 가장자리에는 한창 건설 중인 집들이 일렬로 뻗어 있다

암술이 솟아오르고 수술은 아치형의 램프로 펼쳐진다

Où allions-nous j'ai oublié

Nous entrons dans un tabac vermoulu

Il faut écarter d'épais rideaux de gaze grise

Comme les bayahondes d'Haïti

Au comptoir une femme nue ailée

Verse le sang dans des verres d'éclipsé

Les étiquettes des bouteilles portent les mots Libres

Pêcheurs Gondine on dirait de l'eau-de-vie de Dantzig

Evita de Martines

Et les boites de cigares flamboient d'images d'échauf-

fourées

La merveille au mur est un éventail à soupiraux

Madame sommes-nous encore loin de Chorhyménée

Mais la belle au buisson ardent se mire dans ses ongles

Des joueurs au fond de la pièce abattent des falaises de

vitraux

Nous rebroussons

La route est bordée de maisons toutes en construction

Dont pointe le pistil et se déploient en lampe à arc les

étamines

이 시는 세 부분으로 나눌 수 있다. 첫째는 처음부터 18행의 "우리가 어디에 갔었지 나는 잊어버렸다"까지이고, 둘째는 19행의 "우리는 노후한 담배가게로 들어간다"부터 30행의 "우리는 되돌아온다"까지이며, 셋째는 마지막 두 행이다. 또한 구두점이 전혀 없어서 무엇이 의문문이고, 누구에게 묻는 것인지를 이해하기가 쉽지 않다. 우선 의문문은 "결국 우리는 지금 어디에 있는가"(1행), "우리가 어디에 갔었지"(18행), "부인 코리메네는 여기서 먼가요"(27행)이다. 앞의 두 의문문은 화자가 혼잣말처럼 자기에게 묻는 것이고, 셋째는 담배가게의 마담에게 묻는 말이다. 또한 세 부분으로 나눈 이유는, 첫째가 화자의 위치가 택시 안이라는 것이고, 둘째는 술도 마실 수 있는 "노후한 담배가게"의 내부라는 점이다. 셋째는 화자가 다시 밖으로 나온 것을 알 수 있다. 그런데 마지막 문장, "암술이 솟아오르고 수술은 아치형의 램프로 펼쳐진다"는 것은 쉽게 이해되지 않는다. 바로 앞의 문장에서 "한창 건설 중인 집들"이 "길의 가장자리에" 보인다면, 화자가 그 집들을 꽃에 비유한 것으로 짐작해볼 수 있다. 그렇다면 집들이 꽃처럼 보인다는 것일까?

앙드레 브르통은 초현실주의의 이론을 만든 시인이다. 그의 시는, 자동기술로 쓴 시가 아니더라도 현실과 초현실, 안과 밖, 빛과 어둠, 시와 산문 등의 대립적이고 모순된 이미지들이 뒤섞여 있고, 사건의 인과 관계도 전도된 경우가 많다. 이러한 초현실주의 시의 특징적인 문장들은 "투명한 빛의 그리핀이 머리를 지나간다"(3행), "길 이름이 뭐라고 *맛있는 식사를 할 권리를 가질 수 있는 거리*"(8행), "당신은 도대체 무엇을 기대하면서 지도를 보는 거지요"(10행), "택시 기사는 꿈에서 빠져나온 것 같다"(11행), "계산대에 벌거벗은 여자가 경쾌한 몸짓으로/이지러진 형태의 유리잔에 피를 붓는다"(23~24행), "하지만 뜨거운 수풀 속의 미녀는 손톱에 자기 얼굴을 비춰본다"(29행), "방 안쪽에서 노름꾼들은 채색 유리의 급사면을 쓰러뜨린다"(30행) 등이다. 이 문장들에서 3행은 현실과 신화를, 8행은 고유명사인 길 이름의 유머러스한 변형을, 10행은 인과 관계의 전복을 보여준다. 11행에서 "택시 기사는 꿈에서 빠져나온 것 같다"는 문장은 손님을 목적지까지 안내해야 할 의무가 있는 사람이 꿈에 빠졌다는 것을 연상케 함으로써 현실과 비현실의 결합을 생각하게 한다. 또한 "벌거벗은 여자"가 "유리잔에 피를 붓는다"(23~24행)는 것은 현실과 초현실이 혼합된 이미지이고, "뜨거운 수풀 속의 미녀"(29행)는 담배가게의 여주인을 은유적으로 표현한 것이다. 그리고 "노름꾼들은 채색 유리의 급사면을 쓰러뜨린다"(30장)에서 '쓰러뜨리다abattre'와 관련된 숙어 중에 'abattre ses cartes'는 카드놀이에서 이겼다고 생각하고 '자기 패를 보여준다'는 뜻이 변형된 것임을 알 수 있다.

"나는 돌아온다"라는 제목은 무엇일까? 이것은 대체로 여행을 떠났다가 자기가 있던 곳으로 돌아오는 사람이 할 수 있는 말이다. 그런데 화자는 이 시의 흐름과는 상관없이 "결국 우리는 지금 어디에 있는가"(1행), "우리가 어디에 갔었지 나는 잊어버렸다"(18행), "우리는 되돌아온다"(31행)고 말한다. 그는 어디에 가든지 간에 자기의 여행지를 확인하거나 잊기도 하면서 출발지로 돌아온다는 것을 의식하기도 한다. 만일 출발지를 현실로 보고 여행지를 상상의 세계 혹은 초현실의 세계로 본다면, 시인은 현실의 경계를 넘어서서 초현실의 상상 세계를 꿈꾸다가 깨어난 것이라고 짐작된다. 그에게 시는 자아의 한계와 현실의 경계를 넘어서는 상상의 모험이자 꿈과 현실을 구별하지 않는 시적 모험이기 때문이다.

폴 엘뤼아르

Paul Éluard
1895∽1952

여기에 살기 위하여

하늘의 버림을 받고, 불을 만들었네,
친구로 지내기 위한 불,
겨울밤을 지내기 위한 불,
보다 나은 삶을 위한 불을.

빛이 나에게 준 것을 그 불에 주었네.
큰 숲, 작은 숲, 밀밭과 포도밭,
새집과 새, 집과 열쇠,
벌레, 꽃, 모피, 축제를.

나는 불꽃이 파닥거리며 튀는 소리만으로,
그 불꽃이 타오르는 열기의 냄새만으로 살았네.
나는 흐르지 않는 물속에 침몰하는 배와 같았으니까,
죽은 사람처럼 나에게는 하나의 원소밖에 없었으니까.

Pour vivre ici

Je fis un feu, l'azur m'ayant abandonné,
Un feu pour être son ami,
Un feu pour m'introduire dans la nuit d'hiver,
Un feu pour vivre mieux.

Je lui donnai ce que le jour m'avait donné:
Les forêts, les buissons, les champs de blé, les vignes,
Les nids et leurs oiseaux, les maisons et leurs clés,
Les insectes, les fleurs, les fourrures, les fêtes.

Je vécus au seul bruit des flammes crépitantes,
Au seul parfum de leur chaleur;
J'étais comme un bateau coulant dans l'eau fermée,
Comme un mort je n'avais qu'un unique élément.

이 시는 '불'에서 시작하여 '불'로 끝나는 시라고 말할 수 있을 만큼 불의 이미지가 지배적이다. 끝의 두 행에서 불과 대립되는 물의 이미지가 나타나지만, 이것은 불을 만들고 불꽃처럼 살고 싶다는 화자의 의지가 절망적인 상황에서 비롯된 것임을 보여준다. 프랑스어의 과거 시제인 단순과거와 반과거를 점과 선에 비유한다면, 반과거는 과거의 어느 시점에 완료되지 않고 계속되는 상태라고 할 수 있다. 이런 점에서 "나는 흐르지 않는 물속에 침몰하는 배와 같았으니까"의 동사가 반과거인 것은 화자의 절망적인 상황이 지속적이었음을 나타낸다. 그러므로 불의 의지는 흐르지 않는 물의 상황에서 나온 것임을 알 수 있다.

이 시를 처음 읽게 된 것은 엘뤼아르의 「자유」를 읽은 후 얼마 지나지 않아서였다. 나는 이 시에 나타난 불의 이미지에 매혹되기도 했지만, 무엇보다 이 시의 제목을 좋아했다. 제목에 담긴 '여기'와 '삶'과 '위하여'는 어느 하나도 소홀히 할 수 없는 단어처럼 보였다. 사실 그 당시 나는 '여기에' 살기보다 '다른 곳'에 살고 싶었고, '다른 곳'이 어디인지는 알 수 없었지만 언제라도 떠나고 싶었다. 그러니까 "여기에 살기 위하여"라는 말은 '여기에 살고 싶다'기보다 '이대로 살고 싶지 않다'는 의미로 이해되었고, 나의 감성적인 욕구를 자극하기보다 이성적인 판단을 유도하는 표현으로 생각되었다. 여하간 이 시의 제목뿐 아니라 이 시를 관통하는 불의 이미지 때문에, 이 시는 언제라도 젊은 독자의 내면에 강한 울림을 줄 수 있을 것이다.

바슐라르의『불의 정신분석』에 의하면, 불은 어린이에게 금지 대상이다. 어른은 어린이가 불장난을 하지 못하게 할 뿐 아니라, 불길이 위험하게 퍼져나갈 것 같은 장소에 접근하지 못하게 한다. 그러나 어린이는 커가면서 당연히 프로메테우스처럼 어른이 금지하는 것을 모험적으로 시도해보거나 경험해보려는 욕망을 갖는다. 바슐라르는 아이가 성장하면서 어른이 금지하는 것을 위반하려는 반항적 의지에서 프로메테우스 콤플렉스와 오이디푸스 콤플렉스가 유사성을 갖는다고 설명한다. 또한 물과 불이 통합된 형태가 술이라는 점에서 E. T. A. 호프만과 에드거 포를 비교하고, 호프만의 술은 열정적으로 불타는 술이고 포의 술은 망각과 죽음을 가져오는 술로 해석한다.

스페인에는 "물과 불이 싸우면 언제나 불이 지기 마련이다"라는 속담이 있다고 한다. 나는 이 속담을 들으면서 '불같이 화를 내는 남자와 물처럼 냉정한 여자'의 싸움을 떠올렸다. 물과 불은 이렇게 대비된다. 불길이 위로 올라가는 것이라면, 물은 아래로 흘러가는 것이다. 또한 불이 젊은이의 도전 정신과 열정적인 사랑을 상징한다면, 물은 모성과 생명의 근원, 변함

없는 진리를 상징한다고 볼 수도 있다. 물과 불의 또 다른 차이를 생각해본다면, 물은 자급자족으로 존재할 수 있는 반면, 불은 땔감이 계속 공급되지 않으면 소멸된다는 것이다. 나는 불의 이러한 속성을 「여기에 살기 위하여」의 한 대목에 적용하여 풀리지 않았던 의문을 해소할 수 있었다.

이 시에서 내가 제일 이해하기 어려웠던 부분은 중간쯤에 나오는 "빛이 나에게 준 것을 그 불에 주었네"라는 구절이다. 시인은 왜 평범한 의미의 '준다donner'는 동사를 두 번이나 사용한 것일까? 이 시에서 "빛이 나에게 준 것"에는 숲과 새와 "집"과 "축제"에 이르기까지 시인이 좋아하는 자연과 풍경과 사물과 집이 모두 포함되어 있다. 빛은 어둠과 대립된다. 빛은 생명을 뜻하고, 어둠은 죽음을 의미한다. 이런 점에서 우리의 삶은 빛의 은혜로 이루어진다고 말할 수 있다. 그렇다면 우리가 살아오면서 사랑하게 된 것은 모두 빛이 나에게 준 선물이 아닐까? 나는 이 시에서 처음에 이해되지 않았던 부분을 여러 번 읽다가 어느 순간 '준다donner'는 동사에 증여와 기부를 뜻하는 'don'이라는 명사가 들어 있고, 이 명사에 하느님과 자연이 준 '선물'이라는 의미가 담겨 있음을 알게 되었다. 그 순간 '불'이 나의 친구라면, 그 '불'에게 내가 받은 최고의 선물을 줄 것이라고 이해할 수 있었다. 또한 불의 생명을 유지시키려면 불에 끊임없이 풍성하게 땔감을 공급해야 한다는 영감이 떠오르기도 했다. '나'의 불을 위해서 또는 불의 의지를 지속시키기 위해 빛이 나에게 준 선물을 불의 '땔감'으로 제공해야 한다는 것을 알 수 있었다. 사실 꺼지지 않는 불의 열정으로 산다는 것은 "불꽃이 파닥거리며 튀는 소리만으로,/그 불꽃이 타오르는 열기의 냄새만으로" 사는 것과 다름없다. 이런 점에서 이 시는 불의 열정을 가르쳐줄 뿐 아니라, 우리가 살면서 사랑하는 것들을 많이 갖고 그 사랑하는 것들을 소중하게 지키는 일이 바로 행복임을 일깨워준다.

네 눈의 곡선이……

네 눈의 곡선이 내 마음을 한 바퀴 돈다,
춤과 부드러움의 둥근 모양,
시간의 후광, 안전한 밤의 요람,
내가 살아온 모든 것을 더 이상 알지 못하는 것은
너의 눈이 나를 줄곧 보지 않았기 때문이다.

빛의 잎사귀들과 이슬의 이끼,
바람의 갈대, 향기로운 웃음,
빛의 세계를 품은 날개,
하늘과 바다를 실은 배,
소리의 사냥꾼과 색깔의 샘,

별들의 짚더미 위에 줄곧 누워 있는
새벽의 알에서 부화한 향기,
빛이 순수에 비례하듯이
전 세계가 너의 순수한 눈으로 새로워지고
나의 모든 피는 너의 눈빛에 따라 흐른다.

La courbe de tes yeux......

La courbe de tes yeux fait le tour de mon cœur,
Un rond de danse et de douceur,
Auréole du temps, berceau nocturne et sûr,
Et si je ne sais plus tout ce que j'ai vécu
C'est que tes yeux ne m'ont pas toujours vu.

Feuilles de jour et mousse de rosée,
Roseaux du vent, sourires parfumés,
Ailes couvrant le monde de lumière,
Bateaux chargés du ciel et de la mer,
Chasseurs des bruits et sources des couleurs,

Parfums éclos d'une couvée d'aurores
Qui gît toujours sur la paille des astres,
Comme le jour dépend de l'innocence
Le monde entier dépend de tes yeux purs
Et tout mon sang coule dans leurs regards.

엘뤼아르의 시에서 눈과 시선의 이미지는 매우 중요한 의미를 갖는다. 우리는 흔히 눈을 마음의 창이라거나 내면의 거울이라고 말한다. 그러나 엘뤼아르의 시에서 눈은 내면의 거울이 아니라 외부 세계의 거울이고, 사랑하는 사람과 일체가 될 수 있는 결합의 수단이다. 눈은 그러므로 잔잔한 호수처럼 정지된 형태가 아니라, 변화하고 발전하는 풍요로운 세계의 이미지로 나타난다.

원래는 제목이 없는 이 시는 시인이 사랑하는 사람의 눈에서 영감을 얻어 쓴 작품이다. 시인은 첫 행부터 사랑하는 사람의 눈빛이나 눈의 색깔을 묘사하지 않고, "눈의 곡선"이라는 특이한 표현을 사용한다. 곡선은 기능적인 직선과 달리, 부드러움과 친근한 느낌을 주기 때문일지 모른다. 또한 "한 바퀴 돈다faire le tour"는 말은 단순히 일회적인 순환을 뜻하지 않고, 대상을 잘 알기 위해서 일단 둘러본다는 의미임을 주목할 필요가 있다. 가령 낯선 도시에 도착한 여행자가 그 도시를 알기 위해서 시내를 한 바퀴 돌고 오겠다는 의사를 표명하고 싶을 때, 이렇게 말할 수 있는 것이다.

2행과 3행의 명사들은 시적 표현도 모호하지만, 문법적 기능도 확실하지 않다. 다만 분명한 것은 1행에서의 "곡선"과

'한 바퀴 돌기', 2행에서의 "둥근 모양", 3행에서의 "후광"과 "요람"이 모두 둥근 것으로 기쁨과 부드러움, 아늑함과 편안함을 공통적으로 연상시킨다는 점이다. 또한 "춤과 부드러움의 둥근 모양"은 어떤 평화로운 마을의 축제에서 사람들이 원을 그리며 춤을 추는 장면을 연상시킨다. "시간의 후광"이란 무엇일까? 흔히 시간과 사랑의 관계는 대립적이라고 말한다. 시간이 갈수록 사랑은 변한다는 점에서 시간은 사랑의 적일 수 있기 때문이다. 그러나 시인은 이러한 시간을 적대적으로 보지 않는다는 뜻에서 시간을 영광된 존재로 표현하려고 했을지 모른다. 이러한 시적 이미지들과는 달리, 4행과 5행은 논리적 담론의 문장으로 구성된다. 시인은 이러한 비非시적 문장을 통해서 사랑에 대한 자신의 논리를 강조한 듯하다. 이것은 사랑을 통해서 '나'를 알게 되었을 뿐 아니라, 삶의 의미를 새롭게 깨닫게 되었다는 의미로 해석된다.

2연에서 "빛의 잎사귀들과 이슬의 이끼"는 아침의 숲에서 보고 느낄 수 있는 신선한 시각적 이미지들이다. "향기로운 웃음"은 꽃의 향기와 관련되고, "빛의 세계를 품은 날개"는 새가 날아오르는 모양을 연상케 한다. 숲이 깨어날 때의 풍경은 랭보의 산문시 「새벽」의 한 장면과 닮아 있다. 또한 "빛의 세계를 품은 날개"와 "하늘과 바다를 실은 배"는 꿈의 세계를 향한 여행으로의 초대와 같다. 그 세계에서는 아름다운 "소리"와 다채로운 "색깔"이 끊임없이 펼쳐질 것이다.

3연에서 dépendre 동사는 두 번 나타난다. 이 동사는 'A dépend de B'와 같은 예문일 경우, 'A는 B에 좌우된다(종속된다, 의존한다)'로 번역할 수 있다. 그러나 이런 뜻으로 번역한다면 이 시의 분위기와 어울리지 않을 것 같아서 의역을 했다. 이 연에서 "향기"는 신선하고 강렬하게 묘사된다. 이 향기는 "별들의 짚더미 위에" 누워 있는 "새벽의 알"에서 부화한 것이다. 외양간의 구석진 장소에 놓여 있는 소박한 '짚'과 하늘의 '별'이 결합된 "별들의 짚"은 환상적인 느낌과 함께 고귀한 정신의 탄생을 암시한다. 그 "별들의 짚" 위에서 향기를 부화했다는 환상적 이미지에 이어지는 마지막 3행은 이 시의 결론처럼 보인다.

> 빛이 순수에 비례하듯이
> 전 세계가 너의 순수한 눈으로 새로워지고
> 나의 모든 피는 너의 눈빛에 따라 흐른다.

시인은 추론의 언어를 사용하여, 빛과 순수의 관계를 세계와 눈의 관계에 비유한다. 다시 말해서 빛이 순수에 비례하듯이 "전 세계가 너의 순수한 눈으로" 새롭게 변화할 수 있다는 것이다. 이것은 사랑의 순수한 힘으로 어두운 세계를 밝게 변화시킬 수 있다는 시인의 지론이다. 물론 이러한 빛은 3연에서 갑자기 돌출된 것이 아니다. 이것은 2연에서 "빛의 잎사귀들"과 "빛의 세계를 품은 날개"와 관련된 새벽의 빛이다. 또한 "새벽의 알에서 부화한 향기"와 연결되기도 한다.

마지막 행에서 "나의 모든 피는 너의 눈빛에 따라 흐른다"는 것은, 첫 행의 "네 눈의 곡선이 내 마음을 한 바퀴 돈다"와 유사한 의미를 갖는다. 그러므로 시작과 끝의 구절을 연결된 구조로 만든 시인의 의도는 사랑의 일체감 속에서 '나'와 '너'의 구별이 없듯이, "나의 모든 피"와 "너의 눈빛"은 함께 흐른다는 것을 나타내기 위해서다. 그렇다면 시작과 끝의 두 시구를 연결해 이렇게 말할 수 있지 않을까? "너의 눈빛이 내 마음속을 돌고" "나의 피는 너의 눈빛 속에 흐른다"라고. 또한 그것이 바로 사랑의 일체감을 증명하는 것이라고.

우리 둘이는

우리 둘이는 서로 손을 잡고
우리 사이에선 어디서나 서로 믿는다
아늑한 나무 밑에서 어두운 하늘 아래에서
모든 지붕 밑에서 난롯가에서
텅 빈 거리에서 해가 내리쬐는 곳에서
군중의 희미한 눈빛 속에서
현자들과 광인들 옆에서
아이들과 어른들 사이에서
사랑에는 비밀이 없다
우리는 자명한 진실 그 자체이다
우리 사랑하는 사람들 사이에선 서로 믿는다.

Noux deux

Nous deux nous tenant par la main

Nous nous croyons partout chez nous

Sous l'arbre doux sous le ciel noir

Sous tous les toits au coin du feu

Dan la rue vide en plein soleil

Dans les yeux vagues de la foule

Auprès des sages et des fous

Parmi les enfants et les grands

L'amour n'a rien de mystérieux

Nous sommes l'évidence même

Les amoureux se croient chez nous.

엘뤼아르의 시에서는 단수 일인칭 주어 'je'와 복수 일인칭 'nous'가 자주 보인다. je와 nous는 별개의 것이 아니다. je와 nous가 함께 사용되지는 않더라도, nous를 의식하지 않은 je는 없고, je의 주권성la souveraineté을 무시한 nous는 존재하지 않는다. je에서 nous로 변화하는 것의 원동력은 사랑이다. 「우리 둘이는」의 마지막 행에서처럼 "우리"와 "사랑하는 사람들"은 동격에 놓일 수 있다. "사랑하는 사람들"은 연인 관계로만 연결되지 않는다. '우리'는 모든 편견과 인습에 맞서 싸우고, 모든 폭력과 권력에 저항하며, 공동체적 연대감을 갖는 사람들을 나타내기 때문이다.

레몽 장이 엘뤼아르의 시에서 중요한 이미지들(광장, 배, 유리창, 돌, 눈, 웃음, 나뭇가지)을 설명한 것에 의하면, '광장'은 개인의 고독이 사라지고 공동체적 연대감을 확인할 수 있는 공간이다. 그러니까 '텅 빈 광장'이나 '삭막한 광장'은 자유와 정의가 무너진 상황을 의미한다.* "텅 빈 거리"(5행) 역시 마찬가지이다. 이것은 독일 점령기의 프랑스 사회를 암시한다. 또한 "군중의 희미한 눈빛"(6행)은 희망을 잃은 군중을 나타낸

* R. Jean, *Paul Eluard par lui-même*, coll. "Écrivains de toujours," aux Éditions du Seuil, 1968, p. 62.

다. "현자들과 광인들 옆에서"(7행)는 현자들의 지혜와 광인들의 열정을 공유하거나 공감하겠다는 의지를 드러낸다.

또한 엘뤼아르의 시에서 사랑과 우정 또는 믿음과 도움을 나타내는 이미지로 '손'을 주목할 필요가 있다. 이 시의 첫 행에서 "우리 둘이는 서로 손을 잡고"에서도 그렇지만, 「그리고 미소를Et un sourire」에서 '손'은 이렇게 나타난다.

> 슬픔의 끝에는 언제나 열린 창이 있고
> 불 켜진 창이 있고
> 언제나 잠들지 않는 꿈이 있고
> 충족시켜야 할 욕망 만족시켜야 할 허기
> 관대한 마음
> 내미는 '손' 열린 '손'
> 주의 깊은 시선
> 삶 함께 나눠야 할 삶이 있다

끝으로 덧붙이고 싶은 말은, "우리 사이에선chez nous"으로 번역한 구절의 전치사 chez는 '사이에서'뿐 아니라 '집에서' '나라에서' '시대에' 등 다양한 뜻을 갖고 있다는 것이다.

올바른 정의

이건 인간의 뜨거운 법칙이다
인간은 포도로 포도주를 만든다
인간은 석탄으로 불을 만든다
인간은 입맞춤으로 인류를 만든다

이건 인간의 힘든 법칙이다
자기를 온전히 지키는 일
전쟁과 불행에도 불구하고
죽음의 위험에도 불구하고

이건 인간의 부드러운 법칙이다
물을 빛으로 바꾸고
꿈을 현실로 바꾸고
적을 동지로 바꾸는 일

새롭고 오래된 법칙은
어린이의 마음 깊은 곳에서
최고의 이성에 이르기까지
스스로를 계속 완성하는 일이다.

Bonne justice

C'est la chaude loi des hommes
Du raisin ils font du vin
Du charbon ils font du feu
Des baisers ils font des hommes

C'est la dure loi des hommes
Se garder intact malgré
Les guerres et la misère
Malgré les dangers de mort

C'est la douce loi des hommes
De changer l'eau en lumière
Le rêve en réalité
Et les ennemis en frères

Une loi vieille et nouvelle
Qui va se perfectionnant
Du fond du cœur de l'enfant
Jusqu'à la raison suprême.

엘뤼아르의 시에서 '불의injstice'가 억압과 분리될 수 없듯이, '정의'와 '자유'는 동의어처럼 연결된다. 시인에게 정의와 자유를 분리하는 것은 마치 불의에 동조하면서 선량한 시민을 배척하고 억압하는 행위와 같다. 이 시는 "인간의 뜨거운 법칙" "인간의 힘든 법칙" "인간의 부드러운 법칙" "새롭고 오래된 법칙"의 순서로 시인이 생각하는 '정의'를 정의한다. 첫째 법칙에서는 "뜨거운" 감정이 기본적인 주제이고, 둘째는 "자기를 온전히 지키는 일"이 얼마나 힘든 것인지를 강조한다. 셋째의 "바꾸는 일"은 동기가 무엇인가에 따라 다를 수 있겠지만, '사랑의 힘'으로 그런 변화가 가능할 것이다. 특히 "꿈을 현실로 바꾸고 적을 동지로 바꾸는 일"이야말로 인간적 의지와 사랑이 아니면 불가능한 문제이다. 끝으로 넷째는 "어린이의 마음"과 "최고의 이성"을 겸비하면서, 고대의 그리스인들처럼 자신의 주체적인 삶을 예술작품처럼 가꾸고 그것을 보다 성숙한 삶으로 만들기 위해 끊임없이 노력하는 삶, 즉 "스스로를 계속 완성하는" 삶을 암시한다.

이 시에서 특이한 것은 다른 시에서 흔히 나타나는 '나'와 '우리'가 보이지 않고, 어떤 개념을 객관적으로 정의할 때 사용하는 중성 지시대명사 '이것'이 3번이나 반복된다는 점이다. 또한 인간은 복수로 3번 등장하고 그들을 가리키는 복수 삼인칭대명사 역시 3번 나타난다. 이러한 진술 방식은 '올바른 정의'를 인간의 보편적 관점에서 올바르게 정의하려는 시인의 의도가 반영된 것이다.

자유

초등학생 때 나의 노트 위에
책상과 나무 위에
모래 위에 눈 위에
나는 너의 이름을 쓴다

내가 읽은 모든 책갈피 위에
모든 백지 위에
돌과 피와 종이와 재 위에
나는 너의 이름을 쓴다

황금빛 형상 위에
병사들의 총칼 위에
제왕들의 왕관 위에
나는 너의 이름을 쓴다

밀림과 사막 위에
둥지 위에 금작화 위에
어린 시절 메아리 위에
나는 너의 이름을 쓴다

Liberté

Sur mes cahiers d'écolier
Sur mon pupitre et les arbres
Sur le sable sur la neige
J'écris ton nom

Sur toutes les pages lues
Sur toutes les pages blanches
Pierre sang papier ou cendre
J'écris ton nom

Sur les images dorées
Sur les armes des guerriers
Sur la couronne des rois
J'écris ton nom

Sur la jungle et le désert
Sur les nids sur les genêts
Sur l'écho de mon enfance
J'écris ton nom

밤의 경이로움 위에
일상의 흰 빵 위에
약혼의 계절 위에
나는 너의 이름을 쓴다

나의 모든 푸른색 헌 옷 위에
태양이 곰팡 슨 연못 위에
달빛이 영롱한 호수 위에
나는 너의 이름을 쓴다

들판 위에 지평선 위에
새들의 날개 위에
그리고 그늘진 방앗간 위에
나는 너의 이름을 쓴다

새벽의 모든 입김 위에
바다 위에 배 위에
광란의 산 위에
나는 너의 이름을 쓴다

구름의 거품 위에

Sur les merveilles des nuits
Sur le pain blanc des journées
Sur les saisons fiancées
J'écris ton nom

Sur tous mes chiffons d'azur
Sur l'étang soleil moisi
Sur le lac lune vivante
J'écris ton nom

Sur les champs sur l'horizon
Sur les ailes des oiseaux
Et sur le moulin des ombres
J'écris ton nom

Sur chaque bouffée d'aurore
Sur la mer sur les bateaux
Sur la montagne démente
J'écris ton nom

Sur la mousse des nuages

폭풍의 땀방울 위에
굵고 흐릿한 빗방울 위에
나는 너의 이름을 쓴다

반짝이는 모든 것 위에
여러 색깔의 종들 위에
구체적 진실 위에
나는 너의 이름을 쓴다

깨어난 오솔길 위에
뻗어 있는 도로 위에
넘치는 광장 위에
나는 너의 이름을 쓴다

불 켜진 램프 위에
불 꺼진 램프 위에
모여 앉은 가족들 위에
나는 너의 이름을 쓴다

둘로 쪼갠 과일 위에
거울과 내 방 위에
빈 조개껍데기 내 침대 위에

Sur les sueurs de l'orage
Sur la pluie épaisse et fade
J'écris ton nom

Sur les formes scintillantes
Sur les cloches des couleurs
Sur la vérité physique
J'écris ton nom

Sur les sentiers éveillés
Sur les routes déployées
Sur les places qui débordent
J'écris ton nom

Sur la lampe qui s'allume
Sur la lampe qui s'éteint
Sur mes maisons réunies
J'écris ton nom

Sur le fruit coupé en deux
Du miroir et de ma chambre
Sur mon lit coquille vide

나는 너의 이름을 쓴다

잘 먹고 착한 우리 집 개 위에
그 곤두선 양쪽 귀 위에
그 뒤뚱거리는 발걸음 위에
나는 너의 이름을 쓴다

내 문의 발판 위에
친숙한 물건 위에
축성의 불길 위에
나는 너의 이름을 쓴다

화합한 모든 육체 위에
내 친구들의 얼굴 위에
건네는 모든 손길 위에
나는 너의 이름을 쓴다

놀라운 소식의 유리창 위에
긴장된 입술 위에
침묵을 넘어서서
나는 너의 이름을 쓴다

J'écris ton nom

Sur mon chien gourmand et tendre
Sur ses oreilles dressées
Sur sa patte maladroite
J'écris ton nom

Sur le tremplin de ma porte
Sur les objets familiers
Sur le flot du feu béni
J'écris ton nom

Sur toute chair accordée
Sur le front de mes amis
Sur chaque main qui se tend
J'écris ton nom

Sur la vitre des surprises
Sur les lèvres attentives
Bien au-dessus du silence
J'écris ton nom

파괴된 내 안식처 위에
무너진 내 등대 위에
권태의 벽 위에
나는 너의 이름을 쓴다

욕망 없는 부재 위에
벌거벗은 고독 위에
죽음의 계단 위에
나는 너의 이름을 쓴다

되찾은 건강 위에
사라진 위험 위에
추억 없는 희망 위에
나는 너의 이름을 쓴다

그 한마디 말의 힘으로
나는 삶을 다시 시작한다
나는 태어났다 너를 알기 위해서
너의 이름을 부르기 위해서

자유여.

Sur mes refuges détruits
Sur mes phares écroulés
Sur les murs de mon ennui
J'écris ton nom

Sur l'absence sans désir
Sur la solitude nue
Sur les marches de la mort
J'écris ton nom

Sur la santé revenue
Sur le risque disparu
Sur l'espoir sans souvenir
J'écris ton nom

Et par le pouvoir d'un mot
Je recommence ma vie
Je suis né pour te connaître
Pour te nommer

Liberté.

엘뤼아르의 시들 중에서 가장 유명한 이 시는 나치 독일군이 프랑스를 점령했을 때 쓰였다. 처음에 제목이 "자유"가 아니라 "단 하나의 생각une seule pensée"이었던 것은 그 당시 극심한 검열을 피하기 위해서였을 것이다. 1942년에 쓴 이 시는 1943년 4월에 『자유세계지La revue du monde libre』에 발표되어 프랑스 전역에 배포되었다. 이 시를 몇천 부 복사했는지는 모르지만, 그 당시 영국군 비행기가 프랑스인들에게 자유를 위한 투쟁을 고취하기 위해 이 시를 점령지 하늘에서 살포했다고 한다. 또한 이 시가 프랑스 밖의 여러 나라에 곧바로 번역되었다는 것은 이 시의 영향력이 얼마나 강력했는지를 보여준다. 이 시의 힘은 간단히 말해서 말의 힘이다. 엘뤼아르는 말의 힘을 믿는 시인이다. 이 시의 끝부분에서 "그 한마디 말의 힘으로/나는 삶을 다시 시작한다"는 구절은 그가 얼마나 '말의 힘'을 믿는 시인인지를 증명한다.

모두 85행으로 구성된 이 장시의 출발은 "초등학생 때 나의 노트 위에"이다. 이것은 자유의 의미와 소중함을 알게 된 것이 어린 시절 학교에 입학하여 노트에 글쓰기를 배우면서부터임을 암시한다. 어떤 의미에서 모든 교육의 본질이나 배움의 목적은 자유의 의미를 알고 깨닫는 데 있는 것이 아닐까? 시인은 1연에서 해변가의 모래밭, 겨울의 눈 내리는 풍경을 회상한다.

2연에서 "내가 읽은 모든 책갈피"와 "모든 백지"는 책을 통해 자유를 배웠고, 백지 위에 써야 할 글에서도 자유를 생각했으며 자유의 의미가 중요하다는 것을 말한다. 이어서 "돌과 피와 종이와 재"는 자유를 위한 투쟁의 역사를 연상시킨다. 민중은 돌을 던지고, 피를 흘리고, 선언문에 진실을 담고, 권력자를 향해 불을 지르는 저항을 했을 것이다. 이러한 역사적 상상력은 3연에서 "황금빛 형상"으로 그려진 역사적 인물들의 초상화나 동상의 "병사들의 총칼" "제왕들의 왕관"으로 연결된다.

4연부터 9연까지는 어린 시절부터 현재에 이르기까지 논리적 연관성 없이 자유롭게 떠오르는 기억들을 이미지로 옮겨놓은 것처럼 보인다.

10연에서 중요한 단어는 "구체적 진실"이다. "시는 구체적 진실을 목표로 해야 한다"는 것이 그의 시론이자 한결같은 주장이기 때문이다. 또한 11연에서 중요한 것은 "넘치는 광장"이다. 레몽 장이 말한 것처럼, 엘뤼아르의 시에서 반복적으로 등장하는 이미지들(광장, 배, 창, 돌, 눈 혹은 눈빛, 웃음, 나뭇가지 등) 중에서 광장은 첫째 자리에 놓일 만한 상징적 의미를 갖는다. 광장은 언제나 자유를 열망하는 사람들로 붐비고 넘쳐야 하는 장소이다. 다른 시에서 광장이 사막처럼 비어 있는 공간으로 묘사되는 것은 시인이 불안과 절망을 표현할 때이다.

12연부터 16연까지는 평화로운 가정, 사랑과 우정을 연상할 수 있는 이미지들로 이어진다. 그러나 17연부터 20연까지는 전쟁과 점령, 자유의 상실과 회복의 과정이 긴장된 어조로 전개된다. 특히 19연에서 "욕망 없는 부재" "벌거벗은 고독" "죽음의 계단"은 자유가 박탈된 상황이 얼마나 절망적인지를 가르쳐준다. 죽음의 계단을 지난 후 이제 불안에서 벗어나 건강을 되찾은 사람들은 희망을 갖고 삶을 다시 시작할 수 있을 것이다.

나는 오래전에 『초현실주의 시와 문학의 혁명』 서문에서 「자유」를 통해 초현실주의를 공부하게 되었다는 것을 이렇게 말했다.

초현실주의와의 인연이 시작된 것은 대학 4학년 1학기, 사회학을 전공한 젊은 프랑스인 교수의 강의를 듣던 때였다. 그는 매시간 프랑스 문화와 사회의 다양성을 이야기하곤 했는데, 어느 날 문득 자기가 좋아하는 시라고 하면서 엘뤼아르의 「자유」를 읽어주었다. 그 당시만 하더라도 학과에서는 20세기 프랑스 시를 전공한 교수가 없었기 때문에, 우리가 들을 수 있는 강의는 19세기 낭만주의 시나, 보들레르에서 시작하여 발레리로 끝나는 상징주의 시뿐이었다. 관념적이고 난해한 상징주의 시에만 머물다가 「자유」를 처음 알게 된 느낌은 거의 충격이나 다름없었다. 프랑스인 교수는 제목을 알려주지 않은 채 시를 낭송했기 때문에 "나는 너의 이름을 쓴다"라는 구절이 스무 번쯤 반복되는 중에 나타난 '너'가 누구인지가 제일 궁금했다. 결국 마지막 연의 "그 한마디 말의 힘으로/나는 삶을 다시 시작한다/나는 태어났다 너를 알기 위해서/너의 이름을 부르기 위해서//자유여"라는 구절에 이르러 '너'가 바로 자유라는 것을 알고 전율에 가까운 감동을 느낄 수 있었다. 특히 "한마디 말의 힘으로" "나는 삶을 다시 시작한다"는 구절은 발레리의 "언제나 다시 시작하는 바다"(「해변의 묘지」)와 비슷하여 친숙감이 느껴지기도 했다. '안다connaître'라는 동사를 '함께 태어난다'는 의미로 해석한 폴 클로델의 재담으로 말한다면, 엘뤼아르의 「자유」를 알게 된 순간 나는 새롭게 태어났다고 말할 수 있을 것이다.

우리의 삶

우리의 삶 당신이 만든 우리의 삶은 죽음이 되었다
5월의 어느 날 아침 도시의 새벽
대지는 삶을 주먹으로 움켜쥐었다
내 안의 새벽 언제나 밝았던 17년
이제 죽음은 쉴 새 없이 내 안으로 들어온다.

당신은 말했지 우리의 삶은 우리가 함께 살고
우리가 사랑하는 것에 생명을 불어넣는 것으로 행복하다고
그러나 죽음은 시간의 균형을 무너뜨렸다
찾아온 죽음 떠난 죽음 살아 있는 죽음
보이는 죽음은 나를 희생시켜서 물을 마시고 음식을 먹는다

지친 내 몸으로 갈증과 허기보다 견디기 힘든
보이는 죽음 보이지 않는 뉘슈여
땅 위에도 있고 땅속에도 있는 눈의 가면
밤이 되면 흐르는 눈물의 샘 눈먼 자의 가면
나의 과거는 해체되고 나의 자리엔 침묵이 들어선다.

Notre vie

Notre vie tu l'as faite elle est ensevelie
Aurore d'une ville un beau matin de mai
Sur laquelle la terre a refermé son poing
Aurore en moi dix-sept années toujours plus claires
Et la mort entre en moi comme dans un moulin.

Notre vie disais-tu si contente de vivre
Et de donner la vie à ce que nous aimions
Mais la mort a rompu l'équilibre du temps
La mort qui vient la mort qui va la mort vécue
La mort visible boit et mange à mes dépens

Morte visible Nusch invisible et plus dure
Que la soif et la faim à mon corps épuisé
Masque de neige sur la terre et sous la terre
Source des larmes dans la nuit masque d'aveugle
Mon passé se dissout je fais place au silence.

1946년 11월 28일 엘뤼아르는 건강상의 이유로 스위스에 머물고 있었다. 그는 열여덟 살 때 폐결핵으로 스위스의 요양원에 입원한 적이 있었다. 그렇기 때문에 그가 혼자 스위스를 여행한 까닭이 폐결핵의 재발 때문이 아닌가 추측하는 사람도 있었다고 한다. 스위스에서 그날 그는 뜻밖의 충격적인 전화를 받는다. 파리에서 그의 아내 뉘슈Nusch가 뇌출혈로 사망했다는 것이다. 뉘슈의 죽음은 엘뤼아르를 절망에 빠지게 한다. 어둠의 고통에서 벗어나지 못한 시인은 자기도 죽고 싶다는 말을 수없이 했다고 한다. 절망이 어느 정도 가라앉게 되자, 시인은 죽음의 이별을 주제로 여러 편의 시를 쓰기 시작한다. 아라공은 이 시들을 새로운 『지옥에서의 한 철Une saison en enfer』과 같다고 말한다.

뉘슈의 죽음을 애도한 이 시에서 시인은 자신의 삶을 죽음과 다름없는 삶으로 표현한다. 1연에서 "대지는 삶을 주먹으로 움켜쥐었다"는 것은, 그녀의 죽음과 자신의 삶이 모두 땅속에 파묻혔다는 것을 절망과 분노의 동작으로 표현한 말이다. "새벽"은 그녀가 숨을 거둔 시간이지만, 살아 있는 사람들에게는 어둠을 뚫고 솟아오르는 빛과 희망의 시간이기도 하다. 그러나 이 시간에 대지가 삶을 "주먹으로 움켜"쥠으로

써 새벽은 어둠으로 돌아간 느낌을 준다. 또한 "죽음은 쉴 새 없이 내 안으로 들어온다"에서 '쉴 새 없이'는 '물레방아에서처럼comme dans un moulin'의 관용구적 해석이다. 빛의 새벽으로 표상될 수 있는 17년의 결혼 생활은 그녀의 죽음과 함께 땅속에 파묻히고, 시인의 일상은 죽음이 지배하게 된 것이다.

2연에서 "죽음은 시간의 균형을 무너뜨렸다"는 것은 시인에게 아내와의 삶이 "시간의 균형"이었음을 암시한다. 여기서 균형은 안정과 조화의 동의어라는 점에 주의할 필요가 있다. 또한 3연에서 "땅 위에도 있고 땅속에도 있는 눈의 가면"은 뉘슈의 모습을 연상케 한다. '눈'은 겨울의 눈이기도 하지만, 흰빛의 눈이기도 하다. 흰빛의 가면과 "눈먼 자의 가면"은 데스마스크masque mortuaire를 의미한다. 또한 이 시의 끝에서 "나의 자리엔 침묵이 들어선다"는 것은 대화를 나눌 수 있는 삶의 동반자를 잃은 사람의 고독한 상태를 나타낸다.

이 시에서는 삶과 죽음이라는 단어와 이미지가 여러 번 반복된다. 이것들이 얼마나 반복적으로 등장하는지 정리해본다면 다음 페이지의 표와 같다.

형태적으로 보더라도, 1연에서 삶과 죽음은 균형을 이루면서 나타나다가, 2연에서는 죽음이 삶보다 배가 되는 불균형을 이루고, 3연에서 삶은 사라져버린다. 2연에서 "죽음은 시간

연	죽음	삶
1	"삶은 죽음이 되었다" "대지는 삶을 주먹으로 움켜쥐었다" "죽음은 쉴 새 없이 내 안으로 들어온다"	"당신이 만든 우리의 삶" "5월의 어느 날 아침 도시의 새벽" "내 안의 새벽 언제나 밝았던 17년"
2	"그러나 죽음은 시간의 균형을 무너뜨렸다/찾아온 죽음 떠난 죽음 살아 있는 죽음/보이는 죽음은 나를 희생시켜서 물을 마시고 음식을 먹는다"	"당신은 말했지 우리의 삶은 우리가 함께 살고/우리가 사랑하는 것에 생명을 불어넣는 것으로 행복하다고"
3	"보이는 죽음 보이지 않는 뉘슈여/땅 위에도 있고 땅속에도 있는 눈의 가면/밤이 되면 흐르는 눈물의 샘 눈먼 자의 가면/나의 과거는 해체되고 나의 자리엔 침묵이 들어선다."	

의 균형을 무너뜨렸다"는 것은 이렇게 시의 불균형 형태로 표출되었다고 말할 수 있다. 또한 과거와 현재의 시제가 1연과 2연에서는 균형을 이루다가, 3연에서 과거 시제는 사라지고, "나의 과거는 해체되고 나의 자리엔 침묵이 들어선다"에서처럼 현재 시제만 남는 것도 죽음의 불균형과 관련된다. 결국 과거 시제가 사라진 '나'의 현재는 "나의 과거가 해체"된 현재와 같다.

'우리의 삶'이라는 제목과 달리, '우리의 죽음'을 주제로 한 것처럼 보이는 이 시는 뉘슈의 죽음이 엘뤼아르를 죽음에 가까운 절망에 빠뜨렸음을 느끼게 한다. 이 시뿐 아니라 "그토록 가벼운 나의 사랑은 무거운 형벌이 되어 짓누른다"는 「시간이 넘쳐흐른다」 같은 시, 희망을 잃은 삶이 난로의 재와 거리의 진흙으로 묘사되는 시, 또는 함께 늙어갈 수 없는 부부의 슬픔을 노래한 시들이 많았던 것은 그의 절망과 분노 혹은 상실감이 어느 정도였는지를 잘 보여준다.

나는 너를 사랑한다

나는 너를 사랑한다 내가 알지 못한 모든 여자를 위해
나는 너를 사랑한다 내가 살지 못한 모든 시간을 위해
넓은 바다 냄새와 따뜻한 빵의 냄새를 위해
녹아내리는 눈을 위해 최초의 꽃들을 위해
사람을 무서워하지 않는 순수한 동물들을 위해
나는 너를 사랑한다 사랑하기 위해
나는 너를 사랑한다 내가 사랑하지 않는 모든 여자를 위해

네가 아니라면 누가 나를 비춰줄까 나는 나를 볼 수 없다
네가 없다면 나에게 보이는 건 텅 빈 벌판일 뿐
예전과 오늘 사이에
내가 넘어온 모든 죽음은 짚더미 위에 있었다
나는 내 거울의 벽을 뚫을 수 없었다
나는 삶을 처음부터 다시 배워야 했다
삶을 잊어버렸으므로

나는 너를 사랑한다 나의 것이 아닌 너의 지혜를 위해
건강을 위해
나는 너를 사랑한다 환상뿐인 모든 것에 맞서서

Je t'aime

Je t'aime pour toutes les femmes que je n'ai pas connues
Je t'aime pour tous les temps où je n'ai pas vécu
Pour l'odeur du grand large et l'odeur du pain chaud
Pour la neige qui fond pour les premières fleurs
Pour les animaux purs que l'homme n'effraie pas
Je t'aime pour aimer
Je t'aime pour toutes les femmes que je n'aime pas

Qui me reflète sinon toi-même je me vois si peu
Sans toi je ne vois rien qu'une étendue déserte
Entre autrefois et aujourd'hui
Il y a eu toutes ces morts que j'ai franchies sur de la paille
Je n'ai pas pu percer le mur de mon miroir
Il m'a fallu apprendre mot par mot la vie
Comme on oublie

Je t'aime pour ta sagesse qui n'est pas la mienne
Pour la santé
Je t'aime contre tout ce qui n'est qu'illusion

내가 갖고 있지 않은 불멸의 심장을 위해
나는 의심을 믿고 너는 이성 그 자체
너는 나를 흥분시키는 위대한 태양
내가 나를 믿을 때.

Pour ce cœur immortel que je ne détiens pas
Tu crois être le doute et tu n'es que raison
Tu es le grand soleil qui me monte à la tête
Quand je suis sûr de moi.

엘뤼아르의 삶에는 세 사람의 동반자가 있었다. 첫번째 부인 갈라Gala는 살바도르 달리의 부인이 되었고, 두번째 부인 뉘슈는 17년의 결혼 생활 끝에 세상을 떠난다. 그가 세번째 부인 도미니크Dominique를 만난 것은 뉘슈의 죽음 이후 2년쯤 지난 다음이었다. 「나는 너를 사랑한다」라는 이 시는, 도미니크를 만나서 삶의 희망과 기쁨을 되찾은 시인이 새롭게 사랑의 찬가를 노래한 것이다.

시인은 이 시의 첫 행에서 "나는 너를 사랑한다 내가 알지 못한 모든 여자를 위해"라고 말한다. '너를 사랑하는' 이유가 "내가 알지 못한 모든 여자를 위해"서라는 말에 독자들은 당혹할 만하다. 이 구절을 군이 설명한다면, 도미니크를 만난 이후에 다른 여자들은 중요하지 않다는 의미일 수도 있고, 그녀를 만나지 못했다고 한다면 가능했을지 모르는 다른 여자들과의 어떤 사랑도 가치가 없다는 뜻일 수도 있다. 2행에서 "내가 살지 못한 모든 시간을 위해"는 뉘슈의 죽음 이후 시인이 혼자서 고통스럽게 보냈던 시간이 지나고, 예전과 같은 삶을 회복하게 되었다는 의미로 해석된다. "넓은 바다 냄새와 따뜻한 빵의 냄새"에서 바다가 꿈꾸는 자에게 여행의 욕망을 불러일으키는 자연이라면, 빵은 일상생활의 기본적 양식이다. 또한 "녹아내리는 눈"은 죽음의 겨울이 끝났음을 의미하고, "최초의 꽃들"은 새로운 봄을 맞게 되었음을 알려준다. "사람을 무서워하지 않는 순수한 동물들"은 사람이 동물을 먹잇감으로 삼지 않았을 때의 평화롭던 세계를 상상한 표현으로 볼 수 있다. "나는 너를 사랑한다 사랑하기 위해"는 사랑의 의미를 근본적으로 생각하게 한다. 이것은 순수한 사랑의 기쁨을 말하는 것이겠지만, 이기적인 사랑이 아니라 보편적인 인간애의 넓은 사랑을 환기하는 것일 수도 있기 때문이다.

2연에서 '나'와 '너'의 관계는 거울처럼 서로를 비추는 관계임을 암시한다. "네가 없다면" '나'는 나를 돌아볼 수 없고, "나에게 보이는 건 텅 빈 벌판"처럼 공허할 뿐이다. "내가 넘어온 모든 죽음은 짚더미 위에 있었다"는 것은 전투에서 부상당한 병사를 신속히 치료할 수 없을 경우, 사람들의 왕래가 빈번하지 않은 길 주변에 짚더미를 놓아두고, 그 위에 부상자를 누워 있게 했기 때문이다. 그 당시 짚더미 위의 시체는 흔히 볼 수 있는 장면이었다. 시인은 자신의 삶이 여러 번 죽음의 위기를 거쳐온 삶이라고 생각한다. 다시 말해서 사랑을 회복하기 전에 자신의 삶은 무수한 죽음의 연속이었다는 것이다. "거울의 벽을 뚫을 수 없었다"는 것은 거울의 한계, 즉 거울은 대상의 표면을 반영할 뿐 대상의 이면을 비추지는 못한다는 것에 분노한 사람이 고백할 수 있는 말이다. 이것은 거울의 한계에 대한 불만의 표출이 아니라, 거울 앞에서 자신을 객관화하지 못하고, 타인과 세계의 진실을 통찰하지 못하는 사람의 자아비판과 같다. 바꿔 말하면, 고독감으로 비탄에 잠긴 사람의 자기 자신에 대한 비판인 것이다. 그러나 이제 사랑을 되찾은 사람은, 마치 언어의 문법을 잊어버린 사람이 초급 과정부터 언어를 다시 배우듯이, 삶의 문법을 배워야 한다는 겸손함을 보인다.

3연에서 "나의 것이 아닌 너의 지혜를 위해"는 '나'와 다른 '너'를 존중하고, '나'를 낮추는 표현이다. "건강을 위해"는 사랑이 사랑하는 사람들을 건강하게 만든다는 것이고, "환상뿐인 모든 것에 맞서서"는 환상에 속지 않고 진실을 추구하려는 의지를 나타낸다. "불멸의 심장을 위해"는 죽을 운명의 인간이 영원의 삶을 꿈꾼다는 의미이다. "의심을 믿고"에서 '의심'은 나쁜 뜻이 아니라 '회의'와 동의어이다. "지혜는 회의에서 싹튼다Le doute est le commencement de la sagesse"는 프랑스 속담이 있다. 이 속담에 의하면, 의심은 지혜와 대립되는 말이 아니다. 그러므로 3연에 나온 '너'에 대한 예찬은 '너'를 "지혜" "의심" "이성"을 갖춘 존재이자, "나를 흥분시키는 위대한 태양"으로 묘사한 것이다. '너'는 '나'에게 나를 믿게 해준 사람이라는 마지막 구절은 '너'에 대한 극진한 고마움의 표시다.

엘뤼아르는 낭만주의 시인들처럼 잃어버린 사랑을 탄식하지 않고, 늘 현재의 사랑을 노래한다. "나는 너를 사랑한다"

는 말이 6번이나 반복되는 이 시에서, 사랑은 연인과의 사랑일 뿐 아니라 세계와 소통하고 타인과 연대감을 가질 수 있는 사랑이며, 진정한 삶과 일치하는 사랑이다.

루이 아라공

Louis Aragon
1897~1982

엘자의 눈

너의 눈은 너무 깊어 물 마시려고 몸을 굽히면서
나는 보았다 모든 태양이 거기서 자기를 비춰 보고
모든 절망한 사람들이 죽으려고 몸을 던지는 것을
너의 눈은 너무 깊어 나는 기억을 잃어버린다

그건 새들의 그림자에 흐려진 대양이다
그런 후 갑자기 날이 개어 너의 눈은 달라지고
여름은 천사들의 앞치마를 두른 구름을 재단하고
하늘은 밀밭 위에 푸른빛처럼 결코 푸르지 않다

바람이 창공의 슬픔을 없애려 해도 소용없는 일
너의 눈은 눈물 한 방울이 빛날 때 창공보다 맑고
너의 눈은 비 온 후의 하늘을 시샘하게 만들지
유리는 깨진 틈에서 가장 푸른 빛을 보이는 법

일곱 가지 고통의 어머니여* 오 물기에 젖은 빛이여
일곱 개의 칼이 색깔 있는 프리즘을 꿰뚫었다

* 성모 마리아의 일곱 가지 고통은 예수 그리스도의 어머니로서 겪는 고통을
  의미한다.

Les yeux d'Elsa

Tes yeux sont si profonds qu'en me penchant pour boire
J'ai vu tous les soleils y venir se mirer
S'y jeter à mourir tous les désespérés
Tes yeux sont si profonds que j'y perds la mémoire

À l'ombre des oiseaux c'est l'océan troublé
Puis le beau temps soudain se lève et tes yeux changent
L'été taille la nue au tablier des anges
Le ciel n'est jamais bleu comme il l'est sur les blés

Les vents chassent en vain les chagrins de l'azur
Tes yeux plus clairs que lui lorsqu'une larme y luit
Tes yeux rendent jaloux le ciel d'après la pluie
Le verre n'est jamais si bleu qu'à sa brisure

Mère des Sept douleurs ô lumière mouillée
Sept glaives ont percé le prisme des couleurs
Le jour est plus poignant qui point entre les pleurs
L'iris troué de noir plus bleu d'être endeuillé

눈물 사이로 나타난 빛은 더욱 날카롭고
검은색의 구멍이 뚫린 홍채는 슬픔에 잠겨서 더욱 푸르다

가슴 두근거리며 동방 박사 세 사람이
구유에 걸린 마리의 외투를 보았을 때
불행에 잠긴 너의 눈에 두 개의 돌파구가 열리고
그 틈으로 동방 박사의 기적이 일어난다

5월은 모든 노래를 위해 모든 탄식을 위해
말하는 입 하나로 충분하다
수많은 별에 비해 창공은 너무나 비좁아
별들에게 필요한 건 너의 눈과 쌍둥이자리의 신비이다

어린이가 아름다운 그림에 사로잡혀서
놀라움에 눈을 크게 떠도 그렇게 크지는 않을 것
네가 큰 눈을 뜰 때 나는 네가 거짓말을 하는지도 모른다
그건 마치 소나기가 내려 야생의 꽃들이 활짝 피는 것 같다

그 눈에는 곤충들이 격렬한 사랑을 끝낸
라벤더꽃의 섬광이 감춰진 것일까
나는 별똥별의 그물에 걸려들었다
8월의 한복판에서 바다에 빠져 죽은 선원처럼

Tes yeux dans le malheur ouvrent la double brèche
Par où se reproduit le miracle des Rois
Lorsque le cœur battant ils virent tous les trois
Le manteau de Marie accroché dans la crèche

Une bouche suffit au mois de Mai des mots
Pour toutes les chansons et pour tous les hélas
Trop peu d'un firmament pour des millions d'astres
Il leur fallait tes yeux et leurs secrets gémeaux

L'enfant accaparé par les belles images
Écarquille les siens moins démesurément
Quand tu fais les grands yeux je ne sais si tu mens
On dirait que l'averse ouvre des fleurs sauvages

Cachent-ils des éclairs dans cette lavande où
Des insectes défont leurs amours violentes
Je suis pris au filet des étoiles filantes
Comme un marin qui meurt en mer en plein mois d'août

J'ai retiré ce radium de la pechblende

나는 역청 우라늄 광석에서 라듐을 추출했다
그리고 나는 금지된 불에 손가락을 데었다
오 수없이 여러 번 되찾았다가 다시 잃어버린 낙원이여
너의 눈은 나의 페루 나의 골콘다* 나의 인도이다

어느 날 저녁 세계가 좌초한 사건이 발생했다
조난자들이 불태운 암초 위에서
나는 보았다 그 바다 위에서 빛나는
엘자의 눈 엘자의 눈 엘자의 눈을.

* 1687년에 파괴된 인도의 성채 이름이다. 이 성에는 전설적인 보물이 많았
다고 한다.

Et j'ai brûlé mes doigts à ce feu défendu

Ô paradis cent fois retrouvé reperdu

Tes yeux sont mon Pérou ma Golconde mes Indes

Il advint qu'un beau soir l'univers se brisa

Sur des récifs que les naufrageurs enflammèrent

Moi je voyais briller au-dessus de la mer

Les yeux d'Elsa les yeux d'Elsa les yeux d'Elsa.

아라공은 브르통, 엘뤼아르와 함께 1920년대 초부터 초현
실주의 운동을 이끈 주역이었지만, 공산당에 입당한 1927년
부터 초현실주의 그룹과 멀어진다. 그가 러시아의 혁명시인
마야콥스키의 처제이자 평생의 반려자가 된 엘자를 만난 것은
1928년이다. 엘자를 만난 후부터 그는 부르주아 사회 체제를
공격하는 글을 쓰고, 초현실주의의 대명사와 같았던 '자동기
술'의 글쓰기를 비판하는 한편, 사회주의 리얼리즘의 정당성
을 주장한다. 이러한 아라공의 입장 변화가 상당 부분 엘자의
영향인 것은 분명하다. 아라공은 초현실주의 그룹과 결별한
이후 투사로 변모하면서 제2차 세계대전 중에는 독일 점령군
에 대항하여 레지스탕스 운동에 적극 가담하고, 자유를 위한
열정적 시들을 쓴다. 1942년에 나온 그의 시집『엘자의 눈』은
이러한 레지스탕스의 정신을 담은 시들을 모은 것이다. 이 시
집의 서시가 바로「엘자의 눈」이다.

깊은 샘의 비유로 시작하여 별의 이미지로 끝나는 이 시에
서 "엘자의 눈"은 상징적 의미를 갖는다. 그 눈은 하나의 우
주적 세계이다. 시인은 이 눈에서 세계를 구성하는 광물, 식
물, 동물의 여러 요소와 물, 불, 공기, 흙의 4원소가 담겨 있
는 것을 발견한다. 눈에 대한 이러한 표현법은 소우주와 대우

주를 연결하는 16세기의 블라종(대상에 대한 찬양이나 풍자를 노래하는 시 형식)을 연상케 한다. 1연에서 엘자의 눈은 "모든 태양이 거기서 자기를 비춰 보"는 깊고 맑은 '샘물'로 비유되거나, "모든 절망한 사람들"이 몸을 던지고, "나는 기억을 잃어버"리는 망각의 강으로 비유된다. 그 '눈'은 2연과 3연에서 희망을 상징하는 푸른빛으로 나타난다. 3연에서 "바람이 창공의 슬픔을 없애려 해도 소용없"다는 것은 "너의 눈"이 창공보다 맑고 푸른 빛이지만, 그 눈에 슬픔이 깃든다는 것을 암시하기 위해서이다. 물론 그 슬픔은 시인이 글을 쓰고 있는 현재의 불행한 역사적 상황과 관련된다. 4연에서 그 '슬픔'은 성모 마리아의 고통으로 나타나고, 날카로운 칼의 이미지로 이어진다. 여기서 "검은색의 구멍이 뚫린 홍채는 슬픔에 잠겨서 더욱 푸르다"라는 구절은 설명이 필요하다. '홍채'는 '불꽃'으로 번역할 수도 있는 단어이고, '슬픔에 잠겨서'는 죽음을 애도하는 상중임을 의미하기 때문이다. 이 죽음은 독일군에 점령당한 프랑스의 죽음을 암시한다. 이러한 상황에서, 그 눈에 "동방 박사의 기적"이 일어난다는 5연의 표현은 기적 같은 희망을 꿈꾼다는 의미로 해석할 수 있다.

이 시의 후반부에서 중요한 구절들을 꼽으라면 "5월은 〔……〕 말하는 입 하나로 충분하다" "별들에게 필요한 건 너의 눈과 쌍둥이자리의 신비"(6연), "나는 별똥별의 그물에 걸려들었다"(8연), "나는 금지된 불에 손가락을 데었다"(9연)이다. 이 구절들을 차례대로 설명한다면, "말하는 입 하나로 충분하다"는 것은, 프랑스가 독일군의 침공으로 점령당한 5월의 역사적 상황을 시의 언어로 증언해야 한다는 것이다. 슬픔의 시가 기쁨의 "노래"이고 "탄식"을 표현하는 것이라면, 5월의 슬픔과 고통을 말하는 것은 시인의 당연한 임무이기 때문이다. 그러나 시인의 임무는 단순히 증언하는 것에 그쳐서는 안 된다. 시인의 말은 "신비"를 담고 있어야 하기 때문이다. 그러므로 "별들에게 필요한 건 너의 눈과 쌍둥이자리의 신비"라는 구절은 하늘의 별과 인간의 눈을 결합하여, 별을 바라보고 기원하는 시인의 소망이 '신비'로운 언어로 실현되기를 바라는 것이다. 이런 의미에서 엘자의 눈은 '신비'로운 별이다. 또한 그 별의 신비는 꿈과 소망의 신비이기도 하다. 이 시의 끝부분에서 "그 바다 위에서 빛나는/엘자의 눈"은 별이 된 '엘자의 눈'이자, 꿈이 현실화된 이미지로 해석할 수 있다.

또한 "나는 별똥별의 그물에 걸려들었다"는 것은 화자가 처한 시대와 역사의 비극적 상황을 의미한다. 이 시의 첫 부분에서 시인은 엘자의 눈을 "모든 태양이 거기서 자기를 비춰" 볼 만큼 맑고 밝은 이미지로 표현했지만, 그 눈은 흐려지면서 "눈물 한 방울이 빛날 때"처럼 슬픔에 잠긴 눈으로 표현되었다. "나는 별똥별의 그물에 걸려들었다"는 것은 이러한 이미지들의 연속으로 보인다. 이러한 절망을 극복하기 위해서는 초인적인 용기가 필요하다. 그 용기는 "우라늄 광석에서 라듐을 추출"하는 과학자의 끈질긴 탐구력일 수도 있고, 신들에게서 불을 훔쳐 인간에게 전파했다는 프로메테우스처럼 금지를 위반하는 저항일 수도 있다.

'엘자의 눈'은 하나의 이상일지 모른다. 그러나 그 이상을 추구하려면 불굴의 의지뿐 아니라 진실에 대한 믿음이 전제되어야 한다. 시는 진실의 언어이자, 진실에 대한 믿음을 고취하는 언어이기 때문이다.

세 다리

나는 세 다리를 건너갔다
모든 일은 거기서 시작되었다

옛날에 이런 노래가 있었단다
부상당한 기사

길에 던진 한 송이 장미
여인의 풀어 내린 코르셋

미친 공작의 성
도랑에 있는 백조들

초원에 춤추러 온
영원한 약혼녀

무너진 영광의 이 긴 노래를
나는 차가운 우유처럼 마셨다

루아르강에 휩쓸려 떠내려갔다

Cé

J'ai traversé les ponts de Cé
C'est là que tout a commencé

Une chanson des temps passés
Parle d'un chevalier blessé

D'une rose sur la chaussée
Et d'un corsage délacé

Du château d'un duc insensé
Et des cygnes dans les fossés

De la prairie où vient dancer
Une éternelle fiancée

Et j'ai bu comme un lait glacé
Le long lai des gloires faussées

La Loire emporte mes pensées

내 생각과 전복된 차들이

사용할 수 없는 무기들과
지워지지 않는 눈물이

오 나의 프랑스여 오 나의 버림받은 사랑이여
나는 세 다리를 건너갔다

Avec les voitures versées

Et les armes désamorcées
Et les larmes mal effacées

Ô ma France ô ma délaissée
J'ai traversé les ponts de Cé

이 시는 1940년 5월, 독일군의 침공으로 프랑스군이 패망하던 때에 시인이 겪은 좌절감을 중세시 레lai의 형식으로 노래한 것이다. 레는 8음절의 단시로서, 흔히 이야기와 서정성을 간결하게 표현하는 데 적합한 것으로 알려져 있다. 아라공은 독일군의 기계화 부대가 프랑스군을 패주시킬 때 서부군 소속이었다. 그 무렵 그의 군대는 앙제시에 가까운 루아르강의 세Cé 다리를 건너갔다는 것이다. "나는 세 다리를 건너갔다/모든 일은 거기서 시작되었다"라는 이 시의 시작은, 자기가 체험한 것을 중세시의 형식으로 이야기하겠다는 시인의 의도를 짐작게 한다.

그러나 독자의 이러한 예상과는 달리, 3행부터 10행까지 시인은 자기의 현실을 말하지 않고, 옛날 노래의 가사에 나올 법한 인물과 배경과 사건을 간략하게 암시적으로 노래한다. "부상당한 기사" "한 송이 장미" "풀어 내린 코르셋" "백조" "초원" 등의 명사들은 인과 관계의 설명 없이 시인의 기억 속에 연쇄적으로 나타난다. 단편적으로 언급된 이 노래의 가사는 중세 때 한 여자가 부상당한 기사를 사랑하여 그에게 사랑의 표시로 "한 송이 장미"를 던졌고, 그들의 이야기를 들은 여자의 아버지는 딸을 성안에 가두어 죽게 했다는 것이다.

"미친 공작의 성" "도랑에 있는 백조들"은 이러한 전설과 관련된다. 여기서 백조는 죽음의 전조를 알려주는 새일 수도, 슬픈 운명의 여인을 암시하는 새일 수도 있다. 또한 "무너진 영광의 이 긴 노래를/나는 차가운 우유처럼 마셨다"는 것은 중세시 레lai와 우유lair의 발음이 같기 때문이다.

13행부터 14행까지 슬픈 운명의 여인과 같은 프랑스의 죽음을 연상한 시인은 현실 의식으로 돌아와 "루아르강에 휩쓸려" "전복된 차들"과 "사용할 수 없는 무기들"이 "생각"과 눈물과 함께 떠내려갔음을 노래한다. '강'은 삶의 덧없음과 시간의 빠른 흐름, 우울한 느낌을 나타내는 오래된 문학적 상징이다. 그 강에 휩쓸려 "차"와 "무기", "생각"과 "눈물"이 함께 떠내려갔다는 것은 외형적인 것과 내면적인 것의 구별이 없는 상실과 절망을 의미한다. 여기서 생각은 파스칼의 '팡세 Pensées'와 같은 단어이다. 강물에 '생각'이 떠내려갔다는 것은 그러므로 생각하고 명상하는 주체인 '나'를 상실하게 되었다는 것과 같다. 자유를 빼앗긴 나라의 국민은 자유롭게 생각할 수 있는 자유를 잃어버린 것이나 다름없기 때문이다.

이 시의 끝부분에서 시인은 "오 나의 프랑스여 오 나의 버림받은 사랑이여"라고 호격으로 부른다. 『엘자의 눈』에 실린 대부분의 시가 그렇듯이, 시인은 사랑하는 여인을 부르듯이 프랑스를 돈호법으로 부르는 것이다. 또한 이 시에서 "버림받은 사랑"은 중세의 슬픈 운명의 여인을 연상케 한다.

한 사람이 집 앞을 지나가며 노래한다

우리는 자유롭기 위해서 태어났다
우리는 행복하기 위해서 태어났다
유리창에 서리처럼
저녁 예배의 고백처럼
개똥지빠귀가 취한 것처럼
봄에 사랑할 수 있는 것처럼
우리는 자유롭기 위해서 태어났다
우리는 행복하기 위해서 태어났다

지나가고 지나가고 지나가는 시간은
시간의 밧줄로 매듭을 짓는다
시간이 자기들 주위로 돌아가는 것을 보지 못하고
입맞춤하는 저 연인들 주위를 돌아가면서
시간은 빈정거리며 그들의 이마에 표시를 한다
시간은 그들의 반짝이는 눈빛을 꺼지게 한다
지나가고 지나가고 지나가는 시간은
시간의 밧줄로 매듭을 짓는다

사람은 자신의 청춘에서 끌어낼 수 있는 것은

Un homme passe sous la fenêtre et chante

Nous étions faits pour être libres

Nous étions faits pour être heureux

Comme la vitre pour le givre

Et les vêpres pour les aveux

Comme la grive pour être ivre

Le printemps pour être amoureux

Nous étions faits pour être libres

Nous étions faits pour être heureux

Le temps qui passe passe passe

Avec sa corde fait des nœuds

Autour de ceux-là qui s'embrassent

Sans le voir tourner autour d'eux

Il marque leur front d'un sarcasme

Il éteint leurs yeux lumineux

Le temps qui passe passe passe

Avec sa corde fait des nœuds

On n'a tiré de sa jeunesse

모두 끌어내었을 뿐인데, 그건 너무도 보잘것없지
누가 나보다 낫다고 말하는 사람에게 내가 건 돈을
넘겨주는 것이 내 잘못이라고 하더라도
하지만 그런 일에 왜 우리는 상처받아야만 하는가
도대체 누가 파랑새를 죽였는가
사람은 자신의 청춘에서 끌어낼 수 있는 것은
모두 끌어내었을 뿐인데, 그건 너무도 보잘것없지.

Que ce qu'on peut et c'est bien peu

Si c'est ma faute eh bien qu'on laisse

Ma mise à celui qui dit mieux

Mais pourquoi faut-il qu'on s'y blesse

Qui donc a tué l'oiseau bleu

On n'a tiré de sa jeunesse

Que ce qu'on peut et c'est bien peu.

아라공의 이 시는 시간의 힘을 주제로 한 작품이다. 한 연이 8행씩 세 연으로 구성된 이 시는 세 연 모두 첫 두 행이 각 연 끝에서 후렴처럼 반복된다. 1연은 과거형으로 서술되어 시간과 인간의 관계에 대한 시인의 경험적 성찰을 보여준다. 2연은 시간의 영향력을 현재형으로 진술하고, 3연은 시간의 한계 속에 살아갈 수밖에 없는 인간의 운명을 요약한다.

1연에서 시간과 인간의 관계는 "우리는 자유롭기 위해서 태어났다"거나 "우리는 행복하기 위해서 태어났다"는 구절처럼 분리될 수 없는 것으로 표현된다. 이 문장들에서 '우리'와 '자유'와 '행복'은 마치 동일한 의미와 목적으로 이루어진 명사들처럼 연결된다. 3행부터 6행까지의 비유적 표현들은 이렇게 정리해볼 수 있다.

유리창		서리
저녁 예배	위해서	고백
개똥지빠귀		취한
봄		사랑할 수 있는

시인의 상상력에 의하면, 유리창에 서리가 끼는 것, 천주교 신자들이 저녁 예배에서 죄를 고백하는 것, '개똥지빠귀처럼 취한다'는 말이 '완전히 취함'을 뜻하는 숙어라는 것, 봄이 사랑하기에 좋은 계절이라는 것은 모두 바늘과 실의 관계처럼 결합된다.

2연은 시간의 영향력을 현재형으로 표현하면서, 그 시간이 언제 그리고 어떤 시간인지를 밝히지 않는다. 그 시간은 '지나간다'는 동사가 세 번 반복되는 것에서 짐작할 수 있듯이, 흐르는 강물처럼 지나갈 뿐이다. 그처럼 단조롭게 지나가는 시간은 사람들을 죄수처럼 밧줄로 묶는 감옥으로 비유된다. 특히 시간의 밧줄에 묶인 사람은 연인이 많다. 흔히 사랑과 우정을 비교할 때, 사랑은 시간의 힘에 약하고 우정은 강하다는 말을 한다. 이것은 열정적인 사랑에 빠지는 사람일수록 시간의 감옥에 포로가 될 확률이 높다는 뜻이다. 시간이 "그들의 이마에 표시를 한다"는 것은 연륜에 따라 이마에 주름이 늘어난다는 뜻이고, "반짝이는 눈빛을 꺼지게 한다"는 것은 시력이 노화된다는 뜻뿐 아니라, 열정의 빛이 사그라든다는 의미를 담는다. 시간은 인간의 행복과 자유가 지속되지 않게 할 뿐이다.

3연에서 인생은 도박에 비유된다. 그렇다면 인생은 주체적으로 만들어갈 수 없다는 말일까? 사르트르는 인간이 자유로운 주체이므로 매 순간 선택과 결정의 책임을 지는 삶을 살아야 한다고 강조한다. 그러나 노름판의 사람들은 좋은 카드를 손에 쥐고도 패자가 될 수 있고, 나쁜 카드를 손에 쥐고도 승자가 될 수 있다는 우연의 논리를 안다. 우연은 운일까 아니면 운명일까? 3연에서 인간은 자기의 "잘못"을 인정하면서 상처받는 연약한 존재이고, "파랑새"의 희망이 왜 사라졌는지 모르는 어리석은 존재로 표현된다. 그렇다면 이 시는 인간의 모습과 어리석음을 말한 것일까? 그렇지 않다. 이 시의 중요한 메시지는 "우리는 자유롭기 위해서 태어났다"와 "우리는 행복하기 위해서 태어났다"이다. 시인은 이러한 메시지와 함께 우리는 시간의 감옥에 갇혀 있는 존재임을 말하고 싶었을 것이다.

자크 프레베르

Jacques Prévert
1900~1977

그리고 축제는 계속된다

카운터 앞에 서서
10시를 치는 시계 소리가 들리자
키 큰 배관공이자 아연공은
월요일인데도 정장 차림으로
혼자서 자신만을 위해 노래 부른다
오늘이 목요일이라고
학교에 가지 않아도 된다고
전쟁은 끝났다고
일도 끝났다고
인생은 너무나 아름답다고
여자들은 너무나 예쁘다고 노래 부른다
그리고 카운터 앞에서 비틀거리다가
자기가 갖고 있는 다림추의 도움으로
카페 주인 앞에서 갑자기 멈춰 선다
세 사람의 농부가 나가면서 당신 것도 내주겠다고 한다
그래서 그는 술값 계산도 하지 않고
햇빛 속으로 사라진다
계속 노래를 부르면서 햇빛 속으로 사라진다.

Et la fête continue

Debout devant le zinc

Sur le coup de dix heures

Un grand plombier zingueur

Habillé en dimanche et pourtant c'est lundi

Chante pour lui tout seul

Chante que c'est jeudi

Qu'il n'ira pas en classe

Que la guerre est finie

Et le travail aussi

Que la vie est si belle

Et les filles si jolies

Et titubant devant le zinc

Mais guidé par son fil à plomb

Il s'arrête pile devant le patron

Trois paysans passeront et vous paieront

Puis disparaît dans le soleil

Sans régler les consommations

Disparaît dans le soleil tout en continuant sa chanson.

이 시는 배관공 노동자가 월요일 아침인데도 일요일에 입던 정장을 갈아입지도 않은 채, 카페의 카운터 앞에서 술 마시고 노래하며 취한 상태를 보여준다. 정장 차림으로 미루어 그는 일요일에 결혼식 아니면 어떤 축제의 모임에 참석했으리라고 추측해볼 수 있다. 그러나 그가 왜 집에 들어가서 옷을 갈아입지 않았는지는 알 수 없다. 어쨌든 그는 취한 상태에서 어린아이처럼 노래 부른다. "오늘이 목요일이라고/학교에 가지 않아도 된다고" 노래하는 것을 보면, 그는 어린 시절로 돌아간 것 같다. 그러나 그의 행동을 단순히 술에 취해서라고 좁게 해석할 필요는 없다. 그가 "전쟁은 끝났다고", "인생은 너무나 아름답다고", "여자들은 너무나 예쁘다고" 노래하는 모습을 통해서 시인은 전쟁이 없는 세상과 아름다운 인생, 사랑과 자유의 삶을 찬미하고 싶었을지 모른다. 보들레르는 어린이를 '취한 영혼l'âme ivre'이라고 말했다. 이런 관점에서 술을 마시고 싶은 어른들의 심리는 어린이로 돌아가고 싶다는 욕구를 반영한 것으로 볼 수 있지 않을까? 또한 어른들의 축제란 것도 짧은 시간이나마 모든 책임과 의무에서 해방될 수 있는 어린 시절로 회귀하자는 것이 아닐까?

이 시의 배경이 되는 카페를 주목해보자. 이 카페는 파리의 변두리이거나 작은 지방 도시에 있는 서민들의 공간이다. 그리스토프 르페뷔르에 의하면, "서민들의 동네와 외곽 지대에는 카페가 넘쳐흐를" 정도로 많았는데, 그 이유는 "카페가 열악한 조건의 공장에서 힘겹게 일하고 비위생적인 주거 공간에 갇혀 지내야 했던 노동자들에게 유일한 휴식처"*였기 때문이다. 노동자들이 어울려 잡담을 나누고, 커피나 술을 마실 수 있는 카페는 휴식처이자 피신처였다.

이런 카페에는 대부분 단골손님들이 모인다. 이 시의 배관공과 세 사람의 농부도 이 카페의 단골손님이라고 할 수 있다. 그렇다고 그들이 서로 아는 사이인지는 알 수 없다. 그러나 노동자가 몹시 취한 것을 알고, 농부들 중의 누군가가 노동자의 술값을 대신 내주는 모습은 즐겁고 아름답다. 술 취한 배관공은 비틀거리며 밖으로 나와 "햇빛 속으로" 사라진다. 그 햇빛은 「장례식장에 가는 달팽이들의 노래」에서 달팽이들에게 어두운 상복을 벗고 삶의 색깔로 갈아입도록 권유한 햇빛과 같다. 그가 "계속 노래를 부르면서 햇빛 속으로 사라"지는 것은 삶의 축제가 계속된다는 의미이다.

---

* 크리스토프 르페뷔르, 『카페를 사랑한 그들』, 강주헌 옮김, 효형출판, 2008, p. 58.

장례식에 가는 달팽이들의 노래

죽은 나뭇잎의 장례식에
두 마리 달팽이가 조문하러 길을 떠났다네
검은 색깔의 껍데기 옷을 입고
뿔 주위에는 상장을 두른 차림이었네
그들이 길 떠난 시간은
어느 맑은 가을날 저녁이었네
그런데 슬프게도 그들이 도착했을 때는
이미 봄이 되었다네
죽었던 나뭇잎들은
모두 부활하여
두 마리 달팽이는
너무나 실망했네
하지만 해님이 나타나
그들에게 이렇게 말했네
괜찮으시다면 정말 괜찮으시다면
여기 앉아서
맥주 한잔 드시지요
혹시 생각이 있다면
정말 그럴 생각이 있다면

Chanson des escargots qui vont a l'enterrement

A l'enterrement d'une feuille morte

Deux escargots s'en vont

Ils ont la coquille noire

Du crêpe autour des cornes

Ils s'en vont dans le noir

Un très beau soir d'automne

Hélas quand ils arrivent

C'est déjà le printemps

Les feuilles qui étaient mortes

Sont toutes ressuscitées

Et les deux escargots

Sont très désappointés

Mais voilà le soleil

Le soleil qui leur dit

Prenez prenez la peine

La peine de vous asseoir

Prenez un verre de bière

Si le cœur vous en dit

Prenez si ça vous plaît

파리로 가는 버스도 타보시지요
오늘 저녁 떠나는 버스가 있으니까요
여기저기 구경할 수도 있지요
하지만 이제 상복은 벗으세요
내가 꼭 당부하고 싶은 말이지요
상복은 눈의 흰자위를 검은빛으로 만들고
우선 인상을 보기 싫게 하지요
죽음의 사연들은 무엇이건
아름답지 않고 슬픈 법이지요
당신들에게 맞는 색깔
삶의 색깔을 다시 입으세요
그러자 모든 동물
나무와 식물이
노래 부르기 시작했네
목이 터져라 노래했네
살아 있는 진짜 노래를
여름의 노래를 불렀네
그리고 모두들 마시고
모두들 건배했네
아주 아름다운 밤
여름밤이었네
그리고 나서 달팽이 두 마리는

L'autocar pour Paris

Il partira ce soir

Vous verrez du pays

Mais ne prenez pas le deuil

C'est moi qui vous le dis

Ça noircit le blanc de l'œil

Et puis ça enlaidit

Les histoires de cercueils

C'est triste et pas joli

Reprenez vos couleurs

Les couleurs de la vie

Alors toutes les bêtes

Les arbres et les plantes

Se mettent à chanter

A chanter à tue-tête

La vraie chanson vivante

La chanson de l'été

Et tout le monde de boire

Tout le monde de trinquer

C'est un très joli soir

Un joli soir d'été

Et les deux escargots

집으로 돌아갔네

집으로 돌아가면서 그들은 아주 감동했네

집으로 돌아가면서 그들은 아주 행복했네

술을 너무 많이 마신 탓인지

그들은 조금씩 비틀거렸네

하지만 하늘 높은 곳에서

달님이 그들을 보살펴주었네.

S'en retournent chez eux

Ils s'en vont très émus

Ils s'en vont très heureux

Comme ils ont beaucoup bu

Ils titubent un p'tit peu

Mais là-haut dans le ciel

La lune veille sur eux.

달팽이는 동물 중에서 가장 작고, 느리고, 착하고 연약한 존재라고 말할 수 있다. 시인은 그런 존재와 동류의식을 갖고, 가을날 "죽은 나뭇잎의 장례식"에 참석하기 위해 길을 떠나는 달팽이 두 마리의 여정을 그린다. 그러나 달팽이의 느린 걸음 때문에, 그들이 장례식장에 도착했을 때는 "이미 봄이 되었다." 그러자 태양이 나타나 그들을 위로하면서 삶을 즐기기를 권유한다는 것이다. 시인은 이렇게 죽음과 슬픔의 겨울을 지나 기쁨과 생명의 봄으로 전환된 축제의 분위기를 초현실적 상상력으로 노래한다.

2017년 12월 9일 파리의 마들렌 성당에서 프랑스의 '국민 가수'로 알려진 조니 할리데이의 장례식이 있었다. 장례식장에는 대통령을 비롯하여 많은 정계-문화계 유명 인사들이 애도를 표하기 위해 모였다. 그 자리에서 영화 「레옹」의 배우 장 르노는 조사 대신에 프레베르의 이 시를 읽었다고 한다. 그는 별세한 친구의 장례식에서 왜 이 시를 낭독한 것일까?

이 시에서 두 마리의 달팽이는 태양의 충고를 받아들여서 죽음을 나타내는 검은 색깔의 옷을 벗고 삶의 색깔로 옷을 바꿔 입는다. 또한 그들은 봄과 여름의 축제에 참가하여 술을 마시고 노래를 부른다. 그러니까 이 시의 사건은 가을날 저녁부터 다음 해 여름까지 1년 동안에 전개된 것이다. 가을이 나뭇잎의 죽음과 관련된다면, 여름은 생명의 성숙을 나타낸다. 그들이 "목이 터져라 노래"한 것은 "살아 있는 진짜 노래"이자 "여름의 노래"이다. 태양은 그들에게 "삶의 색깔"을 갈아입고, 여름의 노래를 부를 수 있게 한다.

태양은 「잃어버린 시간Le temps perdu」에서 이 시에서처럼 친구이자 동료로 표현되고, 「고엽Les feuilles mortes」에서는 "우리가 다정했던 그 행복한 시절" "태양은 지금보다 더 뜨거웠"듯이 행복의 빛을 상징하며, 「변화하는 풍경Le paysage changeur」에서는 오늘과는 다른 내일의 "혁명의 붉은 태양"으로 나타난다.

이처럼 태양은 절대적이거나 초월적으로 존재하지 않고, 약한 존재들의 눈높이에서 자유와 행복의 삶을 도와주거나 가르쳐준다. 태양은 명령하듯이 말하지 않는다. "괜찮으시다면" 또는 "혹시 생각이 있다면"처럼 완곡한 화법을 두 번씩 사용하면서 상대편의 자유의사를 존중하여 말한다. 달팽이들은 결국 태양의 충고에 따라 "살아 있는 진짜 노래"를 부를 수 있게 된다.

우리는 이제 장 르노가 장례식에서 왜 이 시를 읽었는지 알 수 있다. 그는 조니 할리데이가 "살아 있는 진짜 노래"를 부르면서 자유롭고 행복한 삶을 산 친구였음을 말하고 싶었을 것이다. 이런 점에서 이 시는 우리에게 어떤 분야에서건 '가짜'로 살지 말고 '진짜'의 삶을 살도록 가르쳐준다.

절망이 벤치에 앉아 있다

공원의 벤치에
한 사람이 앉아 지나가는 사람을 부른다
그는 코안경에 낡은 회색빛 정장을 입고 있다
그는 작은 니나스 담배를 피우고 앉아 있다가
지나가는 사람을 부르거나
때로는 손짓을 하기도 한다
그를 쳐다보면 안 된다
그의 말을 들으면 안 된다
그냥 지나가야 한다
그를 보지 못한 것처럼
그의 말을 듣지 못한 것처럼
발걸음을 재촉하며 지나가야 한다
그를 쳐다보게 되면
그의 말을 듣게 되면
그는 당신에게 손짓을 하고
그러면 당신은 그의 곁에 앉을 수밖에 없다
그가 당신을 보고 웃음을 지으면
당신은 지독하게 고통스럽다
그 사람이 계속 웃음을 보이면

Le désespoir est assis sur un banc

Dans un square sur un banc

Il y a un homme qui vous appelle quand on passe

Il a des binocles et un vieux costume gris

Il fume un petit ninas il est assis

Et il vous appelle quand on passe

Ou simplement il vous fait signe

Il ne faut pas le regarder

Il ne faut pas l'écouter

Il faut passer

Faire comme si on ne le voyait pas

Comme si on ne l'entendait pas

Il faut passer presser le pas

Si vous le regardez

Si vous l'écoutez

Il vous fait signe et rien personne

Ne peut vous empêcher d'aller vous asseoir près de lui

Alors il vous regarde et sourit

Et vous souffrez atrocement

Et l'homme continue de sourire

당신도 똑같은 웃음을 보이게 된다

어김없이

당신은 웃으면 웃을수록 더 고통스러워진다

지독하게

당신은 고통스러워질수록 더 웃으려 한다

다시 어쩔 수 없게

그리고 당신은 그곳에

그렇게 웃으면서 벤치에

꼼짝없이 앉아 있다

아이들은 옆에서 뛰어놀고

행인들은

평온하게 지나간다

새들은 이 나무에서

저 나무로

날아다닌다

그리고 당신은 그곳에

벤치에 머물러 앉아 있다

그러면 당신은 안다 당신은 안다

이제 다시는 저 아이들처럼

뛰어놀 수 없다는 것을

당신은 안다 이제 다시는 저 행인들처럼

평온하게

Et vous souriez du même sourire

Exactement

Plus vous souriez plus vous souffrez

Atrocement

Plus vous souffrez plus vous souriez

Irrémédiablement

Et vous restez là

Assis figé

Souriant sur le banc

Des enfants jouent tout près de vous

Des passants passent

Tranquillement

Des oiseaux s'envolent

Quittant un arbre

Pour un autre

Et vous restez là

Sur le banc

Et vous savez vous savez

Que jamais plus vous ne jouerez

Comme ces enfants

Vous savez que jamais plus vous ne passerez

Tranquillement

지나갈 수 없다는 것을
이제 다시는 저 새들처럼
이 나무에서 저 나무로
날아다닐 수 없다는 것을.

Comme ces passants

Que jamais plus vous ne vous envolerez

Quittant un arbre pour un autre

Comme ces oiseaux.

이 시에서 벤치에 앉은 모습으로 의인화된 절망은 걸인이나 노숙자처럼 보인다. 그런데 이상한 것은 그가 깨끗한 정장 차림으로, 지식인처럼 코안경을 쓰고 있다는 점이다. 더구나 그는 꽁초가 아닌 니나스 담배를 피우고 있다. 그는 쓰레기통에서 집어 든 신문을 읽고 있었을지도 모른다. 이런 사람이 벤치에 앉아서 지나가는 사람을 부를 때, 당신이라면 모른 척하고 갈 수 있을까? 겉으로 불결하고 역겨운 냄새가 나는 걸인이나 노숙자라면, 누구나 그에게 경계심을 갖고, 그가 손짓으로 부르더라도 못 들은 척하고 지나갈 것이다. 그런데 시인은 "그를 쳐다보면 안 된다/그의 말을 들으면 안 된다"고 경고한다. 시인의 이런 경고에도 불구하고, 그 앞을 지나가던 당신은 그를 쳐다보거나 그의 말을 들을 수 있다. 당신이 친절한 사람이라면 그가 청하는 대로 그가 앉은 벤치로 다가갈 수도 있다. 그러나 그 순간이 바로 그의 운명을 결정한다는 것이 시인의 생각이다.

프레베르의 시가 대체로 그렇듯이, 이 시 역시 영화의 몇 장면을 떠오르게 한다. 그것을 순서대로 열거하면 다음과 같다.

1) 한 남자가 벤치에 앉아 있다.

2) 다른 남자가 그에게 다가간다.

3) 두 사람이 벤치에 앉아 들리지 않는 이야기를 나눈다.

4) 첫째 사람은 사라지고, 둘째 사람이 혼자 남아 있다.

이러한 장면 전환과 관련시켜서 이 시를 나눈다면, 첫째는 처음부터 두 사람이 만나기까지(1~16행)이고, 둘째는 어떤 행인이 마치 최면 상태에 빠진 것처럼 벤치로 다가서서 그를 부른 사람과 이야기를 나누기까지(17~25행)이며, 셋째는 절망이 벤치에 앉아 있듯이 움직이지 않고 명상에 잠긴 사람의 모습에 관한 것(26~45행)이다. 이 중에서 둘째 부분의 시적 전개를 검토해볼 필요가 있다.

> 그가 당신을 보고 웃음을 지으면
> 당신은 지독하게 고통스럽다
> 그 사람이 계속 웃음을 보이면
> 당신도 똑같은 웃음을 보이게 된다
> 어김없이
> 당신은 웃으면 웃을수록 더 고통스러워진다
> 지독하게
> 당신은 고통스러워질수록 더 웃으려 한다
> 다시 어쩔 수 없게

이 부분에서 특징적인 것은 '웃다'와 '고통스럽다'가 반복되면서 변화를 보이는 점이다. 여기서 그의 '웃음'은 원인이고 당신의 고통은 결과임을 알 수 있다. 그런데 반복되는 말 속에서 달라지는 것은 당신의 내면에서 '고통'이 원인이고 '웃음'이 결과처럼 전도되는 것이다. 이 과정에서 그의 웃음과 당신의 웃음이 일치하는 것에는 "어김없이"라는 부사가 이어지고, 당신의 웃음이 원인이 되고 고통이 결과가 되는 것은 "지독하게"로 표현된다. 그만큼 절망의 고통은 극심한 것으로 나타난다. 고통이 내면화될수록 웃음을 지으려는 것은 절망의 마지막 단계이므로, "다시 어쩔 수 없게"로 종료된다.

벤치에 앉아서 명상에 잠겨 있는 사람은 "아이들이 옆에서 뛰어놀고" "행인들은/평온하게 지나"가고, 새들이 날아다니는 것을 바라본다. 여기서 "평온하게tranquillement"라는 부사는 '순진하게 행복한 상태'를 가리키는 표현일 수 있다. 그렇기 때문에 이 부사는 "지나간다"뿐 아니라, 아이들이 뛰어놀고 "새들은 이 나무에서/저 나무로/날아다"니는 것과도 관련된다.

이 시는 서로 다른 두 가지 해석이 가능하다. 하나는 비관적인 시각으로, 인간은 일상생활에서 사소한 문제로 우연히 절망에 빠질 수 있고, 일단 절망에 빠지면 그 이전과 이후가 완전히 달라진다는 것이다. 인간에게 절망은 언제라도, 어느 곳에서든지 찾아올 수 있는 숙명과 같다. 중요한 것은 절망을 어떻게 극복하는가이다.

또 다른 하나는 낙관적인 해석이다. 이 시를 읽으며 어떤 독자는 자신에게 절망은 있었는지, 만일 있었다면 그것은 언제였는지 자문해볼 수 있다. 이 시에서 시인은 가능한 한 절망을 겪지 않아야 한다고 경고하는 듯하다. 그러나 동시에 인간은 절망을 통해서 더욱 성숙해진다는 것을 말하고 싶었는지 모른다. 인간이 자신의 경험을 통해서 타인을 이해할 수 있는 존재라면, 절망을 경험한 사람과 경험하지 못한 사람의 인간에 대한 이해는 엄청나게 다를 것이다. 인생에 한 번쯤 절망한 경험을 갖지 못한 사람이 과연 인생을 안다고 할 수 있을까?

내 사랑 너를 위해

새 시장에 갔네
그리고 새를 샀지
내 사랑
너를 위해

꽃 시장에 갔네
그리고 꽃을 샀지
내 사랑
너를 위해

철물 시장에 갔네
그리고 쇠사슬을 샀지
무거운 쇠사슬을
내 사랑
너를 위해

그다음 노예 시장에 갔네
그리고 너를 찾아 헤맸지만
너를 찾지 못했네

Pour toi mon amour

Je suis allé au marché aux oiseaux
Et j'ai acheté des oiseaux
Pour toi
mon amour

Je suis allé au marché aux fleurs
Et j'ai acheté des fleurs
Pour toi
mon amour

Je suis allé au marché à la ferraille
Et j'ai acheté des chaînes
De lourdes chaînes
Pour toi
mon amour

Et puis je suis allé au marché aux esclaves
Et je t'ai cherchée
Mais je ne t'ai pas trouvée

내 사랑아

mon amour

프레베르의 시집 『말Paroles』에는 사랑을 주제로 한 시들이 많다. 그 사랑은 행복한 사랑이기도 하고, 불행한 사랑이기도 하다. 행복한 사랑의 시는, 사랑을 별에 비유한 「공원Jardin」, 어두운 밤의 불빛에 비유한 「밤의 파리Paris at night」, 사랑의 기쁨을 노래한 「알리칸테Alicante」 등이다. 불행한 사랑을 주제로 한 시는 이별의 순간을 묘사한 「센가街Rue de Seine」와 「아침 식사Déjeuner du matin」 「붉은 말Le cheval rouge」 등이다. 「내 사랑 너를 위해Pour toi mon amour」는 「감옥 지키는 사람의 노래Chanson du geôlier」와 대립된다. 앞의 시가 사랑하는 사람을 감독에 가두는 것으로 끝난다면, 뒤의 시는 "그녀를 자유롭게 해주고 싶다"고 노래하기 때문이다.

예전에 나는 이 시의 해설을 이렇게 썼다. "프레베르의 시에서 사랑은 자유와 동의어이다. 연인들이 서로가 상대편의 자유를 인정하고, 자유의 권리를 존중해야만 사랑이 지속될 수 있다. 사랑하는 사람들이 서로의 자유를 인정하지 않을 때, 혹은 상대편의 자유를 속박하고, 사랑이란 이름으로 상대편을 소유하려는 욕망에 사로잡힐 때, 사랑은 떠나기 마련이다. 그러나 사람들은 종종 이러한 사랑의 진실을 잊어버린다. 사랑의 관계에서 사랑하는 사람을 새가 아닌 꽃으로, 꽃이 아닌 쇠사슬로, 쇠사슬이 아닌 노예로 소유하려는 욕망의 변화는 시간이 갈수록 변질되어버리는 사랑의 추악한 모습일 것이다."

그러나 언제부터인지는 모르겠지만, 이러한 해석에 덧붙여, 이 시를 권력의 본질과 권력의 접근법이라는 관점에서 읽게 되었다. 권력의 본질은 대상이 되는 사람들을 사물처럼 이용하거나 노예처럼 소유하려는 것이며, 그러한 목적을 위해서 권력은 자신의 의도를 감추고 부드러운 손길과 사랑의 언어로 위장한 채 대상에 접근하기 때문이다. 권력은 자기의 제안과 권유가 아무리 이기적인 욕망에서 비롯된 것이라도 절대로 '나를 위해서'라고 말하지 않고 '내 사랑 너를 위해서'라는 화법을 사용한다. 이 시를 이처럼 권력의 주제로 이해한다면, 마지막 연에서 "노예 시장"에 가서 '너'를 찾았지만 찾지 못했다는 것을 어떻게 해석할 수 있을까? '너'를 찾지 못했다는 것은 권력의 의도가 성공할 수 없었다는 의미일 것이다. 이런 점에서 권력의 의도가 실패한 것이라면 실패하게 만든 원인은 무엇일까? 권력에 대항할 수 있는 것은 사랑의 힘일까? 아니면 주체의 힘일까?

푸코는 "권력은 도처에 있다"고 말한다. 그만큼 현대인은 권력에서 자유로울 수 없는 것이 사실이다. 그렇다면 권력의 그물망을 벗어날 수 있는 방법은 무엇일까? 푸코는 무엇보다 권력관계에 종속되지 않는 주체적 삶의 의지를 갖출 것을 제안한다. 물론 이것은 쉽게 이루어질 수 없다. 주체적 삶의 의지를 갖기 위해서는 강인한 노력과 연습의 과정이 필요하다. 그러한 의지를 갖는 사람은 권력관계에 놓여 있더라도 주체적으로 자신의 상황을 의식하고 정신적인 자유와 독립을 추구할 수 있다. 또한 권력에 대한 올바른 판단력이 요구되기도 한다. 그는 우선 정당한 권력과 부정한 권력을 구분하는 안목을 가져야 할 것이다. 어떤 입장이라도 부정한 권력을 거부해야 함은 물론 정당한 권력 혹은 착한 권력이라도 어느 순간 나쁜 권력이 될 수 있다는 것을 알아야 한다. 그것은 권력의 속성이기도 하고, 권력의 조건이 권력을 그렇게 만들기 때문이다. 그러므로 우리는 잠시라도 권력을 이용하려는 생각을 품어서도 안 되고, 권력에 예속되어서 안일함을 즐겨서도 안 된다.

권력의 유혹에 굴복할 경우 얻는 것보다 잃는 것이 훨씬 많다는 것을 나는 프레베르의 「절망이 벤치에 앉아 있다」의 마지막 구절을 인용해서 말하고 싶다. 이 시의 앞부분은 절망을 걸인이나 노숙자처럼 의인화하여, 벤치에 앉아 있는 절망이 아무리 손짓을 해서 부를지라도, 그를 쳐다보고 그의 말에 귀 기울여서는 안 된다는 것을 강조한다. 만일 마음이 약해지거나 방심한 상태에서 그의 부름에 응하고, 그의 자리에 앉아 있게 되면, 어떤 일이 발생할까? "이제 다시는 저 아이들처럼／뛰어놀 수 없다는 것을", "이제 다시는 저 행인들처럼／평온하게／지나갈 수 없다는 것을", "이제 다시는 저 새들처럼／이 나무에서 저 나무로／날아다닐 수 없다는 것을." 이 시구처럼 절망은 결국 자유를 잃어버리게 하고, 인간을 나락에 빠뜨린다. 나는 절망의 자리에 권력을 앉혀서, "권력이 벤치에 앉아 있다"라고 읽어본다. 권력은 절망과 마찬가지로 인간의 자유를 잃게 하는 것이기 때문이다. 인간과 자유는 동의어이다. 자유를 잃고, 인간성을 상실하면, 인간은 결국 인간이기를 포기한 노예의 상태이므로 그것은 죽음이나 다름없다.

열등생

그는 머리로는 아니라고 말하지만
가슴으로는 그렇다고 말한다
그는 자기가 좋아하는 것에는 그렇다고 말하지만
선생님에게는 아니라고 말한다
그가 자리에서 일어서자
선생님이 질문을 한다
온갖 질문이 쏟아졌지만
갑자기 그는 폭소를 터뜨린다
그러고는 모든 것을 지워버린다
숫자도 단어도
날짜도 이름도
문장도 질문의 함정도
교사의 위협에도 불구하고
우등생 아이들의 야유를 받으면서도
온갖 색깔의 분필을 들고
불행의 검은색 칠판 위에
행복의 얼굴을 그린다.

Le cancre

Il dit non avec la tête
mais il dit oui avec le cœur
il dit oui à ce qu'il aime
il dit non au professeur
il est debout
on le questionne
et tous les problèmes sont posés
soudain le fou rire le prend
et il efface tout
les chiffres et les mots
les dates et les noms
les phrases et les pièges
et malgré les menaces du maître
sous les huées des enfants prodiges
avec les craies de toutes les couleurs
sur le tableau noir du malheur
il dessine le visage du bonheur.

이 시의 첫 행에서 "머리로는 아니라고" 말한다는 것은 선생님의 질문에 동의하는 것이 아니라 부정하는 대답을 하기 위해 학생이 머리를 흔드는 것을 의미한다. 머리는 환유적인 의미에서 가슴이나 마음과는 대립적이다. 그러나 머리로 말하는 '아니다non'의 뜻은 모호하다. 교사의 질문에 대한 대답으로서의 '아니다'일 수 있고, 대답을 거부하는 의미에서 '아니다'일 수도 있기 때문이다. 프레베르는 학교와 교사를 긍정적으로 표현하지 않는다. 학생들의 자유를 인정하지 않는 학교는 대체로 억압적 사회의 상징으로 나타나고, 교사는 존경받는 인물이 아니다. 이 시의 6행에서 "선생님"이라고 번역한 단어가 원문에서 존경하는 선생님이 아닌 일반적인 사람들을 뜻하는 on으로 표현되는 것은 그런 의미에서이다.

이 시의 중심에는 다음과 같은 구절이 있다.

> 갑자기 그는 폭소를 터뜨린다
> 그러고는 모든 것을 지워버린다

교실에서 선생님의 질문에 대답하지 않고, 학생이 "폭소를 터뜨"리는 이유는 무엇일까. 그의 폭소는 선생님의 질문을 무시하는 비웃음이자 선생님의 지시를 따라야 하는 학교의 규범과 질서를 위반하는 행위이기도 하다. 또한 그것은 바타유가 말하는 위반과 일탈에 따른 본능적 기쁨의 표현이다. '열등생'은 폭소에 이어서 "모든 것을 지워버린다."

교실의 칠판은 불행을 의미하는 "검은색"으로 되어 있다. 그 위에 "온갖 색깔의 분필을 들고" "행복의 얼굴을" 그림으로써 화자가 열등생의 시각으로 어린아이다운 반항심을 표현하는 반전의 화법은 매우 유쾌하다. 그런데 언제부터인지는 모르지만, 프랑스의 초등학교 선생님들이 이 시를 포함하여 학교를 비판적으로 그린 프레베르의 시를 학생들에게 많이 읽게 하는 이유는 무엇일까?

깨진 거울

쉬지 않고 노래 부르던 키 작은 남자
내 머릿속에서 춤추던 키 작은 남자
청춘의 키 작은 남자의
구두끈이 끊어졌네
축제의 모든 가건물이
갑자기 무너졌네
그 축제의 침묵 속에서
그 축제의 사막에서
그대의 행복한 목소리
그대의 아프고 연약한
어린이 같고 비통한 목소리가
멀리서 나를 부르며 다가왔네
나는 가슴에 손을 얹었네
가슴에서 별이 반짝이던 그대의 웃음은
일곱 조각의 유리로 깨져
피투성이가 되어 흔들리고 있었네.

Le miroir brisé

Le petit homme qui chantait sans cesse
le petit homme qui dansait dans ma tête
le petit homme de la jeunesse
a cassé son lacet de soulier
et toutes les baraques de la fête
tout d'un coup se sont écroulées
et dans le silence de cette fête
dans le désert de cette fête
j'ai entendu ta voix heureuse
ta voix déchirée et fragile
enfantine et désolée
venant de loin et qui m'appelait
et j'ai mis ma main sur mon cœur
où remuaient
ensanglantés
les sept éclats de glace de ton rire étoilé.

프레베르는 어린이를 좋아했을 뿐 아니라 어린이를 주제로 많은 시를 쓰기도 했다. 어린이는 어른과 달리 신비로운 세계와 자연에 경탄하는 마음을 갖고, 어른들의 계산적인 사고방식에서 자유롭고 순수한 영혼의 소유자이다. 프레베르의 시에서 어린이가 긍정과 희망의 존재로 그려지듯이 어린 시절 l'enfance은 대체로 축복과 찬미의 주제로 나타난다. 사람은 대체로 어머니와 일체감을 갖는 행복한 어린 시절을 보낼 수 있기 때문이다. 그러나 성장 과정에서 어느 순간 그 행복했던 어린 시절을 잃어버린다. 이 시에서 잃어버린 어린 시절은 "청춘의 키 작은 남자"라는 은유로, 어린 시절이 끝나는 때는 웃음의 거울이 깨진 순간으로 표현된다. 프랑스어에서 웃음이 터지는 소리는 'éclat de rire'이고 유리가 깨지면서 산산조각이 되는 것은 'éclat de verre'이다. 웃음의 '터짐'과 유리의 '깨짐'은 일치된다. 이 시의 끝부분에서 무지개 같은 어린 시절의 끝남은 "별이 반짝이던 그대의 웃음은/일곱 조각의 유리로 깨져/피투성이가" 된 상태로 표현된다. 여기서 일곱 조각은 무지개를 상기시킨다. 무지개가 꿈에 대한 비유라면, 일곱 조각의 유리로 깨지는 것은 꿈의 무너짐과 연결될 수 있다. 1행과 2행에서 "쉬지 않고 노래 부르"며 "춤추던" 남자에게서 연상되는 '웃음이 터지는 소리'는 7행과 8행에서 축제의 "침묵"과 "사막"을 통해서 거울의 '깨짐'과 함께 "피투성이가" 되었음을 알 수 있다.

일반적으로 어린 시절은 유년 시절이나 소년 시절을 의미한다. 그러나 어린 시절이 언제 끝나는지는 사람마다 다를 수 있다. 보들레르는 자신의 '어린 시절'이 자신과 일체감을 갖고 있었던 어머니가 그를 기숙학교에 보내고 어떤 군인과 재혼하면서 견딜 수 없는 배반감을 갖게 되었을 때라고 말한다. 그때 그의 나이는 일곱 살이었다.

비평가 롤랑 바르트의 예를 든다면, 그는 해군 장교였던 아버지가 제1차 세계대전 때 전사한 이후 어머니와 둘이서 남프랑스의 바욘Bayonne에 있는 조부모 집에서 살다가 아홉 살 때쯤 어머니를 따라서 파리로 이사했다고 한다. 혼자서 살림을 꾸려가느라 어머니는 파리 교외의 작업실에서 미술책 제본 일을 한다. 친구도 없이 외톨이로 지내던 어린 바르트는 어머니가 시외버스를 타고 직장에서 돌아올 때쯤, 버스 정류장에서 어머니를 기다리곤 했다. 그러던 어머니가 직장에서 어떤 유부남과 사랑에 빠져 재혼을 하지도 않은 채 동생을 갖게 되었다. 그것을 알게 된 어린 바르트의 충격은 어떤 것이었을까? 바르트의 유년 혹은 어린 시절은 그때까지였다고 한다. 이제 그는 혼자서 자신의 일에 대해 전적으로 책임을 져야 하는 청년으로 살아가야 했기 때문이다.*

정신분석에서는 '깨진 거울'의 이미지가 어떻게 해석되는가?

　거울에 비친 상에 대한 의식의 발달은 상징적 활동의 발달과 통합되는 것이다. 거울을 매개로 자신의 단일성을 준비하는 아이에게 '깨진 거울'의 만화경적인 광채는 무한한 잠재성을 가진 변화무쌍한 자아를 드러내 보인다. 하지만 반사상의 상징적 역동성은 실패로 끝나기도 한다. 상이 너무 많은 정동affect을 동원하며, 거울이 단일성을 향하지 않고 오히려 조각으로 나뉘기 때문이다.**

'깨진 거울'의 광채가 자아의 일체감에 대한 가능성을 보여줄 수도 있고, '상징적 역동성'을 실패로 끝나게 할 수도 있다는 이 진술은 라캉의 '거울 단계'에 근거한 논리이다. '거울 단계'는 어린이가 거울에 비친 자기 모습과 동일시의 과정을 거쳐 자아를 형성하는 과정을 설명해준다. 그러니까 프레베르의 「깨진 거울」과 라캉의 '깨진 거울'의 이미지는 분명히 다르다. 그러나 정신분석의 '상징적 역동성의 실패'와 프레베르의 시에서 "그대의 웃음은/일곱 조각의 유리로 깨져/피투성이가 되어 흔들리고 있었"다는 것은 어느 정도 유사성을 갖는다

*　Tiphaine Samoyault, *Roland Barthes*, Seuil, 2015 참조.
**　사빈 멜쉬오르 보네, 『거울의 역사』, 윤진 옮김, 에코리브르, 2001, p. 285.

고 볼 수 있다.

프레베르는 인간의 성장 과정에서 순수하고 행복한 어린이의 모습이 사라지는 것을 긍정적으로 이해하지 않는다. 이 시에서처럼 "아프고 연약한/어린이 같고 비통한 목소리"는 사람의 마음속에 슬프게 가라앉는 것으로 묘사된다. 그러나 그 목소리가 살아 있는 한, 인간은 절망하지 않을 수 있고, 인간에 대한 희망을 잃지 않을 수 있을 것이다.

그렇다면 가족 관계가 원만했던 프레베르의 어린 시절은 행복했을까? 분명한 것은 「어린 시절」이라는 시에서 알 수 있듯이 "어린 시절의 시간에 지구는 돌지 않고/새들은 더 이상 노래 부르지 않고/태양은 빛나지 않으며/모든 풍경은 얼어붙은" 슬픈 시간들뿐이라는 사실이다. 물론 프레베르에게도 행복한 어린 시절이 있었을 것이다. 그러나 그가 자신의 어린 시절을 추억하거나 그리워한 적은 별로 없다.

바르바라

기억하라 바르바라여
그날 브레스트에는 끊임없이 비가 내리고 있었다
너는 미소를 지으며 걷고 있었다
환하고 기쁜 얼굴로 비에 젖은 채
빗속을 걷고 있었다
기억하라 바르바라여
브레스트에는 끊임없이 비가 내리고 있었다
시암로에서 너와 마주쳤을 때
네가 웃음을 지어
나도 같이 웃었지
기억하라 바르바라여
내가 알지 못했던 너
나를 알지 못했던 너
기억하라
그래도 그날을 기억하라
잊지 말아라
한 남자가 어느 집 처마 밑에서 비를 피하고 있었다
그가 너의 이름을 불렀지
바르바라

Barbara

Rappelle-toi Barbara

Il pleuvait sans cesse sur Brest ce jour-là

Et tu marchais souriante

Épanouie ravie ruisselante

Sous la pluie

Rappelle-toi Barbara

Il pleuvait sans cesse sur Brest

Et je t'ai croisée rue de Siam

Tu souriais

Et moi je souriais de même

Rappelle-toi Barbara

Toi que je ne connaissais pas

Toi qui ne me connaissais pas

Rappelle-toi

Rappelle-toi quand même ce jour-là

N'oublie pas

Un homme sous un porche s'abritait

Et il a crié ton nom

Barbara

그러자 너는 비를 맞으며 그를 향해 달려갔다

비에 젖은 채 환하고 기쁜 얼굴로

그리고 너는 그의 품에 뛰어들었다

기억하라 그때를 바르바라여

내가 너에게 반말을 한다고 기분 나빠하지는 않겠지

나는 내가 사랑하는 사람을 모두 '너'라고 부르니까

내가 그들을 한 번밖에 본 적이 없다 해도

나는 서로 사랑하는 애인들을 모두 '너'라고 부르니까

내가 그들을 모른다고 해도

기억하라 바르바라여

잊지 말아라

너의 행복한 얼굴 위에

행복한 그 도시 위에 내리던

얌전하고 행복한 비를

바다 위에

해군 기지 위에

웨상의 선박 위에 내리던 비를

오 바르바라

전쟁이란 얼마나 어리석은 짓인가

그 무쇠의 비 속에서

불과 강철과 피의 비 속에서

지금 너는 어떻게 되었니

Et tu as couru vers lui sous la pluie

Ruisselante ravie épanouie

Et tu t'es jetée dans ses bras

Rappelle-toi cela Barbara

Et ne m'en veux pas si je te tutoie

Je dis tu à tous ceux que j'aime

Même si je ne les ai vus qu'une seule fois

Je dis tu à tous ceux qui s'aiment

Même si je ne les connais pas

Rappelle-toi Barbara

N'oublie pas

Cette pluie sage et heureuse

Sur ton visage heureux

Sur cette ville heureuse

Cette pluie sur la mer

Sur l'arsenal

Sur le bateau d'Ouessant

Oh Barbara

Quelle connerie la guerre

Qu'es-tu devenue maintenant

Sous cette pluie de fer

De feu d'acier de sang

사랑스럽게

두 팔로 너를 끌어안던 그 사람

그는 죽었을까 실종되었을까 아직 살아 있을까

오 바르바라

지금도 브레스트에는

옛날처럼 끊임없이

비가 내리지만

이제는 옛날 같지 않고 모든 것이 파괴되었다

이 비는 무섭고도 황량한 죽음의 비

이 비는 이제 강철과 무쇠와 피의 비도

폭풍우의 비도 아니지

다만 브레스트에 내리는 빗물을 따라

사라지는 개들처럼 죽는

구름일 뿐

브레스트에서 아주 멀리 떠나

죽어 썩으면

아무것도 남지 않는 개들처럼.

Et celui qui te serrait dans ses bras

Amoureusement

Est-il mort disparu ou bien encore vivant

Oh Barbara

Il pleut sans cesse sur Brest

Comme il pleuvait avant

Mais ce n'est plus pareil et tout est abimé

C'est une pluie de deuil terrible et désolée

Ce n'est même plus l'orage

De fer d'acier de sang

Tout simplement des nuages

Qui crèvent comme des chiens

Des chiens qui disparaissent

Au fil de l'eau sur Brest

Et vont pourrir au loin

Au loin très loin de Brest

Dont il ne reste rien.

전쟁에 대한 분노의 외침을 담은 프레베르의 이 시는 제2차 세계대전이 끝나기 전 1944년 말에 쓴 것으로 알려져 있다. 그는 전쟁이 일어나기 전 1939년 가을, 브레스트에 머물고 있었다. 이 도시에 있는 해군 기지의 전략적 중요성 때문에 독일군이 이 도시를 침공한 것은 1940년 6월 18일이다. 독일군이 이 항구도시를 점령한 4년 동안 이곳은 연합군의 끊임없는 폭격 대상이 되고, 도시의 많은 건물이 파괴될 수밖에 없었다. 프레베르는 전쟁 이전이나 이후에도 브레스트와 웨상에 자주 갔고, 그곳에서 "바르바라"라는 이름을 자주 들었다고 말한다. 바르바라는 시인이 알고 있는 특정한 여자의 이름이 아니라, 프랑스 어디에서나 볼 수 있고 들을 수 있는 이름이라는 것이다. 그러나 이러한 해석 외에 '바르바라'는 전쟁 때 파괴된 도시 '브레스트'를 의인화한 이름으로 해석할 수도 있다.

이 시의 서두에서 브레스트에 끊임없이 내리던 비는 후반부에서 야만적인 전쟁에서 투하되는 폭탄의 비로 바뀌고, 결국 모든 것을 썩게 만드는 비로 끝난다. 그러니까 비는 먼 과거의 행복한 비에서 가까운 과거의 야만적인 비를 거쳐, 글 쓰는 화자의 현재 시점과 일치하는 황량한 죽음의 비로 변주되는 것이다. 초반부의 "행복한 비"가 내리는 장면에서 바르바라는

"환하고 기쁜 얼굴로 비에 젖은 채" 걷는 모습으로 묘사된다. 여기서 "비에 젖은 채ruisselante"는 '기쁨으로 넘치는'을 뜻하기도 한다. 또한 '끊임없이 내리는 비'는 기쁨과 행복의 지속적인 상태와 연결된다. 사랑하는 사람은 비를 맞으며 걸어도 기쁘고 행복할 것이다. 그는 모르는 사람과 마주칠 때도 웃음을 지을 수 있다. 시인은 "네가 웃음을 지어/나도 같이 웃었지"라고 말한다. 시인은 언제 어디서나 타인의 마음에 공감하는 능력을 가진 사람이기 때문이다. 더구나 프레베르는 자유와 사랑의 가치를 제일 높은 것으로 평가하는 시인이다. 그러니까 사랑하는 연인들에게 그는 동지애와 같은 애정을 느껴 '너'라고 부르며 반말을 할 수 있는 것이다. 그는 사랑과 행복이 타인에 대한 경계심과 인간의 소통을 가로막는 장벽을 제거하게 만든다고 생각한다. 사랑의 행복감은 바르바라가 길에서 우연히 애인을 만났을 때 확연히 나타난다.

그가 너의 이름을 불렀지
바르바라
그러자 너는 비를 맞으며 그를 향해 달려갔다
비에 젖은 채 환하고 기쁜 얼굴로
그리고 너는 그의 품에 뛰어들었다

여기서 '불렀다a crié' '달려갔다as couru' '뛰어들었다t'es

jetée'의 복합과거 동사들은 간결하면서 빠른 행위로 연결된다. 길에서 우연히 만난 연인들의 반가움은 말보다 행동이 앞선 것으로 나타난다. 바르바라의 모습은 4행의 형용사들과 동일한 것으로 반복되지만, 그것들은 역순으로 배열되어 있다. 이 경우에 'luisselante'는 '비에 젖은'보다 '환하게 빛나는'으로 번역하는 게 나을 듯하다.

시인은 1행부터 "기억하라"고 신신당부하듯이 말한다. "기억하라"는 일곱 번, "잊지 말아라"는 두 번 되풀이된다. 이 시에서 명령형의 등장은 전쟁을 암시하는 명사들이 나타나기 전 전반부의 장면에 한정되어 있다. 기억할 것을 강조하는 말이 전반부의 행복한 시간과 관련된 것은 젊음의 사랑과 열정의 순간들이 소중하게 간직되기보다 쉽게 잊힐 수 있기 때문이다. 행복할 때 인간은 행복이 얼마나 귀중하고 가치 있는 것인지를 모른다. 인간은 어리석기 때문이다. 시인이 이렇게 잊지 말기를 반복해 말하는 까닭은 행복한 사랑의 소중함을 일깨우면서, 비인간적 전쟁에 의해서 이것들이 파괴된다는 것을 역설하기 위해서다. 아라공의 유명한 시「행복한 사랑은 존재하지 않는다Il n'y a pas d'amour heureux」는 실존적 차원에서 행복한 사랑의 부재를 노래한 것이 아니라, 전쟁이 행복한 사랑을 불가능하게 만든다는 것을 노래한 시이다. 이런 관점에서 프레베르와 아라공은 생각을 같이한다.

불과 강철과 피의 비 속에서

지금 너는 어떻게 되었니

사랑스럽게

두 팔로 너를 끌어안던 그 사람

그는 죽었을까 실종되었을까 아직 살아 있을까

오 바르바라

인용한 구절에서 "지금"은 이 시를 쓰는 시인의 현재 시간을 가리킨다. 시인은 바르바라의 안부를 묻고, 그녀의 연인이 "불과 강철과 피"의 전쟁에서 어떻게 되었는지를 묻는다. 그 다음에 "오 바르바라"는 놀라움과 분노의 절규처럼 들린다. 이 현재의 시간에도 "끊임없이/비가 내리지만" "이제는 옛 날 같지 않고 모든 것이 파괴되었다"는 것은 더 이상 회복이 불가능하다는 절망의 표현이다. 프레베르는 전쟁이 끝났어도 눈에 보이는 것은 오직 "죽어 썩으면/아무것도 남지 않는 개 들처럼" 비참한 절망적 현실에서 '해방liberation'의 진정한 의미를 묻는 듯하다.

행렬

상복 차림의 시계와 함께 있는 황금 노인

영국 사람과 함께 있는 노동하는 왕비

그리고 바다를 지키는 사람들과 함께 있는 평화의 일꾼들

주검의 칠면조와 함께 있는 웃음거리 경기병

안경 쓴 제분기와 함께 있는 커피색 뱀

고급 인력의 댄서와 함께 있는 줄 사냥꾼

은퇴한 파이프와 함께 있는 거품 사령관

배내옷의 신사와 함께 있는 검은색 예복의 어린애

음악 사냥감과 함께 있는 교수대의 작곡가

담배꽁초 책임자와 함께 있는 양심 줍는 사람

가위 제독과 함께 있는 콜리니의 다림질하는 사람

생뱅상드폴의 호랑이와 함께 있는 벵골의 수녀

철학 수선공과 함께 있는 도자기 교수

파리 가스회사 기사와 함께 있는 원탁의 검사원

오렌지를 쥔 나폴레옹과 함께 있는 세인트헬레나섬의 오리

묘지의 승리와 함께 있는 사모트라케의 관리인

먼바다의 아버지와 함께 있는 대가족의 예선曳船

프랑스 한림원 비대증과 함께 있는 전립선 회원

서커스단의 대사제와 함께 있는 직책이 없는 큰 말

Cortège

Un vieillard en or avec une montre en deuil

Une reine de peine avec un homme d'Angleterre

Et des travailleurs de la paix avec des gardiens de la mer

Un hussard de la farce avec un dindon de la mort

Un serpent à café avec un moulin à lunettes

Un chasseur de corde avec un danseur de têtes

Un maréchal d'écume avec une pipe en retraite

Un chiard en habit noir avec un gentleman au maillot

Un compositeur de potence avec un gibier de musique

Un ramasseur de conscience avec un directeur de mégots

Un repasseur de Coligny avec un amiral de ciseaux

Une petite sœur de Bengale avec un tigre de Saint-Vin-cent-de-Paul

Un professeur de porcelaine avec un raccommodeur de philosophie

Un contrôleur de la Table Ronde avec des chevaliers de la Compagnie du Gaz de Paris

Un canard à Sainte-Hélène avec un Napoléon à l'orange

Un conservateur de Samothrace avec une Victoire de

버스의 합창단 소년과 함께 있는 나무 십자가 검사원
치과의사 같은 어린애와 함께 있는 무서운 외과의사
그리고 예수회 여는 사람과 함께 있는 얼간이 회장

cimetière

Un remorqueur de famille nombreuse avec un père de
haute mer

Un membre de la prostate avec une hypertrophie de
l'Académie française

Un gros cheval in partibus avec un grand évêque de cirque

Un contrôleur à la croix de bois avec un petit chanteur
d'autobus

Un chirurgien terrible avec un enfant dentiste

Et le général des huîtres avec un ouvreur de Jésuites

이 시는 처음부터 끝까지 초현실주의자들의 언어유희와 같이 상이한 문맥 속에서 관용구처럼 자리 잡은 단어들을 교체하여 뜻밖의 새로운 표현을 만들어내는 방법으로 구성된다. 가령 첫 행을 예로 들자면, '금시계를 찬 상복 차림의 노인un vieillard en deuil avec une montre en or'이라는 본래의 구절이 '금'과 '상복 차림'을 교체함으로써 "상복 차림의 시계"와 "황금 노인"이 된 것이다. 이러한 변형된 표현을 일구어내는 시인의 유머와 풍자는 사회의 모든 위선과 허위를 조롱의 대상으로 삼아 인간의 권위와 사회적 가치들을 새로운 시각으로 바라보게 한다. 또한 "은퇴한 파이프와 함께 있는 거품 사령관" "배내옷의 신사" "철학 수선공" "프랑스 한림원 비대증과 함께 있는 전립선 회원" 등의 표현은 권위적인 노인이나 관습적인 옷차림의 신사, 근엄한 철학 교수나 엄숙한 프랑스 아카데미 회원의 모습을 희화한다. 또한 이 시의 끝부분에 나오는 "예수회 여는 사람과 함께 있는 얼간이 회장"은 본래 '예수회 회장le général des Jésuites'과 '굴을 까는(여는) 사람ouvreur de huîtres'에서 '회장'과 '까는 사람'을 바꾼 것이다. 그러니까 "예수회 여는 사람", 굴을 까듯 폐쇄적인 예수회를 개방적으로 열려고 하는 사람은 '얼간이'와 다름없다는 뜻이다.

여기서 '얼간이'라고 번역한 것은 'huître'가 굴을 뜻하는 동시에 바보, 멍텅구리라는 뜻도 있기 때문이다. 그러므로 이 시는 사회의 모든 가치나 규범, 허위를 부정할 뿐 아니라, 시의 전통적 개념도 무시하고, 시인의 관습적 지위를 거부한다. 조르주 바타유는 프레베르의 시를 전통적인 의미에서가 아니라 현대적인 의미에서 '시적poétique'인 시라고 말한다. "프레베르의 시는 기존의 시를 신랄하게 파괴하기 때문에 시적이다."*

바타유가 프레베르의 시를 시적이라고 말하는 것은 역설이다. 그는 프레베르의 시가 모든 세속적 가치를 부정하고, 고상한 것을 비천한 것으로 만드는 점에서, 다시 말해 반反시적인 작업을 통해 거짓과 위선을 폭로하는 시의 본래적 역할에 충실함으로써, 진정한 시가 되었다고 단언한다.

프레베르의 시는 "단순히 즐거운 웃음을 자아내는 매력을 넘어서서 우리의 정신을 놀라게 하는 마법의 매력"을 보여준다. 그는 의도적으로 '좋은 시'나 '재미있는 시'를 쓰려고 하지 않는다. 어떤 시를 쓰건, 계획이나 계산이 배제된 그의 시는 초현실주의의 '자동기술'에서 영향을 받은 것이건, 그의 자유로운 상상력의 산물이건, 반反시적이다. 그는 결국 20세기 프랑스 시에서 그 어떤 시인과도 다른 개성적인 관점과 독특한 상상력으로 자기의 개성적인 목소리를 갖는 시인으로 평가할 수 있을 것이다.

* G. Bataille, *Œuvres complètes*, XI, Gallimard, 1988, p. 106.

고래잡이

고래 잡으러 가자, 고래 잡으러 가자,
아버지는 분노의 목소리로
장롱 속에 누워 있는 아들 프로스페에게 말했네
고래 잡으러 가자, 고래 잡으러 가자,
넌 가고 싶지 않으냐
도대체 무슨 이유 때문이냐?
왜 내가 동물을 잡으러 가야 해요
내게 아무 짓도 하지 않았는데요 아빠,
가세요 아빠, 아빠 혼자 잡으러 가세요
아빠는 고래잡이를 좋아하시니까요
난 불쌍한 엄마와 사촌 가스통과 함께
집에 있는 게 좋겠어요
그러자 아버지는 혼자서 고래잡이배를 타고
풍랑이 심한 바다로 떠났다네……
아버지는 바다에 있고
아들은 집에 있고
고래는 화가 났다네
그리고 사촌 가스통은 수프 그릇을
수프 그릇을 엎질렀다네

La pêche à la baleine

A la pêche à la baleine, à la pêche à la baleine,

Disait le père d'une voix courroucée

A son fils Prosper, sous l'armoire allongé,

A la pêche à la baleine, à la pêche à la baleine,

Tu ne veux pas aller,

Et pourquoi donc?

Et pourquoi donc que j'irais pêcher une bête

Qui ne m'a rien fait, papa,

Va la pêpé, va la pêcher toi-même.

Puisque ça te plaît,

J'aime mieux rester à la maison avec ma pauvre mère

Et le cousin Gaston.

Alors dans sa baleinière le père tout seul s'en est allé

Sur la mer démontée......

Voilà le père sur la mer,

Voilà le fils à la maison,

Voilà la baleine en colère,

Et voilà le cousin Gaston qui renverse la soupière,

La soupière au bouillon.

바다는 나빴고

수프는 좋았네

오 저런 프로스페는 의자 위에 앉아 슬픔에 잠겨 있네

난 고래 잡으러 가지 않았어,

왜 내가 가지 않았을까?

아마도 누군가 고래를 잡았을 테지

그러면 난 고래 고기를 먹을 수 있겠지

그런데 문이 열리더니 아버지가

물에 흠뻑 젖은 채

숨을 헐떡이며

고래를 등에 짊어지고 나타났네

아버지는 식탁 위에 고래를 던져놓았네

푸른 눈의 예쁜 고래를

좀처럼 보기 드문 그 동물을

그리고 아버지는 애처로운 목소리로 말했네

빨리 서둘러서 고기를 썰어주렴

난 배고프고, 목마르고, 먹고 싶구나

그러나 프로스페는 벌떡 일어나

아버지를 똑바로 쳐다보았지

아버지의 푸른 눈의 흰자위를

푸른 눈의 고래 눈처럼 푸른 두 눈을

왜 내가 불쌍한 동물의 고기를 썰어야 하나요 내게 아무 짓

La mer était mauvaise,

La soupe était bonne.

Et voilà sur sa chaise Prosper qui se désole:

A la pêche à la baleine, je ne suis pas allé,

Et pourquoi donc que j'y ai pas été?

Peut-être qu'on l'aurait attrapée,

Alors j'aurais pu en manger.

Mais voilà la porte qui s'ouvre, et ruisselant d'eau

Le père apparaît hors d'haleine,

Tenant la baleine sur son dos.

Il jette l'animal sur la table, une belle baleine aux yeux
bleus,

Une bête comme on en voit peu,

Et dit d'une voix lamentable:

Dépêchez-vous de la dépecer,

J'ai faim, j'ai soif, je veux manger.

Mais voilà Prosper qui se lève,

Regardant son père dans le blanc des yeux,

Dans le blanc des yeux bleus de son père,

Bleus comme ceux de la baleine aux yeux bleus:

Et pourquoi donc je dépècerais une pauvre bête qui m'a
rien fait?

도 안 했는데요?

할 수 없어요 난 그 일을 못 해요

그런 후 그는 칼을 땅에 던져버렸네

하지만 고래가 칼을 집어 들고 아버지에게 달려들어 찔렀네

칼은 앞쪽에서 뒤쪽으로 관통했지

아, 아, 사촌 가스통이 말했네

사냥했던 일이 생각나는군 나비 사냥했던 일이

오, 저런

프로스페가 벌써 부고장을 만들고 있네

불쌍한 남편을 잃은 어머니

고래는 가장을 잃은 가정을 돌아보고

눈물 흘리며 소리쳤네

왜 내가 이 불쌍한 얼간이를 죽였단 말인가

지금 다른 사람들이 모터보트를 타고 날 잡으러 오겠지

그리고 우리 가족 모두를 죽이려 하겠지

그러면서 고래는 무서운 웃음을 터뜨리더니

문 쪽으로 가다가 도중에 문득

미망인에게 말했다네

부인, 누군가 나를 찾으러 오면 이렇게

친절히 대답해주세요

고래는 떠났어요

앉으세요,

Tant pis, j'abandonne ma part.

Puis il jette le couteau par terre,

Mais la baleine s'en empare, et se précipitant sur le père

Elle le transperce de père en part.

Ah, ah, dit le cousin Gaston,

On me rappelle la chasse, la chasse aux papillons.

Et voilà

Voilà Prosper qui prépare les faire-part,

La mère qui prend le deuil de son pauvre mari

Et la baleine, la larme à l'œil contemplant le foyer détruit.

Soudain elle s'écrie:

Et pourquoi donc j'ai tué ce pauvre imbécile,

Maintenant les autres vont me pourchasser en motogo-dille

Et puis ils vont exterminer toute ma petite famille.

Alors, éclatant d'un rire inquiétant,

Elle se dirige vers la porte et dit

A la veuve en passant:

Madame, si quelqu'un vient me demander,

Soyez aimable et répondez:

La baleine est sortie,

여기서 기다리세요,

고래는 한 15년 후에나 돌아올지 모른다고요……

Asseyez-vous,

Attendez là,

Dans une quinzaine d'années, sans doute elle revien-
dra......

한 편의 단편 영화를 연상케 하는 이 시에서 화자가 누구인지는 알 수 없다. 등장인물들은 아버지와 어머니, 아들 그리고 사촌 가스통과 고래이다. 특이한 것은 사촌의 이름은 프랑스인을 연상케 하지만, 아들의 이름이 프로스페라는 점이다. 영어로 '번영하다' '성공하다'라는 뜻의 Prosper는 아버지가 아들의 출세와 성공을 위해 지어준 이름일 것이다. 그러나 아들은 아버지가 "고래 잡으러 가자"고 하면 '좋아요'라고 대답하면서 따라가려고 하기는커녕 "왜 내가 동물을 잡으러 가야 해요", 동물이 "내게 아무 짓도 하지 않았는데요?"라고 하면서, 아버지를 기분 나쁘게 한다. 그러나 아버지가 화난 것은 아들이 자신의 뜻에 거역해서가 아니라, 아들이 "장롱 속에 누워" 있기 때문인 것 같다. 아들이 책상 앞에 앉아서 공부한다거나 동물 사냥 같은 일을 좋아할 만큼 남성적인 모습을 보여야 나중에 사회에서 성공할 수 있을 터인데, "장롱 속에 누워" 있기를 좋아한다는 것은 아버지의 기대를 저버리는 일이다. 그러나 프레베르의 시에 자주 등장하는 어린이는 진실을 말함으로써 어른들의 위선이나 편견을 일깨우는 역할을 한다. 이것은 일반적인 부르주아 가정의 풍습과는 다른 점이다.

이 시의 중간쯤에서 "아버지는 혼자서 고래잡이배를 타고"

가서, "물에 흠뻑 젖은 채/숨을 헐떡이며/고래를 등에 짊어지고 나타"난다. 여기서 "숨을 헐떡이며"라는 표현은 "hors d'haleine"이다. 'haleine'은 '숨'이나 '호흡'을 뜻하는 명사이고, 'hors de'는 '~의 밖에서' 또는 '~을 벗어난'이란 의미이다. 여기서 화자가 haleine이란 명사를 쓴 것은 baleine(고래)과 운을 맞추기 위해서였을 것이다. 그러니까 'hors d'haleine'은 "숨을 헐떡이며"이기도 하지만, '숨을 벗어난'이란 의미에서 죽음이거나 죽음 직전의 상태를 암시한다고 할 수 있다. 또한 "빨리 서둘러서 고기를 썰어주렴"은 "Dépêchez-vous de la dépecer"이다. 이 말에서도 'dépêchez'와 'dépecer'는 발음이 비슷하다는 점에서만이 아니라, '서둘러서 고래가 완전히 죽을 수 있도록 고래 고기를 잘게 썰라'는 전복의 말장난을 표현하고 있다는 해석이 가능할 것이다.

이 시에 등장하는 사람과 동물 중에서 유일하게 아무 말도 하지 않는 인물은 어머니이다. 푸코는 권력은 도처에 있다고 말한 바 있지만, 발언권이란 말처럼 언어야말로 권력의 표현일 수 있다. 시종일관 침묵을 지키는 모습으로 묘사된 어머니는 말할 권리가 없는 사람처럼 보인다. 가정에서건 사회에서건 사람은 누구나 자기 의견을 말하고 살 수 있어야 한다. 이런 점에서 어머니는 "불쌍한 엄마"일 것이다.

이 시의 후반부에서 고래는 사람으로 변하여, 자기를 죽이려는 아버지를 정당방위로 살해한다. 그리고 고래는 가장의 죽음으로 파괴된 "가정을 돌아보고contemplant le foyer détruit / 눈물 흘리며" "왜 내가 이 불쌍한 얼간이ce pauvre imbécile 를 죽였단 말인가"라고 외친다. 여기서 '돌아본다'로 번역한 동사가 'contempler'라는 점도 주목해야 한다. 『라루스 동의어 사전』에 의하면, '바라본다'는 의미의 동사들 중에서 contempler는 바라보는 주체의 입장보다 '대상의 관점에서dans la vue de l'objet' 곰곰이 생각한다는 뜻이다. 다시 말해서 이 동사는 타자의 입장을 존중하고 생각한다는 뜻에 가까운 것이다. 고래는 이렇게 자기중심적인 인간과는 달리 대상을 배려하는 존재로 비친다. 또한 고래는 눈물을 흘리다가 갑자기 "무서운 웃음을 터뜨"린다. 작중인물들 중에서 사람은 눈물과 웃음을 보이지 않는 반면, 오히려 "눈물 흘"리는 것도 고래이고, "웃음을 터뜨리"는 것도 고래이다. 아리스토텔레스는 인간이 웃을 수 있다는 것이 동물과 다른 점이라고 말했는데, 이 시에서는 사람이 웃지 않고 동물이 웃는 것이다. 바타유는 웃음이 예속을 거부하는 태도이거나 개인의 협소한 자아를 사라지게 한다는 점에서 '주권적'이라고 말한 바 있다. 또한 '주권성souveraineté'은 이익에 집착하는 태도에 대한 거부이자 종속의 거부이고, 모든 권위에 대한 거부이기도 하다. 프레베르는 이 시에서 자기중심적인 인간의 불쌍하고 비참한 모습을 희화하기 위해, 고래를 인간화하고 고래를 통해 인간에게 부족한 주권성의 모습을 보여주었다고 할 수 있다. 다음 표에서 아버지와 고래의 표현을 비교해보자.

		아버지	고래
1	감정 표현	(시의 도입부에서 "고래 잡으러 가자"고 말하는 목소리) 분노의 목소리로 d'une voix courroucée (고래를 잡아 온 아버지의 목소리) 애처로운 목소리로 d'une voix lamentable	(바다에서 아버지를 본 고래의 반응) 고래는 화가 났다 Voilà la baleine en colère
2	눈의 묘사	푸른 눈의 흰자위 le blanc des yeux bleus	푸른 눈의 예쁜 고래 une belle baleine aux yeux bleus
3	말의 내용	난 배고프고, 목마르고, 먹고 싶구나 J'ai faim, j'ai soif, je veux manger	왜 내가 이 불쌍한 얼간이를 죽 였단 말인가 [……] 우리 가족 모두를 죽이려 하겠지 Pourquoi donc j'ai tué ce pauvre imbécile [……] Et puis ils vont exterminer toute ma petite famille

1에서 아버지는 "분노의 목소리"로 "고래 잡으러 가자"고
말한다. 나는 아버지의 '분노'를 "아들이 장롱 속에 누워 있"

기 때문이라고 해석했지만, 그 '분노'의 이유는 확실치 않다. 집안에서 군림하는 아버지는 언제나 화가 난 것 같은 목소리였을지도 모른다. 또한 고래를 잡아 온 아버지의 피곤하고 힘이 없는 목소리를 애처롭다고 표현한 것은 폭군처럼 분노의 목소리로 말하는 아버지의 모습과는 어울리지 않는다. 이것은 겉으로는 강자처럼 보이지만 내면이 허약한 사람임을 알려준다. 아버지의 '분노'가 이유 없이 화를 내는 허세라면, 고래의 '화'는 원인이 분명한 분노라고 할 수 있다.

2에서 아버지의 눈은 비정상인(?)의 정신 상태를 연상케 하는 반면, 고래의 눈은 정상인의 아름다운 모습을 나타낸다.

3에서 아버지의 말은 이기적인 입장에서 나오는 즉물적이고 본능적인 표현일 뿐이다. 그러나 고래는 주관적인 입장을 떠나서 자기 가족이나 종족의 위험을 생각하고 객관적으로 성찰하는 태도를 보인다. 특히 "우리 가족 모두"라고 번역한 부분에서 "ma petite famille"가 '나의 사랑하는 가족'임을 환기할 때, 그의 가족에 대한 책임과 사랑의 마음을 읽을 수 있다.

또한 아버지의 죽음을 목격한 아들이 아무런 감정 표현 없이 부고장faire-part을 만드는 모습은 바타유가 말하는 시의 부도덕한immoral 주제를 떠올리게 한다. 물론 이 시를 읽고 아버지의 죽음을 슬퍼하지 않는 아들의 부도덕함을 비난하는 독자는 없을 것이다. 또한 이 시에서 아들이 슬퍼했는지 아닌지는 독자가 알 수 없다. "벌써 부고장을 만들고 있네"라는 문장을 보고 성급한 독자는 아들이 애도하지 않는다고 짐작할지 모른다. 그러나 아들의 입장에서는 감정과 상관없이 또는 감상에 빠지지 않고 자식의 의무를 다하는 것이 중요할 뿐이다.

고래는 "무서운 웃음을 터뜨"린 후, 문밖으로 나가려고 하다가 "부인, 누군가 나를 찾으러 오면" "고래는 한 15년 후에나 돌아올지 모른다고" 대답해달라고 부탁한다. 물론 고래의 이 말은 유머다. 이것은 웃음과 유머를 엉뚱하게 혹은 부조리하게 절망과 죽음의 상황 속에 삽입하는 프레베르의 특징을 보여주는 것이다. 다른 시에서도 알 수 있듯이, 그는 비극과 유머, 눈물과 웃음, 악몽과 환상 등 대립적인 것들을 연결하는 초현실주의적 표현 방법을 능숙히 구사한다. 프레베르의 유머는 단순히 재미있는 표현이 아니라, 그 표현 속에 진실의 칼날을 감추고 있다. 이 시의 마지막 행, "고래는 한 15년 후에나 돌아올" 것이라는 구절은 고래가 복수하러 돌아오겠다는 뼈 있는 말인 것이다.

지금까지 분석해본 것처럼, 프레베르의 시는 여러 층위에서 기존의 시에 대한 위반을 보여준다. 이 시에서 전개된 사건과 이야기는 무엇보다 시의 모든 관습을 위반한다. 이것은 "시보다 더 앞서간 자리에서, 시인은 시를 조롱하고, 시의 허약함을 조롱한다"*는 바타유의 프레베르 비평의 핵심을 떠올리게 한다. 프레베르는 일반적인 시의 관습에 종속되는 시를 쓰지 않

고 오직 자신만의 시적 언어로 시를 썼기 때문이다. 동물을 사
물화하는 인간 중심적 가치관을 전복하려는 시인의 상상력도
중요하게 볼 수 있다. 우리는 관습적인 숙어나 언어 표현을 파
괴하는 말장난에서 그의 유쾌한 언어 실험에 공감하게 된다.
그러므로 프레베르는 모든 권위나 불의에 맞서서 투쟁하는 시
인이라기보다, 시인의 영광을 의식하지 않으면서 웃음의 전복
성으로 인간의 '주권성'을 알려준 시인이라고 말할 수 있을 것
이다.

---

* G. Bataille, *Œuvres complètes*, V, Gallimard, 1971, p. 350. "Plus
  loin que la poésie, le poète rit de la poésie, il rit de la délicatésse de la
  poésie."

프랑시스 퐁주

Francis Ponge
1899〜1988

굴

굵기가 보통의 조약돌만 한 굴은 표면이 아주 꺼칠꺼칠하고, 색깔은 고르지 않으며 유난히도 희끄무레하다. 그건 고집스럽게 폐쇄적인 세계이다. 그렇지만 그것의 문을 열 수는 없다. 우선 굴을 행주의 오목한 곳에 쥐어서 이가 빠지고 좀 순수하지 못한 칼을 사용해 여러 번 시도해야 한다. 호기심 많은 손가락은 베이거나 손톱이 부러질 수 있다. 그 일은 거친 작업이다. 여러 번 공격을 시도하다 보면 굴의 외관에 후광 같은 흔적을 남긴다.

굴의 내부에는 마실 수 있고 먹을 수 있는 하나의 세계가 있다. (정확히 말하자면) 진주모의 *창공* 아래 우주의 상층부는 하층부 위에 내려앉아 늪의 모양이 되거나 가장자리의 거무스레한 레이스의 술장식이 달린 부분에서 냄새와 시각을 자극하고 흘러나오다가 역류하기도 하는 끈적끈적하고 푸르스름한 작은 봉지의 모양을 이룬다.

때때로 아주 드물겠지만 진줏빛 우주의 목구멍에 진주 같은 형태가 생기면, 그것은 곧 아름다운 장식이 될 수도 있다.

L'huître

L'huître, de la grosseur d'un galet moyen, est d'une apparence plus rugueuse, d'une couleur moins unie, brillamment blanchâtre. C'est un monde opiniâtrement clos. Portant on peut l'ouvrir: il faut alors la tenir au creux d'un torchon, se servir d'un couteau ébréché et peu franc, s'y reprendre à plusieurs fois. Les doigts curieux s'y coupent, s'y cassent les ongles: c'est un travail grossier. Les coups qu'on lui porte marquent son enveloppe de ronds blancs, d'une sorte de halos.

À l'intérieur l'on trouve tout un monde, à boire et à manger: sous un *firmament* (à proprement parler) de nacre, les cieux d'en dessus s'affaissent sur les cieux d'en dessous, pour ne plus former qu'une mare, un sachet visqueux et verdâtre, qui flue et reflue à l'odeur et à la vue, frangé d'une dentelle noirâtresur les bords.

Parfois très rarement une formule perle à leur gossier de nacre, d'où l'on trouve aussitôt à s'orner.

이 책 1권의 서문에서 필자는 마르셀 레몽의『보들레르에서 초현실주의까지』를 인용하면서, 보들레르에서 시작하는 '견자'의 전통이 랭보를 거쳐 20세기 초현실주의자들과 대부분의 시인들로 이어진다고 썼다. 그러나 20세기 시인들 중에서 '견자'가 아닌 시인이 바로 퐁주이다. 퐁주의 시적 활동은 보이지 않는 세계 혹은 내부의 공간을 탐구하지도 않고, 무의식의 심층 세계를 탐색하지도 않는다. 그의 시는 대체로 명증한 이성의 산물이고, 의식적인 작업의 결과물이다. 그는 인간의 삶에서 혹은 인간의 주변에서 쉽게 보이는 것을 가능한 한 객관적으로 이해하기 위해서 자신의 주관적 시각과 감정을 배제하려 한다. 이런 점에서 퐁주는 사물의 시인이다. 그의 유명한 시집『사물의 편*Parti pris des choses*』은 사물에 대한 인간의 편견이나 고정관념을 버린 관점에서 쓴 시들로 구성되어 있다. 그러나 시인이 사물의 편에서 세계를 관찰하거나 성찰한다고 해서, 인간의 삶을 외면하는 것은 아니다. 오히려 시인은 사물을 통해서 인간의 삶을 돌아본다고 할 수 있다.

이 시는 세 문단으로 구성된다. 첫째는 입을 굳게 닫은 굴의 외면을 묘사하고, 굴의 입을 여는 방법을 그린다. 둘째는 굴을 열어서 그것의 내부를 보여주고, 셋째는 굴의 내부에서 아주 드물게 발견되는 진주를 주제로 결론 같은 서술 방식을 취한다.

첫 문단에서 굴의 외양은 "고집스럽게 폐쇄적인 세계"로 묘사된다. 그것은 쇄국 정책을 쓰는 나라처럼, 외부의 정보를 철저히 차단하고, 외국과의 교류에도 무관심한 것 같다. 그러나 주변의 강대국이 먹잇감이 될 수 있는 나라를 내버려둘 리 없다. "손가락이 베이거나 손톱이 부러질" 위험을 무릅쓰고, 끊임없이 공격을 시도해서 결국 자기의 먹이로 만드는 것이다.

둘째 문단에 나타난 굴의 내부는 하나의 우주와 같다. 『구약성서』의 「창세기」에는 "태초에 하늘과 땅을 창조하셨"고, 그다음에 물과 물 사이를 갈라놓자 물은 땅이 되고, 바다가 되었다고 하듯이 이 시에서는 '창공' 아래, 늪이 전개된 것처럼 보인다. 시인은 왜 창공을 이탤릭체로 표기했을까? 프랑스어에서 하늘은 ciel이고, 창공은 azur와 firmament이다. firmament은 『라루스 대사전』에 의하면, 고대 천문학에서 "항성이 걸려 있는 여덟째 하늘을 가리키는 말"이었다. 그러니까 이 '창공'은 낮의 '푸른 하늘'보다는 '별이 떠 있는 밤하늘'에 가깝다. 그러나 azur는 푸른 빛깔, 쪽빛이라는 뜻과 함께 창공을 의미한다. 이 단어는 말라르메 시의 제목인 동시에 시인이 도달해야 할 이상의 세계를 상징하는 말이다. 퐁주가 이 시에서 azur 대신에 firmament을 사용한 것은 당연하다. 굴의 입을 힘들게 열었을 때 보이는 내부의 하늘은 firmament에 가깝기 때문이다. 또한 퐁주는 이 시에서 시인의 창조적 작업의 이상을 '창공의 별l'étoile du firmament'로 생각했을지 모른다. 이것이 진주로 표현된 것으로 볼 수 있다. 여하간 이 시의 2연에서는 창공 이후에 하늘과 땅과 늪과 바다가 보이는 듯하다. "흘러나오다가 역류하기도 하는 끈적끈적"한 액체는 밀물과 썰물이 반복되는 해안의 풍경을 연상시키기 때문이다.

셋째 문단에서 주목해야 할 표현은 "formule perle"이다. "진주 같은 형태"로 번역한 이 표현에서 formule은 간결한 표현(문구, 경구), 방법, 방식을 뜻한다. 그러니까 이 단어에서는 글쓰기와 관련된 문구가 먼저 연상되는 것이다. "진주 같은 형태"를 '진주처럼 아름답고 압축된 표현'으로 본다면, 이것을 둘째 문단의 "firmament"과 관련시켜 이해할 수 있다. 다시 말해서 진주 같은 형태는 시인의 힘든 글쓰기 작업을 통해 도달할 수 있는 '진주처럼 아름다운' 표현이거나 '창공의 빛나는 별'과 같은 문구로 생각할 수 있다. 결국 '굴을 까는 작업'은 글쓰기의 힘든 작업 끝에 '진주'와 같은 성과를 거두기 위한 것으로 이해할 수 있다. 그러므로 이 시는 시인의 글쓰기일 뿐 아니라, 모든 예술가의 끈질긴 고행과 탐구의 힘든 작업에 대한 알레고리로 해석할 수 있을 것이다.

퐁주의 시는 대체로 사물 혹은 오브제와 그것에 적합한 새로운 언어를 어떻게 결합하는가의 문제에서 출발한다. 그의 시적 작업은 대상에 대한 기존의 통념이나 고정관념에서 벗어나 새로운 시각을 갖고 새로운 언어를 찾는 일이다. 이런 점에서 세르주 코스테Serge Koster의 다음과 같은 해석은 퐁주의 시를 이해하는 데 도움이 된다. "시인에게 대상을 묘사하는 것은 대상을 창조하거나 변화시키는 일이 아니다. 대상의 참된 모습은 인간이 쉽게 공격할 수 없는 곳에 있다. [……] 시로 구성되는 새로운 오브제는 시인이 적합한 언어로 대상의 진면모를 포착하는 일에 몰두함으로써 다른 사물과 뚜렷이 구별되어 나타나는 '지시대상le référent'이다."* 이 말은 퐁주가 새로운 지시대상을 작품화함으로써, 그 사물에 가장 완전한 언어 해석을 부여하면서 동시에 인간의 현실 인식 또는 현실을 보는 방식을 변화시킨다는 것이다.

---

* S. Koster, *Francis Ponge*, Henri Veyrier, 1983, pp. 60~61.

빵

빵의 표면은 우선 거기에 나타난 거의 파노라마 같은 인상 때문에 경이롭다. 마치 누군가 자유롭게 손으로 알프스산맥, 튀르키예의 토로스산맥, 안데스산맥을 빚어놓은 것 같다.

그렇기 때문에 트림이 계속 나오고 있는 어떤 무정형의 덩어리가 우리를 위해서 별이 총총한 화덕 속으로 미끄러지듯 들어간 후에 단단해지면서 골짜기와 능선과 물결과 크레바스로 가공된다. 그때부터 나타난 매우 조밀하게 연결된 이 모든 평면의 형태들, 빛이 열심히 불길을 잠재운,—이 얇은 판板들 속에 감춰진 비겁한 무기력에는 눈길 한번 주지 않은 채.

우리가 빵의 속살이라고 부르는 이 느슨하고 차가운 하층토는 해면海綿 조직 같은 것으로 되어 있어서, 나뭇잎이나 꽃은 모든 팔꿈치가 동시에 맞대어 붙어 있는 기형 쌍생아 자매들과 같다. 빵이 눅눅해질 때 이 꽃들은 시들고 줄어든다. 그러면 꽃들은 분리되고, 덩어리는 부서지기 쉽게 되어……

그러나 이것을 부숴버리자. 왜냐하면 빵은 우리의 입에서 존경의 대상이 아니라 소비의 대상이 되어야 하기 때문이다.

Le pain

La surface du pain est merveilleuse d'abord à cause de cette impression quasi panoramique qu'elle donne: comme si l'on avait à sa disposition sous la main les Alpes, le Taurus ou la Cordillère des Andes.

Ainsi donc une masse amorphe en train d'éructer fut glissée pour nous dans le four stellaire, où durcissant elle s'est façonnée en vallées, crêtes, ondulations, crevasses...... Et tous ces plans dès lors si nettement articulés, ces dalles minces où la lumière avec application couche ses feux,—sans un regard pour la mollesse ignoble sous-jacente.

Ce lâche et froid sous-sol que l'on nomme la mie a son tissu pareil à celui des éponges: feuilles ou fleurs y sont comme des sœurs siamoises soudées par tous les coudes à la fois. Lorsque le pain rassit ces fleurs fanent et se rétrécissent: elles se détachent alors les unes des autres, et la masse en devient friable......

Mais brisons-la: car le pain doit être dans notre bouche moins objet de respect que de consommation.

오늘날 전 세계에서 빵은 인간에게 주식으로 자리 잡게 되었다. 이 빵을 시인은 처음 본다는 듯이 순진한 시각으로 세밀히 묘사한다. 객관적이라기보다 몽상적이라고 할 수 있는 이러한 묘사를 통해 일상의 빵은 평범한 사물에서 경이로운 대상으로 변모한다. 네 문단으로 구성된 이 시는, 첫 문단에서 빵의 표면을, 둘째는 빵이 구워지는 형태를, 그리고 셋째는 껍질 속에 감춰진 속살을 비유적으로 그린다. 그러나 마지막 문단의 짧은 글은 마치 몽상의 흐름 속에서 깨어난 것처럼 대상의 묘사를 멈추고 "빵은 우리의 입에서 존경의 대상이 아니라 소비의 대상"임을 일깨워준다.

인간의 관점이 아니라 사물의 편에서 대상을 바라보는 퐁주는 모든 사물을 순진한 어린이의 시각에서 바라보거나 현미경으로 확대해 보듯이 세밀하게 그린다. 이러한 시적 의도는 사물을 이용하는 사람들의 습관이나 상투적인 시각을 벗어나기 위한 것이다. 그러므로 첫 문장에서 "빵의 표면"이 "경이롭다"는 것은, 우리 주변의 모든 사물이나 세계를 새롭게 바라보고 경탄하는 마음을 가져야 한다는 시인의 주장이 반영된 것이다. 이런 점에서 시인은 상상력을 중요시하는 초현실주의의 주장에 공감하는 듯하다. 빵의 "파노라마 같은 인상"에서 "알프스산맥, 튀르키예의 토로스산맥, 안데스산맥"을 연상하는 것은 상상력을 가진 사람만이 누릴 수 있는 즐거움이다.

이 시의 둘째 문단은 빵을 만드는 사람이 밀가루를 반죽해서 화덕에 집어넣고, 화덕에서 빵이 만들어지는 과정을 보여준다. 또한 "트림이 계속 나오고 있는 어떤 무정형의 덩어리"는 화덕의 열기와 효모의 작용으로 빵이 부풀어 오르는 장면을 나타낸다. "별이 총총한 화덕"은 천지 창조의 우주와 같다. "골짜기와 능선과 물결과 크레바스" 등이 만들어지기 때문이다. 시인의 시선은 이제 빵의 표면에서 내면으로, 껍질에서 속살로 이동한다. 이 과정에서 빛은 "속에 감춰진 비겁한 무기력에는 눈길 한번 주지 않은 채" "열심히 불길을 잠재운" 것으로 찬미의 대상이 되는 반면, "빵의 속살"은 무기력하면서 "느슨하고 차가운" 것으로 폄하된다. 이것은 또한 해면 조직에 비유되고, 꽃과 나뭇잎처럼 식물적 세계의 요소로 표현된다.

마지막 연에서 시인은 "빵이 우리의 입에서 존경의 대상이 아니라 소비의 대상이 되어야" 한다는 것을 강조한다. 잘 알려져 있듯이, 오랜 기독교 문화에서 빵은 '미사용 빵'이나 '성체의 빵'처럼 신성시되었고, '생명의 빵'은 그리스도의 가르침을 의미하는 것이었다. 시인은 이러한 정신적 양식으로서 빵의 의미를 이해한 듯, 빵에 대한 편견을 배제하고 의식적으로 빵이 소비의 대상임을 일깨운다.

생선 튀김 요리

미각, 시각, 청각, 후각…… 이건 순간적이다.

기름에 구운 생선이 해가 있는 날 식탁보 위에서 갈라질 때, 그리고 생선을 자르는 큰 칼들이 바닥에 잔뜩 놓여 있을 때, 도려낸 껍질이 종종 지나치게 현상된 감광판의 필름처럼 되었을 때(하지만 여기서는 모든 것이 훨씬 더 맛있다), 또는 (우리가 그 이상 어떻게 말할 수 있을까?)…… 아니, 이건 너무나 냄새가 좋군. 부드러운 고기만두처럼 보이거나 난로 속에서 잘 구운 생선 껍질 캐러멜 같기도 하네……

미각, 시각, 청각, 후각. 사프란 가루로 향을 낸 순간……

이때야말로 아직 싱싱한 생선 살의 맛을 볼 준비가 되어 있는 순간이지, 그렇고말고! 높은 창이 열려 있고, 돛이 펄럭거리며, 작은 배의 갑판이 물결 위에서 어지러울 정도로 기울어질 때의 세트,*

금빛 포도주의 작은 등대가—식탁보 위에 수직으로 서 있는—우리의 손이 미치는 자리에서 빛나는데.

---

* 시인 발레리의 고향이자 「해변의 묘지」의 배경인 항구도시로서 바다를 굽어보는 위치에 공동묘지가 있다.

Plat de poissons frits

Goût, vue, ouïe, odorat...... c'est instantané:

Lorsque le poisson de mer cuit à l'huile s'entr'ouvre, un jour de soleil sur la nappe, et que les grandes épées qu'il comporte sont prêtes à joncher le sol, que la peau se détache comme la pellicule impressionnable parfois de la plaque exagérément révélée (mais tout ici est beaucoup plus savoureux), ou (comment pourrions-nous dire encore?)...... Non, c'est trop bon! Ça fait comme une boulette élastique, un caramel de peau de poisson bien grillée au fond de la poêle......

Goût, vue, ouïes, odaurades: cet instant safrané......

C'est alors, au moment qu'on s'apprête à déguster les filets encore vierges, oui! Sète alors que la haute fenêtre s'ouvre, que la voilure claque et que le pont du petit navire penche vertigineusement sur les flots,

Tandis qu'un petit phare de vin doré — qui se tient bien vertical sur la nappe — luit à notre portée.

이 시는 두 문단으로 나뉜다. 첫째 문단은 시인이 생선 튀김 요리를 준비해서 맛보기 전까지의 과정을 보여준 것이고, 둘째 문단은 "싱싱한 생선 살의 맛을" 보려는 순간에 떠오른 생각을 진술한 것이다. 두 문단 모두, 도입부에서 "미각, 시각, 청각, 후각"을 동격처럼 나열함으로써, 이 요리는 상이한 감각들의 일치라는 '공감각synesthésie'의 주제를 떠올리게 한다.

첫째 문단에서 "해가 있는 날"은 이 요리를 맛보기에 좋은 날씨를 말하기 위한 것일 뿐 특별한 의미는 없는 것 같다. "이건 너무나 냄새가 좋군c'est trop bon"은 "이건 너무나 맛이 있다"로 번역할 수도 있다. 그러나 그렇게 하지 않은 이유는 음식을 맛보지 않고, 냄새의 느낌을 말한 것으로 보았기 때문이다.

둘째 문단에서 "높은 창이 열려 있고〔……〕세트"는 시인이 세트에서 머물렀을 때의 추억을 떠올린 것으로 보인다. 이 항구도시는 발레리의「해변의 묘지」와 연결된다는 점에서 순간적으로 그 시의 한 구절도 함께 연상했을지 모른다. 퐁주의 이 시에서 가장 주목해야 할 부분이 있다면 이 시의 마지막 구절이다.

금빛 포도주의 작은 등대가─식탁보 위에 수직으로 서 있는─우리의 손이 미치는 자리에서 빛나는데.

여기서 "금빛 포도주"는 백포도주를 가리킨다. 포도주는 술잔에 담긴 것일 수도 있고 "수직으로 서 있는" 병을 은유로 표현한 것일 수도 있다. 시인이 포도주를 "작은 등대"로 명명한 순간, 식탁보는 바다가 된다. 이 얼마나 경이로운가!

고리바구니

프랑스어에는 cage(새장)에서 cachot(감옥)로 가는 도중에 cageot(고리바구니)*가 있다. 이건 조금이라도 숨 막히게 누르면 틀림없이 파손되고 마는 과일을 운반하는 데 쓰이는 살 울타리로 된 작은 상자이다.

그건 사용하고 난 다음에는 쉽게 부숴버릴 수 있도록 조립되어서 재사용을 하지 않는다. 그렇기 때문에 그 안에 넣어두는 식료품이 녹거나 상하는 것보다 수명이 짧다.

중앙시장으로 이어지는 모든 길모퉁이에는 그 바구니가 자랑은 아니지만 흰 나무의 광채로 빛난다. 아직도 여전히 새것인데 영원히 내버리는 쓰레기장에서 어설픈 포즈로 있는 것이 조금 어리둥절한, 이 물건은 요컨대 아주 호감이 느껴진다—어쨌든 오랜 시간에 걸쳐 무거워지지 않는 것이 바람직한 그 운명을 통해서.

---

* 상하기 쉬운 식품을 담을 수 있는 뚜껑 없는 일회용 바구니.

Le cageot

A mi-chemin de la cage au cachot la langue française a cageot, simple caissette à claire-voie vouée au transport de ces fruits qui de la moindre suffocation font à coup sûr une maladie.

Agencé de façon qu'au terme de son usage il puisse être brisé sans effort, il ne sert pas deux fois. Ainsi dure-t-il moins encore que les denrées fondantes ou nuageuses qu'il enferme.

A tous les coins de rues qui aboutissent aux halles, il luit alors de l'éclat sans vanité du bois blanc. Tout neuf encore, et légèrement ahuri d'être dans une pose maladroite à la voirie jeté sans retour, cet objet est en somme des plus sympathiques, — sur le sort duquel il convient toutefois de ne s'appesantir longuement.

『사물의 편』의 시들이 대부분 그렇듯이, 이 시 역시 '나'라는 일인칭 대신 사물을 의인화한 삼인칭 관점에서 서술된다. 세 문단으로 구성된 이 시의 첫 문단에서, 퐁주는 고리바구니를 처음 본 사람처럼 묘사한다. 둘째 문단은 "쉽게 부숴버릴 수 있도록 조립되어서 재사용을 하지 않는" 바구니의 짧은 수명을 이야기하고, 셋째 문단은 이 바구니가 "쓰레기장에서 어설픈 포즈로 있는 것"을 유머러스하게 표현한다. 또한 흥미로운 것은 "이 물건은 요컨대 아주 호감이 느껴진다"에서 sympathique(호감이 가는)라는 형용사가 '함께avec' '고통 souffrance'을 나눈다는 어원적 의미를 갖는다는 점이다.

퐁주는 사물뿐 아니라 사물을 가리키는 말에도 깊은 관심을 보인다. 이 시의 첫 문장은 "프랑스어에는 cage에서 cachot로 가는 도중에 cageot가 있다"는 것이다. cageot가 cage + (cach) ot인 것은 프랑스어를 모르는 사람이라도 짐작할 수 있다. 그렇다면 이 단어에서 식품 같은 것을 안전하게 운반할 수 있는 새장 같은 형태를 연상하기란 어렵지 않다. 이런 점에서 퐁주의 언어 감각과 세련된 유머가 느껴진다. 또한 이 시의 끝에서 일회용 바구니에서 단명함이라는 단점이 아니라 "오랜 시간에 걸쳐 무거워지지 않는ne s'appesantir longuement" 장점을 발견하는 시인의 상상력도 놀랍다. 이 시를 읽으면서, 인간은 나이가 들수록 체중뿐 아니라 정신도 무거워질 수 있기 때문에 몸과 정신을 가볍게 해야겠다는 생각이 든다.

앙리 미쇼

Henri Michaux
1899~1984

어릿광대

어느 날.

어느 날, 어쩌면 곧.

어느 날 먼바다에서 나의 배를 지탱하는 닻을 뽑아버리리라.

아무것도 아닌 존재, 무無와 다름없는 존재가 되기 위해서 필요한 용기를 가지고

나는 나와 분리될 수 없을 만큼 가깝게 보였던 것을 뽑아버리리라.

나는 그걸 절단하리라, 그걸 뒤엎으리라, 그걸 깨부수리라, 그걸 떨쳐버리리라.

나의 하찮은 부끄러움, 나의 하찮은 술책과 "이런저런 말을 해가며" 연결 지은 것을 한 번에 토해냄으로써,

내가 중요한 사람이라는 고름을 없애버리고 새롭게 영양분이 많은 공간을 마시리라.

우스꽝스러운 몸짓과 망가진 모습으로(사람이 망가진다는 게 뭘까?), 폭발과 허무함으로, 완전한 소멸-조롱-정화로, 나는 나와 결합하여, 나를 구성하고, 나와 일치한다고 생각되는 형태, 나의 주변 사람들과 나와 같은 사람들, 매우 의젓하고, 매우 훌륭한 나의 동료 친구들과 잘 어울리는 그 모든 형태를

Clown

Un jour.

Un jour, bientôt peut-être.

Un jour j'arracherai l'ancre qui tient mon navire loin des mers.

Avec la sorte de courage qu'il faut pour être rien et rien que rien,

Je lâcherai ce qui paraissait m'être indissolublement proche.

Je le trancherai, je le renverserai, je le romprai, je le ferai dégringoler.

D'un coup dégorgeant ma misérable pudeur, mes misérables combinaisons et enchaînement «de fil en aiguille».

Vidé de l'abcès d'être quelqu'un, je boirai à nouveau l'espace nourricier.

A coup de ridicules, de déchéances (qu'est-ce que la déchéance?), par éclatement, par vide, par une totale dissipation-dérision-purgation, j'expulserai de moi la forme qu'on croyait si bien attachée, composée, coordonnée,

나에게서 몰아내리라.

파멸을 겪은 겸손한 마음이 되고, 공포를 체험한 후처럼 완전한 평준화가 되어야지.

나의 현실적 등급의 모든 척도 아래쪽으로, 나도 알 수 없는 어떤 야심-생각이 나를 떠나버리게 한 맨 아래쪽 등급으로 돌아가야지.

출세라든가, 존경이라든가 하는 것도 모두 없애버려야지.

아주 먼 곳에서 (혹은 먼 곳이 아니더라도) 이름 없이, 정체성 없이 사라져야지.

어릿광대, 웃음거리의 몸짓 속에서, 터지는 폭소 속에서, 우스꽝스러운 행위 속에서, 모든 빛에 맞서서 나의 중요성에 대해서 가졌던 생각을 무너뜨리는 사람처럼.

나는 잠수하리라.

모든 사람에게 열려 있고, 새롭고 경이적인 어떤 이슬방울에 나 자신을 열어놓는 감춰진 무한의 정신 속으로 돈 한 푼 없이.

아무것도 아닌 존재의 힘으로

그리고 자세를 낮추어……

그리고 웃음을 지으며……

assortie à mon entourage et à mes semblables, si dignes, si dignes, mes semblables.

Réduit à une humilité de catastrophe, à un nivellement parfait comme après une intense trouille.

Ramené au-dessous de toute mesure à mon rang réel, au rang infime que je ne sais quelle idée-ambition m'avait fait déserter.

Anéanti quant à la hauteur, quant à l'estime.

Perdu en un endroit lointain (ou même pas), sans nom, sans identité.

CLOWN, abattant dans la risée, dans l'esclaffement, dans le grotesque, le sens que contre toute lumière je m'étais fait de mon importance.

Je plongerai.

Sans bourse dans l'infini-esprit sous-jacent ouvert à tous, ouvert moi-même à une nouvelle et incroyable rosée

à force d'être nul

et ras......

et risible......

앙리 미쇼는 시인일 뿐 아니라 화가이기도 하다. 그는 글쓰기로 충족되지 않는 표현 수단을 그림에서 찾았다고 한다. 그의 그림은 그래픽 아트이거나 수채화이다. 그가 그림을 통해서 형상화하는 것은 보통 사람의 눈으로 보이지 않는 것이다. 그는 하나의 대상을 분신le double의 형태로 그린다. 그것은 대상의 외면이 아니라 내면이다. 그는 자신의 유파를 '환영주의fantomisme'나 '심리주의psychologisme'로 부르고 싶다고 말하기도 한다.

이 산문시는 "어느 날"을 세 번 반복하는 것으로 시작한다. 이것은 오래전부터 생각했던 일을 '어느 날' 실천에 옮길지 망설여지는 마음을 표현한 것이면서, 동시에 그 결심을 반드시 실현하겠다는 의지를 나타내는 것으로 볼 수 있다. 이렇게 강한 의지를 표명한 화자는 "먼바다에서 나의 배를 지탱하는 닻을 뽑아버리리라"고 단언한다. '나의 배'는 랭보의 「취한 배」처럼, 바다로 모험의 여행을 떠난 배이다. 바다는 자유와 동의어로서 삶의 바다를 뜻한다. 그런 후 화자는 자신과 분리될 수 없는 '외적인 것'과 '내적인 것'을 제거하려는 뜻을 나타낸다. '외적인 것'은 "절단"하고, "뒤엎"고 "깨부수"는 폭력적 행동으로 서술되고, "부끄러움" 같은 '내적인 것'은 "토해"내는 행위로 없애려는 것이다. '내적인 것'에는 "나의 하찮은 술책과 '이런저런 말을 해가며' 연결 지은 것"이 포함된다. 이것은 사회생활에 필요한 모든 이기적 계산과 위선, 이해관계에 따른 인간관계, 상식적이고 상투적인 논리에 따른 모든 행동과 체면치레까지도 한꺼번에 제거하고 싶다는 욕구를 나타낸다. 이 모든 의지는 진정한 삶을 살기 위해서이다.

또한 자기 자신이 "중요한 사람quelqu'un"이라는 자부심은 건강하지 못한 사람의 "고름"처럼 짜내야 할 것으로 표현된다. "고름"은 진실한 삶을 가로막는 허위의식 같은 것일지 모른다. 또한 "나도 알 수 없는 어떤 야심-생각이 나를 떠나버리게 한 맨 아래쪽 등급으로 돌아가야지"는 본래의 자아로 돌아가자는 것이다. 여기서 '떠난다déserter'는 동사가 탈영병처럼 자기의 의무를 잊고, 책임을 다하지 않은 사람의 불법적인 일탈이라는 것에 유념할 필요가 있다. "출세la hauteur"와 "존경l'estime"에 대한 욕심도 버려야 한다. 그다음에 "정체성 없이" 사라진다고 했을 때, '정체성'은 주민등록증 같은 것일 수도 있고 자아의 통일성을 의미하는 것일 수도 있다.

시인은 이 시의 끝부분에 이르러 독자의 주의를 끌기 위해서인 듯, "어릿광대"를 "CLOWN"으로 표기한다. 본래 '광대'라는 뜻의 프랑스어는 bouffon이다. 그런데 영국 소극의 어릿광대를 가리키는 clown이 19세기부터 프랑스에 유입되면서, 이 말은 보들레르의 '알바트로스'처럼 어리석은 대중에

게 이해받지 못하는 불행한 예술가의 상징으로 쓰였다고 한
다. 물론 clown은 서커스의 피에로이기도 하다. 그의 역할은
'허풍쟁이fanfaron' '겁쟁이peureux' '남의 말을 쉽게 믿는 사
람crédule'일 때도 있고, 반대로 '거만한 사람arrogant' '속임수
를 쓰는 사람tricheur' '거짓말쟁이menteur'일 때도 있다. 그는
공연을 하면서 피에로의 몸짓으로 대중의 웃음을 유발하지만,
사회를 풍자하고 대중의 천박한 취향과 몰이해를 비판하기도
한다.

이 시에서 시인은 자신의 사회적 신분이나 정체성을 모두
버리고 그야말로 "아무것도 아닌 존재"와 다름없는 '어릿광
대'로 변신한다. 그는 시인의 중요성에 대한 사회적 평판과 모
든 허위의식을 제거한 후, 무대에서 사라지려는 것이다. "모
든 빛에 맞서서"는 조명을 받으려는 몸짓이 아니라, 조명을
거부하는 행위이다. "나는 잠수하리라"는 '사라지겠다'는 의
지의 표명이다. 여기서 '사라짐'은 '죽음'과 '소멸'을 의미하
지 않고, 새로운 삶으로 다시 시작하겠다는 뜻으로 해석된다.
"새롭고 경이적인 어떤 이슬방울에 나 자신을 열어놓는 감춰
진 무한의 정신"에서, '이슬방울'과 '무한의 정신'을 주목할 필
요가 있다. '이슬방울'은 새로운 삶과 새로운 아침의 이미지
와 관련되고, '무한의 정신'은 무의식의 풍부함이나 깊은 명상
과 성찰을 연상케 하기 때문이다. 진정한 자아의 힘은 '아무것
도 아닌 존재'의 발견에서 생성된다. 그러므로 겸손하게 "자

세를 낮추"고, 새로운 삶을 시작하겠다는 뜻으로 "웃음"을 짓는 것이라면, 이 시의 메시지는 절망이 아니라 희망임을 알 수 있다.

거대한 바이올린

나의 바이올린은 거대한 바이올린-기린이다,

나는 기어 올라가서 연주한다,

그 거친 숨결 속으로 뛰어오르면서,

그 예민한 힘줄과 아무도 만족시키지 못할

지독한 욕망에 굶주린 배 위로,

아무도 이해하지 못할,

슬퍼하는 커다란 나무의 심장 위로 달려가면서.

나의 바이올린-기린은 본래 낮고 굵은 고통의 탄식을 한다,

심해의 게걸스러운 통통한 물고기처럼 짓눌려서 부풀어 오른 모양,

하지만 끝에서는 그래도 머리와 희망의 모양이

절대로 부러지지 않을 화살의 날아오름으로

성미가 급해 탄식하는 소리에, 우레와 같은 콧소리의 더미에 휩쓸려 들어간

나는 기습적으로 빼앗는다

갑자기 상처 입은 아이의 두려움 섞인 날카롭고 비통한 목소리를.

나 자신은 그를 향해 돌아선다, 불안하고, 후회와 절망에 사로잡혀

Le grand violon

Mon violon est un grand violon-girafe;

j'en joue à l'escalade,

bondissant dans ses râles,

au galop sur ses cordes sensibles et son ventre affamé

aux désirs épais,

que personne jamais ne satisfera,

sur son grand cœur de bois enchagriné,

que personne jamais ne comprendra.

Mon violon-girafe, par nature a la plainte basse et im-

portante, façon tunnel,

l'air accablé et bondé de soi, comme l'ont les gros pois-

sons gloutons des hautes profondeurs,

mais avec, au bout, un air de tête et d'espoir quand même,

d'envolée, de flèche, qui ne cédera jamais.

Rageur, m'engouffrant dans ses plaintes, dans un amas

de tonnerres nasillards,

j'en emporte comme par surprise

tout à coup de tels accents de panique ou de bébé blessé,

perçants, déchirants,

그리고 우리를 결합하고 우리를 헤어지게 하는 비극적인 어떤 감정을 느끼면서.

que moi-même, ensuite, je me retourne sur lui, inquiet,

pris de remords, de désespoir,

et de je ne sais quoi, qui nous unit, tragique, et nous sépare.

「거대한 바이올린」은 그림을 그리는 시인의 독특한 상상력으로 바이올린과 기린을 결합한 시이다. 바이올린의 손잡이 부분은 기린의 목이 된다거나 둥근 몸의 형태는 어떤 통통한 물고기의 배처럼 묘사된다. 또한 시인이 바이올린을 연주할 때, 낮은 음계와 높은 음계의 소리를 내는 것은, 바이올린-기린의 목을 "기어 올라가서 연주"하는 것처럼 표현된다. 낮고 무거운 소리는 "낮고 굵은 고통의 탄식"으로, 날카로운 소리는 "상처 입은 아이의 두려움 섞인" 목소리로 묘사된다.

이 바이올린은 사물로 표현되지 않고 의인화되어 있다. 시인은 악기의 비통한 소리를 듣고 "불안하고, 후회와 절망에 사로잡혀" 마치 그 악기가 자기를 "후회와 절망에 사로잡"히게 만든 사람인 것처럼 적대적인 태도로 "그를 향해 돌아"서는 모습을 취한다. 악기가 "머리와 희망의 모양un air de tête et d'espoir"을 갖는다는 것은 인간의 이해력이 있다는 말과 같다. "지독한 욕망에 굶주린 배"와 "절대로 부러지지 않을 화살의 날아오름"의 모양은 모두 욕망과 희망을 나타내는 한편, 그것들이 아무리 강렬하더라도 진정시킬 수 있는 의지가 있다는 것으로 표현된다.

바이올린은 시인의 자아이자 자아 속에 숨어 있는 무의식의 대타자로서 "나는 타자이다"라는 랭보의 말을 연상케 한다. 이 시는 결국 인간의 내면 혹은 심층 세계를 탐색하기 위한 앙리 미쇼의 일련의 작업들 중 하나라고 할 수 있다.

투사投射

그 일은 옹플뢰르 선창가에서 일어났고, 그날 하늘은 맑았다. 아브르의 등대가 아주 선명하게 보였다. 나는 거기서 10시간쯤 머물렀다. 정오에 점심 식사를 하러 갔지만, 곧 돌아왔다.

몇 척의 배가 간조 때 홍합을 캐러 갔다. 나는 그 배의 선장과 함께 놀러 나간 적이 있어서, 그를 알아볼 수 있었다. 그리고 그 밖에 다른 일이 몇 가지 더 있었다. 하지만 요컨대 내가 거기서 보낸 시간에 비해서 기억나는 일은 별로 없었다.

갑자기 8시쯤에 그날 하루에 바라본 그 모든 광경이 내 마음에서 발현되었을 뿐이란 것을 깨달았다. 그래도 나는 매우 만족했다. 왜냐하면 조금 전만 해도 아무 일도 하지 않은 채 하루하루를 보내는 나 자신을 자책하고 있었기 때문이다.

나는 그래서 만족스러웠다, 그 광경이 나에게서 나온 이상, 내 머리에서 떠나지 않는 그 수평선을 내 안으로 들여놓을 준비를 했다. 하지만 날씨가 너무 더워서 내 몸이 아주 허약해졌을지 모른다, 아무 일도 하지 못했기 때문이다. 수평선은 줄어들지 않았고 흐릿해지기는커녕 전보다 더 밝아진 것 같은 느낌이 들었다.

나는 걷고, 또 걸었다.

Projection

Cela se passait sur la jetée de Honfleur, le ciel était pur. On voyait très clairement le phare du Havre. Je restai là en tout bien dix heures. A midi, j'allai déjeuner, mais je revins aussitôt après.

Quelques barques s'en furent aux moules à la marée basse, je reconnus un patron pêcheur avec qui j'étais déjà sorti et je fis encore quelques autres remarques. Mais, en somme, relativement au temps que j'y passai, j'en fis excessivement peu.

Et tout d'un coup, vers huit heures, je m'aperçus que tout ce spectacle que j'avais contemplé pendant cette journée, ça avait été seulement une émanation de mon esprit. Et j'en fus fort satisfait, car justement je m'étais reproché un peu avant de passer mes journées à ne rien faire.

Je fus donc content et puisque c'était seulement un spectacle venu de moi, cet horizon qui m'obsédait, je m'apprêtai à le rentrer. Mais il faisait fort chaud et sans doute j'étais fort affaibli, car je n'arrivai à rien. L'horizon

사람들이 나에게 인사하면, 나는 어리둥절하면서 그들을 쳐다보고 이렇게 중얼거렸다. "하지만 이 수평선을 들여놓아야 할 텐데, 이게 내 생명을 손상할지 몰라." 그런 후 나는 저녁 식사를 하러 영국 호텔에 도착했고, *실제로 옹플뢰르에 있는 것이 분명했지만*, 그 사실만으로 해결되는 것은 하나도 없었다.

과거는 문제 될 것이 없었다. 밤이 되었지만 수평선은 여전히 그런 상태였고, 오늘은 몇 시간 동안 처음에 나타난 모양 그대로였다.

밤중이 되어서야 그것은 갑자기 사라졌다. 그 자리에 느닷없이 허무가 들어서는 바람에 나는 사라진 수평선을 아쉬워하게 되었다.

ne diminuait pas et loin de s'obscurcir, il avait une apparence peut-être plus lumineuse qu'auparavant.

Je marchais, je marchais.

Et quand les gens me saluaient, je les regardais avec éga-rement tout en me disant: «Il faudrait pourtant le rentrer cet horizon, ça va encore empoisonner ma vie, cette histoire-là», et ainsi arrivai-je pour dîner à l'hôtel d'Angleterre et là il fut bien évident *que j'étais réellement à Honfleur*, mais cela n'arrangeait rien.

Peu importait le passé. Le soir était venu et pourtant l'horizon était toujours là, identique à ce qu'il s'était montré aujourd'hui pendant des heures.

Au milieu de la nuit, il a disparu tout d'un coup, faisant si subitement place au néant que je le regrettai presque.

이 산문시를 어떻게 읽어야 할까? 이것은 시인가? 아니면 시인의 환상적 체험을 기술한 것인가? 또는 시인의 정신 상태에 대한 분석적 기록인가? 아마도 많은 독자가 이 시를 읽고 당황해하면서 이러한 의문을 품었을 것이다.

앙리 미쇼는 인간의 마음속 움직임과 환각적 체험을 실제의 사건처럼 이야기한다. 이런 점에서 그의 작업은 꿈과 현실의 경계를 지우고 인간의 내면과 무의식의 세계를 탐구하는 초현실주의의 기획과 별로 다르지 않다. 그러나 초현실주의 시인들의 시가 자동기술처럼 꿈의 이미지로 전개되는 것과 다르게, 미쇼의 문체는 간결하고 서술 방식은 주관적 감정을 배제한 과학적이고 객관적인 글쓰기에 가깝다.

정신과학의 설명에 의하면, '투사'는 "자신의 바람직하지 못하고 용납될 수 없는 생각이나 충동을 남 때문이라고 생각하여 남에게 내던지는 심리 기제이다. 자기 마음속의 적의·공격심·시기·미움 등을 인정하기 싫기 때문에, 남이 자기를 그렇게 생각한다고 함으로써 현실을 왜곡하고, 자신의 마음을 편안하게 만드는 방법이다. 망상증paranoia은 투사의 심리 기제가 정신적으로 극심한 상태에서 형성된다."*

앙리 미쇼의 이 산문시는 '투사'의 정신 상태를 환상적 이야기로 보여준다. 짧은 콩트처럼 보이는 이 작품이 어떻게 시라고 할 수 있는지 생각해보는 것도 이 작품을 이해하는 한 방법일 수 있다. 모두 여덟 문단으로 구성된 이 시는 간단히 말해서 항구도시 옹플뢰르에서 한 여행자가 겪은 특이한 경험담이다. 그의 특이한 경험은 그날 오후 8시쯤 되어서 하루에 있었던 일과 수평선의 광경이 자신의 "마음에서 발현되었을 뿐"이라는 생각이 들어 그것을 자신의 마음속으로 들여놓으려고 했지만, 그 일이 뜻대로 되지 않았다는 것이다. 이것이 어떤 의미인지를 알기 위해서 처음부터 이 시를 꼼꼼히 읽어볼 필요가 있다.

첫 문단에서 화자는 "옹플뢰르 선창가"에서 "10시간쯤 머물렀다"고 말한다. 이렇게 오랜 시간 머물렀는데, 그 시간을 어떻게 보냈는지가 서술되지 않는다는 점이 우선 특이해 보인다. 둘째 문단에서도 "요컨대 내가 거기서 보낸 시간에 비해서 기억나는 일은 별로 없었다"는 점도 이상하게 생각된다. "요컨대"라거나 "시간에 비해서"라는 논리적인 언어를 사용하는 사람이라면 기억력도 좋을 터인데, 기억나는 일이 별로 없었다는 것은 쉽게 납득이 가지 않는다. 셋째 문단에서는 앞에서 말한 것처럼, 수평선의 신비로운 광경이 외부의 현실이 아니라 내면 세계에서 발현되었다는 화자의 진술을 보여주는

---

* 한동세, 『정신과학』, 일조각, 1999, p. 73.

대목이 나온다. 이것은 결국 외부의 현실과 내면의 현실을 구별하지 않으려는 시인의 의도가 개입된 것으로 해석할 수 있다. 넷째 문단에서 "그 광경이 나에게서 나온 이상" "그 수평선을 내 안으로 들여놓을 준비를 했다"는 것은, 수평선을 손수건이나 지갑 같은 사물로 생각해서 주머니에 집어넣듯이 화자의 내면 속으로 들여놓겠다는 발상이어서 매우 흥미롭다. 여섯째 문단에서 수평선은 시적이고 환상적인 것으로 표현된다. 여덟째 문단은 화자의 그러한 환각적 체험이 악몽이었음을 보여준다. "밤중이 되어서야 그것은 갑자기 사라졌"기 때문이다. 이 시의 결론은 다음과 같은 마지막 문장에서 찾을 수 있을 것이다.

그 자리에 느닷없이 허무가 들어서는 바람에 나는 사라진 수평선을 아쉬워하게 되었다.

화자는 다섯째 문단에서 "나는 걷고, 또 걸었다"고 하면서 마치 최면 상태에 빠진 사람이 걷는 듯한 모습을 보였다. 또한 수평선이라는 환각 상태가 자신의 건강과 "생명을 손상할지 모른다"는 두려움을 갖기도 했다. 그러나 정작 수평선이 사라지자 "그 자리에 느닷없이 허무가 들어서는 바람에" "수평선을 아쉬워하게 되었다"는 것이다. 그렇다면 현실 이면에는 허무가 있고, 그 허무를 잊기 위해서 인간에게 수평선이라는 환

상과 투사의 심리 기제가 필요하다는 것을 시인은 말하고 싶
었을지 모른다.

태평한 사람

침대 밖으로 손을 뻗다가, 플립은 벽이 만져지지 않는 것에 깜짝 놀랐다. '이런, 개미들이 벽을 파먹었나……' 이렇게 생각하면서 그는 다시 잠들었다.

얼마 후에, 그의 아내가 그를 붙잡고 흔들었다. "이것 봐요, 게으름뱅이야! 당신이 잠에 빠져 있는 동안, 누가 우리 집을 훔쳐 가버렸어." 실제로 사방에 노천이 그대로 드러나 있었다. '말도 안 돼, 하지만 이미 끝나버린 일인걸.' 그는 이렇게 생각했다.

얼마 후에, 소리가 들려왔다. 그들을 향해 전속력으로 기차가 달려오는 것이었다. "저렇게 빠른 속도로 오면, 분명히 우리가 움직이기도 전에 지나가버리겠지" 하면서 그는 다시 잠들었다.

그러고 나서 추위 때문에 그는 잠에서 깨어났다. 온몸이 피에 젖어 있었다. 여러 토막으로 절단된 아내의 몸이 그의 옆에 누워 있었다. '불쾌한 일들이 계속 피범벅으로 일어나다니. 기차가 지나가지만 않았다면 나는 아주 행복했을 텐데. 그렇지만 이미 기차가 지나간 이상……' 이렇게 생각하면서 그는 다시 잠들었다.

─재판관이 물었다. 아니, 피고의 아내가 옆에서 누워 자다

Un homme paisible

Etendant les mains hors du lit, Plume fut étonné de ne pas rencontrer le mur. «Tiens, pensa-t-il, les fourmis l'auront mangé......» et il se rendormit.

Peu après, sa femme l'attrapa et le secoua: «Regarde, di-telle, fainéant! Pendant que tu étais occupé à dormir, on nous a volé notre maison.» En effet, un ciel intact s'étendait de tous côtés. «Bah, la chose est faite», pensa-t-il.

Peu après, un bruit se fit entendre. C'était un train qui arrivait sur eux à toute allure. «De l'air pressé qu'il a, pensa-t-il, il arrivera sûrement avant nous» et il se rendormit.

Ensuite, le froid le réveilla. Il était tout trempé de sang. Quelques morceaux de sa femme gisaient prés de lui. «Avec le sang, pensa-t-il, surgissent toujours quantité de désagréments; si ce train pouvait n'être pas passé, j'en serais fort heureux. Mais puisqu'il est déjà passé......» et il se rendormit.

—Voyons, disait le juge, comment expliquez-vous que votre ferrime se soit blessée au point qi'on l'ait trouvée partagée en huit morceaux, sans que vous, qui étiez à côté,

가 여덟 토막으로 절단되어 죽었는데, 아무런 예방 조처도 취하지 않고, 사건의 심각성도 모르고 있었다는 것을 어떻게 설명할 수 있겠소. 참 알 수 없는 일이군. 사건의 핵심은 바로 그 점이오.

—그 와중에 내가 아내를 도울 수가 없지. 플륍은 이렇게 생각하며 다시 잠들었다.

—내일 사형 집행이 있을 것이오. 피고는 덧붙여 말할 것이 있습니까?

—미안하지만, 저는 이 사건에 관심을 갖지 않았습니다. 그는 이렇게 말하고, 다시 잠들었다.

ayez pu faire un geste pour l'en empêcher, sans même vous en être aperçu. Voilà le mystère. Toute l'affaire est là-dedans.

—Sur ce chemin, je ne peux pas l'aider, pensa Plume, et il se rendormit.

—L'exécution aura lieu demain. Accusé, avez-vous quelque chose à ajouter?

—Excusez-moi, dit-il, je n'ai pas suivi l'affaire. Et il se rendormit.

앙리 미쇼는 20세기의 모든 폭력적 현실에 대해서 시의 언어로 저항한 시인이다. 그에게 언어는 자신을 방어하고, 인간의 자존심을 지켜주면서, 비인간적 세계를 공격할 수 있는 최상의 무기이다. 그렇기 때문에 그의 언어는 현실을 모방하는 순응적 언어가 아니라, 현실과 맞서 싸우는 공격적 언어이다.

「태평한 사람」은 그의 산문시집 『플림이라는 사람*Un certain Plume*』에 실린 시이다. 이 시집은 플림이라는 인물이 겪는 온갖 이상한 사건들의 에피소드를 연작의 형태로 모은 것이다. 가령 「플림은 손가락이 아팠다」에서는 플림이 손가락이 아파서 병원에 갔는데, 의사는 치료하려고 하지 않고, 열 개의 손가락이 모두 필요한 것은 아닐 테니까 손가락 하나쯤 절단해버리자고 말한다. 또한 「천장 위의 플림」은 땅 위를 걸어다니지 않고 천장 위를 거꾸로 걸어다니는 플림의 비현실적 이야기이다.

이처럼 기이하고 황당무계한 사건의 주인공인 플림은 어떤 인물일까? 플림은 깃털을 의미한다. 우리는 흔히 어떤 사건의 배후에 있는 핵심 인물을 '몸통'이라고 말하고, 그의 하수인을 '깃털'이라고 표현한다. 입으로 불어도 날아갈 것처럼 가볍고 유동적인 '깃털'의 이미지는 시인에게 현대 사회에서 주체성을 상실한 비주체적 인간이자, 하나의 부속품으로 전락한 인간을 상징한다.

「태평한 사람」의 플륌은 아내가 옆에 누워 자다가 기차에 치여 여덟 토막으로 절단되어 죽었는데도 아무 일 없었다는 듯이 잠만 잔다. 그는 잠자는 일이 유일하게 자신이 할 수 있는 가치 있는 일처럼 생각하는 듯하다.

그는 아내의 존재에도 관심 없고, 자신의 삶에도 주체적인 입장을 취하지 않는다. 아내를 돌보지 않았다는 이유로 사형을 받게 되었어도 그는 재판장에게 "미안하지만, 저는 이 사건에 관심을 갖지 않았습니다"라고 말할 뿐, 계속 잠을 자려고 한다. 이러한 그의 잠은 피로가 쌓여 자신의 원기를 회복하려는 잠도 아니고, 내일을 준비하기 위한 잠도 아니다. 그의 잠은 오직 삶을 부정하기 위한 잠이다. 그렇기 때문에 그것은 꿈이 없는 잠이고, 인간이기를 거부한 잠이다. 그는 잠을 자면서 세계를 외면하고 세계에서 도피하려는 것이다.

『이방인』의 주인공 뫼르소가 사회의 관습을 어긴 이방인처럼 행동했기 때문에 사형을 받고 죽음을 수락함으로써 사회에 반항했듯이, 플륌은 잠을 통해서 사회에 저항했다고 해석할 수 있다. 이런 관점에서 본다면 그는 나약한 사람이 아니라 오히려 강인한 사람일 수 있고, 부조리한 상황의 희생자이자 비인간적 사회를 고발하는 역할을 수행한 사람일지 모른다. 잠에서 깨어난 순간, 그의 눈에 보이는 현실은 끔찍한 재난이거나 그를 이해하지 못하는 사람들의 비난과 야유밖에 없다. 플 뢰의 이처럼 불쌍하고 비인간적인 모습을 통해, 시인은 삶의 의미를 알지 못하고 삶에 대한 진정한 의식 없이 깨어 있는 삶 은 죽음이라는 것, 그리고 그 죽음의 현실에 저항하는 방법은 적극적인 삶의 의지가 아니라 죽음의 수락이라는 것을 역설적 으로 표현한다.

르네 샤르

René Char
1907~1988

바람이 머물기를

마을의 작은 언덕 비탈에 미모사 꽃밭이 야영하듯 펼쳐져 있네요. 꽃을 따는 계절이 오면, 멀리서도 여린 나뭇가지 사이에서 하루 온종일 일하던 여자아이의 지극히 향기로운 모습을 만나게 되는 일이 있지요. 빛의 후광이 향기를 품은 램프처럼, 여자아이는 석양을 등지고 사라집니다.

그녀에게 말을 건네면, 그건 신성 모독일지 몰라요.

운동화를 신고, 풀을 밟고 지나가는 그녀를 보면 그냥 길을 비켜주세요. 어쩌면 당신은 운 좋게도 그녀의 입술 위에 번지는 밤의 습기 찬 공기와 몽상의 어떤 차이를 보게 될지도?

Congé au vent

À flancs de coteau du village bivouaquent des champs fournis de mimosas. À l'époque de la cueillette, il arrive que, loin de leur endroit, on fasse la rencontre extrêmement odorante d'une fille dont les bras se sont occupés durant la journée aux fragiles branches. Pareille à une lampe dont l'auréole de clarté serait de parfum, elle s'en va, le dos tourné au soleil couchant.

Il serait sacrilège de lui adresser la parole.

L'espadrille foulant l'herbe, cédez-lui le pas du chemin. Peut-être aurez-vous la chance de distinguer sur ses lèvres la chimère de l'humidité de la Nuit?

초현실주의 시인이면서 저항과 투쟁의 삶을 살기도 했던 르네 샤르는 1950년부터 문학 운동이나 사회 참여 활동을 멀리하고 남프랑스의 프로방스 지역, 아비뇽에서 멀지 않은 고향에 칩거하며 지냈다. 말년에 쓴 그의 시들은 대부분 고향의 풍경을 주제로 한다. 황혼이 질 무렵 들판을 산책하던 시인이 한 소녀와 마주친 장면을 묘사한 이 시는 남프랑스 어디에서나 볼 수 있는 풍경을 연상시킨다.

세 문단으로 구성된 이 시의 첫 문단은 "마을의 작은 언덕 비탈에 미모사 꽃밭이 야영하듯 펼쳐져 있"다고 시작한다. 이 문장에서 중요한 단어는 '야영하다bivouaquer'라는 동사이다. 야영을 할 수 있는 사람들은 대체로 목동과 군인과 캠핑하는 사람일 것이다. 그들은 자연 속에서 불을 피우고 야영을 하는 것이다. 시인은 '미모사꽃'을 의인화하여, 밤을 지새우는 사람들처럼 묘사한다. 그만큼 생생한 미모사꽃은 은은하고 독특한 향기를 품고 있어서 향수나 오일의 재료로 많이 쓰인다고 한다.

"꽃을 따는 계절"에 하루 온종일 꽃을 따는 일을 하던 여자아이가 저녁 시간에 일을 마치고 집으로 돌아갈 때, 들판을 산책하던 시인이 그녀와 마주치는 장면을 떠올려보자. 하루가 저물 무렵의 시간은 낮과 밤이 교차되고, 빛과 어둠이 모호하게 뒤섞이는 때이다. 그러한 시간의 배경 속에서 그녀의 몸은 꽃향기가 가득하고, 그 향기는 바람결에 증폭되다가 서서히 멀어져간다. 시인은 그녀의 모습에서 신성한 종교적 분위기를 환기하기 위해 "빛의 후광"이나 "신성 모독"이란 단어를 사용한다. 주변에서는 어떤 소리도 들리지 않는다. 그처럼 고요함과 어울리게 "운동화를 신고" 걸어가는 소녀의 모습에서 경쾌한 발걸음과 동시에 조용한 발걸음이 연상되는 것도 종교적인 분위기와 무관하지 않다.

시인은 이렇게 삶의 평범한 일상과 풍경을 시적으로 변용시킨다. 시인의 꿈과 명상 속에서 세속적인 현실은 초월적인 세계처럼 떠오를 수 있을 것이다.

소르그강

너무 이른 시간에 동반자 없이, 쉬지 않고 길을 떠난 강이여,
우리 마을 아이들에게 그대 열정의 얼굴 보여주오.

번개가 끝나고 우리 집이 시작하는 곳에서
망각의 계단에 이성의 조약돌을 굴리는 강이여.

강이여, 그대 품에서 대지는 전율이고, 태양은 불안이지.
어둠 속 가난한 사람들이 모두 강의 수확으로 양식을 만들지.

때로는 벌을 받기도 한 강이여, 버림받기도 한 강이여,

척박한 조건에 처한 견습공들의 강이여,
그대 물결의 밭고랑 정점에서 굴복하지 않는 바람은 없었지.

공허한 영혼과 남루한 옷, 의심의 강이여,
감기며 돌아가는 오랜 불행과 어린 느릅나무, 연민의 강이여.

광인들과 열병 환자, 각목공들의 강이여,
사기꾼과 어울려 놀기 위해 쟁기를 던져버린 태양의 강이여.

La Sorgue

Rivière trop tôt partie, d'une traite, sans compagnon,
Donne aux enfants de mon pays le visage de ta passion.

Rivière où l'éclair finit et où commence ma maison,
Qui roule aux marches d'oubli la rocaille de ma raison.

Rivière, en toi terre est frisson, soleil anxiété.
Que chaque pauvre dans sa nuit fasse son pain de ta
moisson.

Rivière souvent punie, rivière à l'abandon.

Rivière des apprentis à la calleuse condition,
Il n'est vent qui ne fléchisse à la crête de tes sillons.

Rivière de l'âme vide, de la guenille et du soupçon,
Du vieux malheur qui se dévide, de l'ormeau, de la com-
passion.

누구보다도 좋은 사람들의 강이여, 피어오른 안개와
자기가 쓴 모자 주변에 불안을 가라앉히는 램프의 강이여.

꿈을 배려하는 강이여, 쇠를 녹슬게 하는 강이여,
바다에서 별들이 거부하는 어둠을 품은 별들의 강이여.

물려받은 권력의 강이여, 물속으로 들어가는 비명의 강이여,
포도밭을 물어뜯고 새로운 포도주를 예고하는 태풍의 강이여.

미친 감옥의 세계에서 전혀 훼손되지 않는 마음의 강이여,
우리를 격렬하게 지켜주오, 지평선의 꿀벌들의 친구여.

Rivière des farfelus, des fiévreux, des équarrisseurs,
Du soleil lâchant sa charrue pour s'acoquiner au ment-
eur.

Rivière des meilleurs que soi, rivière des brouillards éclos,
De la lampe qui désaltère l'angoisse autour de son cha-
peau.

Rivière des égards au songe, rivière qui rouille le fer,
Où les étoiles ont cette ombre qu'elles refusent à la mer.

Rivière des pouvoirs transmis et du cri embouquant les
eaux,
De l'ouragan qui mord la vigne et annonce le vin nou-
veau.

Rivière au cœur jamais détruit dans ce monde fou de
prison,
Garde-nous violent et ami des abeilles de l'horizon.

소르그강은 샤르의 고향 릴쉬르라소르그L'Isle-sur-la-Sorgue
에 흐르는 작은 강이다. 어린 시절부터 강을 보고 자라면서,
인생의 많은 시간을 강과 함께 보낸 시인에게 강은 특별한 의
미를 갖는다. 이 시에서 시인은 인생의 동반자이자 믿음과 존
경의 대상으로 강을 생각하는 듯, 친근하게 돈호법을 반복하
면서 말한다. 모두 스물한 개의 행으로 구성된 이 시는 7행
"때로는 벌을 받기도 한 강이여, 버림받기도 한 강이여"를 제
외하고는 모두 2행시distique로 전개된다. 그러므로 모두 10
편의 2행시가 이어진다고 할 수 있다.

첫째 2행시에서 시인은 강을 외로운 방랑자처럼 단호한 의
지를 품고 여행을 떠나는 사람으로 묘사한다. 강은 고독을 겁
내지 않는 용기 있고 결단력 있는 자유로운 존재와 같다. 이런
점에서 시인은 고향의 젊은이들이 모두 그의 모습을 본받기를
바라는 의미에서 "그대 열정의 얼굴 보여주"라고 말했을 것
이다.

둘째 2행시에서 "번개가 끝나고 우리 집이 시작하는 곳"은
두려움이 느껴지는 번개가 멈추는 곳, 우리 집을 부각하는 표
현으로 해석할 수 있고, "망각의 계단에 이성의 조약돌을 굴
리는 강"은 개인의 작은 이성을 잊고, 큰 이성을 생각하게 하

는 강으로 해석할 수 있다.

셋째의 "대지는 전율이고, 태양은 불안"이라는 구절은 땅이 보이는 하상河床에서 시인이 전율을 느끼고, 물에 비치는 태양의 모습에서 불안을 느낀다는 것을 의미한다. 또한 "어둠 속 가난한 사람들이 모두 강의 수확으로 양식을" 만든다는 것은 강이 물질적인 양식을 제공하는 원천이 된다는 의미가 아니라, 정신적으로 가난한 사람에게 정신적인 양식을 가져다준다는 의미로 이해된다. 그다음에 나오는 "때로는 벌을 받기도 한 강이여, 버림받기도 한 강이여"는 인간이 강과 같은 자연의 소중한 가치를 잊고, 자연을 착취하거나 훼손한 행위를 비판한 것이라고 볼 수 있다.

넷째의 "척박한 조건에 처한 견습공들의 강"은 소르그강의 소박하고 검소한 모습에서 부유한 사람들의 친구가 아니라 가난한 사람들의 친구를 연상시킨다. 또한 "물결의 밭고랑 정점에서 굴복하지 않는 바람은 없었"다는 것은 소박한 옷차림에서 기개가 높고 담대한 정신이 느껴지는 사람을 떠올리게 한다. 여기서 "물결의 밭고랑"은 부지런한 농부가 밭고랑을 잘 일구듯이, 한결같이 긴장된 정신으로 열심히 일하는 사람과 다름없는 강의 모습을 말해준다.

다섯째와 여섯째에서 "공허한 영혼" "남루한 옷" "의심" "불행" "광인들" "열병 환자" "각목공들"은 사회의 하층민, 의심이 많은 불행한 사람들, '공허한 영혼'의 소유자들이라는 공통점으로 연결된다. 이들에게 강은 의지가 되고 위로가 되는 존재일 수 있다. 그러나 "사기꾼과 어울려 놀기 위해 쟁기를 던져버린 태양의 강"이란 무엇일까? 이것은 '공허한 영혼'의 소유자가 "사기꾼과 어울려 놀기 위해 쟁기를 던져버린 태양"처럼 유혹에 빠질 위험에 노출된다는 것을 의미하지 않을까?

일곱째의 "누구보다도 좋은 사람들"이란 '공허한 영혼'이 아니라 이웃을 위해서 일하는 사람이고, 이웃의 "불안을 가라앉히는 램프"의 역할을 하는 사람들이다. 또한 여덟째의 강은 "꿈을 배려"할 만큼 상상력을 길러주는 강이자 일하는 사람들의 "쇠를 녹슬게" 할 만큼 휴식을 제공하는 강이고, 위험한 "어둠"과 희망의 빛 혹은 별을 동시에 품은 강이기도 하다. 아홉째의 강은 인간의 삶에 도움을 주는 힘과 권력을 지닌 존재로서, 태풍의 피해에도 "새로운 포도주"를 생산하는 데 기여하는 존재로 묘사된다.

열째 2행시에서 시인은 자유로운 영혼의 의지를 보이며, 적극적으로 자기와 공동체의 삶을 지켜달라고 강에 호소하면서 공동체를 위해 부지런히 일하는 꿀벌들이 자기와 같은 존재임을 말한다. 여기서 "지평선"은 자유의 정신을 상징한다. 그러므로 강이 자유를 억압하는 권력에 저항하는 사람들 편에서 "감옥"을 두려워하지 않는 자유로운 영혼을 지켜줄 것임은 분명해 보인다.

이처럼 소르그강은 삶의 믿음직한 동반자로서 시인의 정신적 지주처럼 그려진다. 이 시를 읽으면서 독자는 자신의 소르그강은 무엇일지 생각할 수 있다. 인간은 누구나 소르그강 같은 존재를 갖고 살기 마련이다. 그런 존재가 없다면 삶의 온갖 어려움을 어떻게 극복할 수 있으랴.

자크마르와 쥘리아

옛날 풀은, 대지의 길들이 어울려서 기울어져갔을 때, 부드럽게 자신의 줄기를 들어 올렸고 빛을 밝혔다. 그 당시 기사들은 사랑으로 태어났고 애인들의 성채에는 심연이 가벼운 폭풍우를 견디듯이 많은 창이 있었다.

옛날 풀은 서로 모순되지 않는 수많은 격언을 알고 있었다. 풀은 눈물에 젖은 얼굴의 구세주였다. 풀은 동물들에게 주술의 역할을 했고, 잘못을 저지른 이에게는 피신처가 되었다. 풀의 넓이는 그 시대의 공포를 물리치고 고통을 덜어준 하늘에 비유할 수 있었다.

옛날 풀은 광인들에게 친절했고 사형집행인에게는 냉담했다. 풀은 영원의 문턱과 결혼했다. 풀이 고안한 놀이(죄를 용서하고 곧 사라지는 놀이)에는 웃음의 날개가 있었다. 풀은, 길을 잃은 상태에서 영원히 길을 잃고 싶어 하는 사람들에게 가혹하지 않았다.

옛날 풀은 밝혀주었다, 어둠은 풀의 힘을 이기지 못한다는 것을, 샘은 샘물의 길을 이유 없이 어렵게 만들지 않는다는 것을, 무릎을 꿇는 씨앗은 이미 반쯤은 새의 부리 속에 들어가 있음을. 옛날 땅과 하늘은 서로 증오했지만 땅과 하늘은 살아남았다.

Jacquemard et Julia

Jadis l'herbe, à l'heure où les routes de la terre s'accordaient dans leur déclin, élevait tendrement ses tiges et allumait ses clartés. Les cavaliers du jour naissaient au regard de leur amour et les châteaux de leurs bien-aimées comptaient autant de fenêtres que l'abîme porte d'orages légers.

Jadis l'herbe connaissait mille devises qui ne se contrariaient pas. Elle était la providence des visages baignés de larmes. Elle incantait les animaux, donnait asile à l'erreur. Son étendue était comparable au ciel qui a vaincu la peur du temps et allégi la douleur.

Jadis l'herbe était bonne aux fous et hostile au bourreau. Elle convolait avec le seuil de toujours. Les jeux qu'elle inventait avaient des ailes à leur sourire (jeux absous et également fugitifs). Elle n'était dure pour aucun de ceux qui perdant leur chemin souhaitent le perdre à jamais.

Jadis l'herbe avait établi que la nuit vaut moins que son pouvoir, que les sources ne compliquent pas à plaisir leur

해소되지 않는 가뭄은 언젠가 사라지는 법이다. 인간은 여명을 찾아가는 이방인이다. 하지만 아직도 생각할 수 없는 삶을 추구하면서 전율하는 의지들이 있고, 서로 대립하려는 속삭임의 소리와 무사히 모습을 *드러내*는 아이들이 있다.

parcours, que la graine qui s'agenouille est déjà à demi dans le bec de l'oiseau. Jadis, terre et ciel se haïssaient mais terre et ciel vivaient.

L'inextinguible sécheresse s'écoule. L'homme est un étranger pour l'aurore. Cependant à la poursuite de la vie qui ne peut être encore imaginée, il y a des volontés qui frémissent, des murmures qui vont s'affronter et des enfants sains et saufs qui *découvrent*.

다섯 문단으로 나뉜 이 시는 다섯째 문단을 제외하고는 모두 "옛날 풀"로 시작한다. 또한 앞의 네 문단은 과거형으로 서술되는 반면, 다섯째 문단은 현재형으로 진술된다. 시인은 "옛날"을 이상화하면서 현재를 극복해야 할 메마른 가뭄의 시대로 표현한다. 이러한 표면적인 차이 외에 떠오르는 의문은 "자크마르와 쥘리아"라는 제목이 무엇이고, 이 제목은 이 시의 내용과 어떤 관련이 있는가이다.

자크마르와 쥘리아는 이 시의 1연에서 암시된 것처럼, 중세의 기사도 소설과 궁정풍 사랑 이야기에 등장하는 주인공 남녀의 이름으로 볼 수 있다. 그렇다면 '옛날'에는 그러한 사랑이 가능했지만, 현재에는 불가능하다는 것인가? 물론 이 시는 이처럼 단순한 논리 전개를 보이지 않는다. 또한 시인은 '옛날'을 무조건 이상화하지 않는다. '옛날'은 "그 시대의 공포"로 표현되기도 하고, "땅과 하늘이 서로 증오"하듯이 충돌과 대립이 있었던 것으로 진술되기도 한다. 그러나 "옛날 풀"은 "동물들에게 주술의 역할을 했"고 "잘못을 저지른 이에게는 피신처"가 되었으며, "광인들에게 친절했고 사형집행인에게는 냉담"한 분별력을 지녔거나 "영원히 길을 잃고 싶어 하는 사람들에게" 관대했다. 이런 점에서 '풀'은 자연의 모성이거나 초자연적인 신비의 존재, 과거의 어떤 조화롭고 지혜로운 삶의 방식을 상징하는 것으로 볼 수 있다.

이 시에서 제일 중요하다고 생각되는 부분은 넷째와 다섯째 문단이다. 넷째 문단에서 '밝혀내다établir'의 목적어는 "어둠은 풀의 힘을 이기지 못한다는 것을"(풀의 유연한 힘이 강하다는 뜻), "샘은 샘물의 길을 이유 없이 어렵게 만들지 않는다는 것을"(샘에서 흘러나온 물의 자유로움을 존중한다는 뜻), "무릎을 꿇는 씨앗은 이미 반쯤은 새의 부리 속에 들어가 있음을"(패배의식을 갖는 것은 죽음이나 다름없다는 뜻)이다. 이런 점에서 "옛날 풀"이 밝혀준 것은 결국 이러한 삶의 원칙이라고 할 수 있다.

다섯째 문단에서 시인은 20세기를 "가뭄"의 시대로 진단한다. 여기서 가뭄은 인간성이 실종된 삭막한 세계를 상징하는 표현일 것이다. 그러나 시인은 "가뭄은 언젠가 사라지"고, "인간은 〔새벽의〕 여명을 찾아간다"는 믿음을 보여준다. 이 시의 끝에 나오는 "아이들"은 미래 세대에 대한 희망을 알려준다.

내 고향 영원하기를!

내 고향에선 봄의 온화한 증거와 멋없는 옷차림의 새들이
멀리 있는 목적지보다 더 좋다.

진실은 촛불 옆에서 새벽을 기다린다. 유리창은 아무래도
좋다. 긴장하는 눈빛이 없으니까.

내 고향에선 감동하는 인간인지를 묻지 않는다.

전복한 배 위에는 교활한 귀신이 없다.

내 고향에선 마지못해 하는 인사가 없다.

사람들은 빌린 것을 그대로 돌려주지 않는다.

내 고향 나무들에는 나뭇잎들이, 무성한 나뭇잎들이 있다.
나뭇가지들은 열매를 맺지 않아도 자유롭다.

사람들은 정복자의 선의를 믿지 않는다.

Qu'il vive!

Dans mon pays, les tendres preuves du printemps et les oiseaux mal habillés sont préférés aux buts lointains.

La vérité attend l'aurore à côté d'une bougie. Le verre de fenêtre est négligé. Qu'importe à l'attentif.

Dans mon pays, on ne questionne pas un homme ému.

Il n'y a pas d'ombre maligne sur la barque chavirée.

Bonjour à peine, est inconnu dans mon pays.

On n'emprunte que ce qui peut se rendre augmenté.

Il y a des feuilles, beaucoup de feuilles sur les arbres de mon pays. Les branches sont libres de n'avoir pas de fruits.

On ne croit pas à la bonne foi du vainqueur.

내 고향에서 사람들은 감사할 줄 안다.

Dans mon pays, on remercie.

우선 이 시의 제목부터 설명해야겠다. 시의 원제 "Qu'il vive!"를 원문 그대로 번역한다면 '그것(내 고향mon pays)이 영원하기를!'이다. 고향은 자기가 태어나 자라난 곳을 의미한다. 그렇다면 이곳은 프로방스 지방의 보클뤼즈를 말하는 것일까? 물론 그렇지는 않다. 르네 샤르는 이 시를 통해서 자기가 꿈꾸는 유토피아의 세계를 그려본 것이다.

이 시를 분석하기보다 이 시의 흐름대로 자유롭게 에세이를 써보려 한다. 처음에 "봄의 온화한 증거와 멋없는 옷차림의 새들"은 자연의 아름다운 풍경을 떠올리게 한다. 따사로운 햇볕과 초록색 나뭇잎, 예쁜 꽃들과 귀여운 새들이 연상되는 자연은 샤르의 시에서 다양하게 표현된다. 시인은 인간과 자연의 조화로운 삶이 인간적인 삶을 가능케 하는 기본 요소라고 생각한다. "멋없는 옷차림의 새들"은 모든 새가 모양이나 색깔과 상관없이 아름답게 보인다는 뜻이다.

"진실은 촛불 옆에서 새벽을 기다린다"는 것은 말라르메의 시에서처럼, 램프불 앞에서 밤샘 작업을 하는 시인의 시(=진실)와 같은 이미지이거나 어두운 밤이 지난 후 새벽빛과 함께 드러나는 진실의 일반적 의미를 연상케 한다. "유리창은 아무래도 좋다. 긴장하는 눈빛이 없으니까"는 엘뤼아르의 시「유리창에 이마를 대고」에서 "슬픔으로 밤샘한 사람들처럼 유리창에 이마를 대고" "나는 너를 찾는다 기다림을 넘어서"의 의미와 같다. '유리창'은 집 안에 있는 사람이 바깥소식을 기다리는 곳이다. 그러므로 창밖을 내다보며 "긴장하는 눈빛"은 "유리창에 이마를 대고"와 같다. 이것은 전쟁과 같은 위기 상황에서 모든 사람이 겪을 수 있는 불행과 슬픔을 암시한다. 그러나 유토피아는 전쟁이 없는 세상이다.

"감동하는 인간l'homme ému"이란 무엇인가? 감동하는 인간은 이기적이지 않고 자기중심적이지도 않다. 어느 사회이건 감동하는 인간은 환영받기 마련이다. 그러나 유토피아의 세계는 "감동하는 인간인지를 묻지 않"을 만큼, 개방적이고 평등한 사회일 것이다. 또한 "전복한 배 위에는 교활한 귀신ombre maligne이 없다"는 것은 죽음의 위기나 절망을 겪은 사람들을 관대하게 수용할 수 있어야 한다는 말과 같다.

"마지못해 하는 인사Bonjour à peine"란 무엇인가? 인사는 타인에 대한 예의이자 관심의 표현이다. 그러나 마지못해 하는 인사는 타인에 대한 관심과 진정성이 없는 형식적 인사일 뿐이다. 또한 "빌린 것을 그대로 돌려주지 않는다"는 것은 빌린 것에 대한 고마움을 표현해야 한다는 말이다. "나뭇가지들은 열매를 맺지 않아도 자유롭다"는 것은 나무의 수확성으로 나무의 존재가 평가되지 않는다는 것이다. "정복자의 선의를 믿지 않는다"는 것은 '독재자의 선의를 믿지 않는다'는 것과 다름없다. 그들의 선의는 위선이 분명하기 때문이다. 끝으로 "내 고향에서 사람들은 감사할 줄 안다on remercie"에는 감사의 목적어가 없다. 그렇다고 해서 '감사한다'로 번역하면 무엇에 감사하는 것인지 곧 의문이 생긴다. 이 경우 삶에 감사하고, 자연에 감사하고, 모든 도움에 감사하는 것이라고 생각하면, 그건 결국 "감사할 줄 안다"는 말과 같다.

이 시의 제목은 접속법 현재형을 사용해서 기원의 뜻을 나타냈다. 그런데 시의 본문에서 사용된 모든 동사는 직설법 현재형이다. 이것은 결국 시민이 꿈꾸는 사회의 진실은 영원한 현재형의 의미를 갖고 있기 때문일 것이다.

이브 본푸아

Yves Bonnefoy
1923〜2016

참다운 이름

나는 부르리라 그대가 머물렀던 성城을 사막이라고,
목소리는 밤이며, 그대의 얼굴은 부재라고,
그리고 그대가 불모의 땅에 쓰러지면
나는 부르리라, 그대를 데려간 번개는 무無라고.

죽음은 그대가 사랑했던 나라이지. 나는 가노라
그대의 어두운 길을 따라 영원토록
나는 지워버린다, 그대의 욕망을, 형태를, 기억을
나는 연민을 느끼지 않는 그대의 적이라네.

나는 그대를 전쟁이라 부르리라 그리고 그대에 대한
전쟁의 자유를 감수하리라 그리고 내 두 손으로
그대의 어렴풋이 떠오른 얼굴을 움켜쥐리라,
내 마음속 뇌우가 환히 밝히는 그 나라를.

Vrai nom

Je nommerai désert ce château que tu fus,
Nuit cette voix, absence ton visage,
Et quand tu tomberas dans la terre stérile
Je nommerai néant l'éclair qui t'a porté.

Mourir est un pays que tu aimais. Je viens
Mais éternellement par tes sombres chemins.
Je détruis ton désir, ta forme, ta mémoire,
Je suis ton ennemi qui n'aura de pitié.

Je te nommerai guerre et je prendrai
Sur toi les libertés de la guerre et j'aurai
Dans mes mains ton visage obscur et traversé,
Dans mon cœur ce pays qu'illumine l'orage.

발레리에 의하면, 보들레르의 영향으로 프랑스 현대 시의 두 계보가 형성된다. "베를렌과 랭보가 감정과 감각의 차원에서 보들레르를 계승했다면, 말라르메는 시의 완성과 순수성의 분야에서 보들레르를 발전시켰다."* 또한 도미니크 랭세는 『보들레르와 시의 현대성』에서 발레리의 관점에 동의하고 이렇게 덧붙인다. "현대성이 단순히 시의 현실성과 일치하는 현시점에서, 현대 시인들 가운데 보들레르의 두 계열을 이어받은 두 사람을 꼽으라면, 우리는 이브 본푸아와 미셸 드기 Michel Deguy를 말할 것이다."** 랭세의 이러한 견해는 대부분의 비평가들의 공통적인 생각이다. R. G. 지게르 역시 이브 본푸아의 시에 대한 연구서 서문에서 "이브 본푸아의 시는 현대 시의 선구자로 알려진 보들레르의 경험을 계승한 성과로 평가될 것"임을 밝힌다.***

실제로 본푸아 자신은 일찍부터 보들레르의 시와 문제의식을 현대 시인들이 따라야 할 모델로 삼아야 한다고 생각했다.

---

* P. Valéry, 같은 책, p. 612.
** D. Rincé, *Baudelaire et la modernité poétique*, P. U. F., 1984, p. 123.
*** R. G. Giguère, *Le concept de la réalité dans la poésie d'Yves Bonne-foy*, Librairie A. G. Nizet, 1985, p. 7.

그는 보들레르의 현대 시의 한 특징을 '죽음'의 발견으로 설명한다. "인간은 죽음을 면할 수 없는 존재라는 점에 최고의 가치를 부여하고, 인간을 죽음의 전망 속에서 죽음에 의해 일으켜 세움dresser으로써, 보들레르는 죽음을 발명inventer한 시인이라고 볼 수 있다."* 또한 본푸아는 보들레르의 '죽음의 발명'을 '혁명'이라고 표현한다.** 그것은 가치관의 완전한 전복으로서 인간의 삶에 새로운 의미를 부여하기 때문이다. 보들레르 이전에 죽음은 인간의 본질이 아니었다. 보들레르는 인간의 이러한 본질을 정면에서 바라본 시인이다. 그러므로 시간을 의식하고 죽음의 강박관념에 시달린 그의 삶이 고통의 연속이었던 것은 당연하다. 시인에게 죽음의 의식은 죽음의 시련과 다름없다.

본푸아는 '개념le concept'을 적대시한다. "개념은 죽음이 없는 진리를 정당화"***하기 때문이다. 그것은 인간에게 죽음이 없는 듯한 세계의 논리성을 부과하지만, 이것은 거짓이고 위선이다. 또한 개념은 감각적 현실 세계를 사라지게 한다. 진정한 실재le réel에 도달하기 위해서는 추상적인 개념을 거부해야 한다는 것이 그의 지론이다. 본푸아의 시에서 개념은 '현존la présence'과 대립된다. 그에게 '현존'에 도달하는 방법은

* Y. Bonnefoy, *L'improbable*, Mercure de France, 1959, p. 114.
** 같은 책, p. 120.
*** 같은 책, p. 16.

시의 언어밖에 없다. 현존은 감각적이고, 실질적이고, 초월적이다. '현존'의 시는 '개념'과 싸우면서 죽음의 인간을 일으켜 세우는 작업이다. "개념에 대한 투쟁이 본푸아의 지속적인 관심사"*인 것이다.

비평가 르네 델리에 의하면, 본푸아는 "객관적 현실과 언어 사이의 끊임없는 모순 속에서 시적 행위의 환상과 열망을 주의 깊고 끈질기게, 열정적이면서 엄격하게 탐구하는"** 시인이다. 그는 감각적 세계와 시적 언어의 일치를 추구한다. 그에게 시적 언어에 의한 감각적 세계의 구현은 감각적 세계를 적확하게 명명하는 행위이다. 실재의 대상을 명명하기 위해서, 시인은 우선 대상을 제대로 관찰하고 깊이 생각해야 하며, 그 대상과 일치하는 구체적인 언어를 찾아야 한다. 보들레르, 말라르메, 랭보, 발레리, 그리고 초현실주의 시인들의 영향을 많이 받은 시인답게, 그의 시에서는 상징주의 시의 기법과 초현실주의적 이미지들이 자주 발견된다. 분리와 통합, 부정과 긍정, 현실과 초현실의 대립은 그의 상상력에서 자연스럽게 일치되고 혼합을 이룬다.

「참다운 이름」이란 제목의 이 시는 첫 행부터 '그대'의 이름

---

* Michèle Finck, *Yves Bonnefoy le simple et le sens*, José Corti, 1989, p. 45.
** René Daillie, *Espoir et menace*, La quinzaine littéraire du 1ᵉʳ au 15 janvier 1977, p. 13.

을 부르겠다고 하는데, 그 이름은 하나로 통일되어 있지 않다. 우선 "그대가 머물렀던 성"은 "사막"으로, 그대의 "목소리" 는 "밤"으로 "그대의 얼굴"은 "부재"로, 그리고 "그대를 데 려간 번개"는 "무無"로 부른다는 것이다. 그 이름들에는 관사 가 붙지 않는다. 대상을 보는 관점에 따라 이름은 하나가 아니 고 다양하기 때문이다. 또한 '성'을 '사막'으로 부른다는 것은 섬의 주인이 연상시키는 왕과 귀족의 사회적 신분과 문명의 건축물을 부정하고 무화한다는 의미를 짐작하게 한다. 이런 점에서, '사막'과 '밤'과 '부재' 그리고 '무'의 이미지는 일치된 다. 물론 '부재'와 '무'는 존재하지 않는다는 것 때문에 '사막' 과 '밤'의 이미지와 구별될 수는 있지만, 완전히 대립되는 것 은 아니다. "그대가 불모의 땅에 쓰러"진다는 구절은 패배와 죽음을 떠오르게 한다. 그리고 "번개"는 폭력과 빛, 또는 일 시적인 현상을 환기한다.

1연에서 환기된 '죽음'은 2연에서 "죽음은 그대가 사랑했던 나라"로 이어진다. '나'는 그대의 죽음을 따라서, 그대의 "욕 망" "형태" "기억"을 허물어뜨린다. "그대의 어두운 길을 따 라 영원토록"에서 '어두운'은 불안의 느낌이 깃든다는 것이고, '영원토록'은 그럼에도 불구하고 끊임없이 계속하겠다는 '나' 의 의지를 반영한다. '나'는 '그대=사랑하는 여인'에 대한 감 정과 이성의 모든 흔적을 지워버리려고 한다. 그렇게 함으로 써 사랑은 증오의 감정으로 변하여, 나는 그대의 동지나 친구가 아니라 "적"이라는 것을 선언하듯이 말하는 것이다.

3연에서는 1연에서 이름을 부르는 행위가 다시 나타나 "나는 그대를 전쟁이라 부르리라"는 의지가 표명된다. "내 두 손으로/그대의 〔……〕 얼굴을 움켜쥐리라"는 것은 적을 도주하지 못하게 길을 막고 체포하는 듯이, 얼굴을 붙잡는 행위를 상기시킨다. "내 두 손"과 "내 마음속"은 모두 화자의 소유형용사로 진정한 소유의 뜻을 부각한 표현이다. 마지막 행에서 "뇌우"는 순간적인 빛의 이미지를 통해서 어둠을 밝히겠다는 화자의 욕망을 반영하는 것으로 보인다. 이처럼 그대를 '적'이라고 또는 전쟁이라고 부르겠다고 하면서 그대가 죽은 나라를 환하게 밝혀주겠다는 역설은 무엇일까? 여기서 '그대'가 본푸아의 영원한 주제인 '두브'라는 점을 곰곰이 생각해볼 필요가 있다.

두브는 살아 있는 현실적 존재가 아니다. 그녀가 여성이라는 것은 그녀의 가슴과 손과 입술과 몸짓으로 짐작할 수 있을 뿐이다. 시인은 많은 은유적 표현을 사용하면서 그녀를 분명하게 알려고 하거나 그녀의 이름을 정확히 부르려고 하지만, 그때마다 그녀는 사라진다. 그의 모든 노력은 늘 실패로 끝난다. 또한 두브는 강이자 숲이고, 낮은 평원이기도 하다. 두브는 높은 곳에 있지 않고 낮은 곳에 있다.

본푸아의 두브는 말라르메의 '창공'과 구별된다. 말라르메는 현실을 떠나서 이상인 창공을 동경하고 창공과의 싸움을 전개하지만, 본푸아는 현실을 외면하지 않기 때문이다. 본푸아는 초현실주의의 영향을 받았으면서도 초현실주의자들이 인간의 현실 세계를 떠나 초현실 세계를 탐구해야 한다는 주장은 단호히 거부한다. 그에게는 늘 현실과 실재가 중요하다. 삶에 대한 사랑 역시 마찬가지이다.

참다운 몸

입은 닫히고 얼굴은 씻겨지고
몸은 깨끗해진, 이 빛나는 운명은
언어의 땅에 매장되어
가장 낮은 곳의 결합이 이루어졌다.

우리는 성급하게 헤어졌노라고
내 얼굴을 향해 외치던 목소리는 사라지고
두 눈은 유폐되어, 이제 나는 죽은 두브를
나와 함께 그의 끈질긴 모습 그대로 가두어둔다.

그대의 존재에서 올라오는 차가움이 아무리 심해도
우리 내면의 결빙이 아무리 뜨거워도
두브여 그대 속에서 말하고 그대를 껴안는다
앎의 행위와 이름 부르는 행위 속에서.

Vrai corps

Close la bouche et lavé le visage,
Purifié le corps, enseveli
Ce destin éclairant dans la terre du verbe,
Et le mariage le plus bas s'est accompli.

Tue cette voix qui criait à ma face
Que nous étions hagards et séparés,
Murés ces yeux: et je tiens Douve morte
Dans l'âpreté de soi avec moi refermée.

Et si grand soit le froid qui monte de ton être,
Si brûlant soit le gel de notre intimité,
Douve, je parle en toi; et je t'enserre
Dans l'acte de connaître et de nommer.

이브 본푸아의 시에서 중심인물처럼 반복적으로 나타나는 '두브'는 말라르메의 시에서 도달할 수 없는 '창공'처럼 영원히 이상화된 존재는 아니다. 본푸아의 시는 현실 세계와는 다른, 관념화된 세계라든가 비현실적 세계의 이미지로 욕망의 대상을 표현하지 않는다. 그렇기 때문에 두브는 현실 세계에서 만날 수 없는 여성이 아니라, 만날 수 있는 희망과 믿음의 존재이다. 두브의 "참다운 몸"은 그러므로 이상적인 존재이자 현실적인 존재의 양면성을 갖는다. 본푸아는 두브의 의미에 대해서 이렇게 말한다. "두브에게는 우리가 의식하지 않더라도 우리와 같은 인간의 모습이 확연히 내재되어 있다. 두브의 언어는 꿈이 아닌 현실에서 들을 수 있는 직접적이고 빈틈이 없는 언어이다."*

「참다운 몸」의 두브는 죽어 있다. 그녀의 주검은 "언어의 땅"에 매장된다. 1연에서 두브의 주검과 땅의 결합은 2연에서 '나'와 두브의 결합으로 이어지고, 3연에서 "앎의 행위"와 "이름 부르는 행위"의 일치로 완결된다. 3연의 이 구절은 엘뤼아르의 「자유」의 끝 구절을 연상시킨다.

* Y. Bonnefoy, *Entretiens sur la poésie*, Neuchâtel, à la Baconnière, 1981, p. 140.

그 한마디 말의 힘으로

나는 삶을 다시 시작한다

나는 태어났다 너를 알기 위해서

너의 이름을 부르기 위해서

자유여.

어쩌면 본푸아의 '두브'는 엘뤼아르의 '자유'와 같은 것일지 모른다. 자유는 억압받거나 말살되었을 때는 죽은 것이지만, 그것을 쟁취하고 누릴 수 있는 때가 오면 부활하기 때문이다. 두브 역시 죽음과 부활을 거듭할 수 있는 존재이다. 그렇다면 죽음에서 부활은 어떻게 이루어지는 것일까? 본푸아에게는 시적 언어가 부활의 원동력이다. 그의 시는 부재와 현존, 침묵과 언어 사이에 놓인 통로를 찾는 시이자 그 과정을 보여주는 시라고 할 수 있다. 그의 시에서 언어는 침묵의 기반 위에서 이루어지고, 삶과 죽음은 동전의 양면처럼 결합된다.

하나의 돌

그는 원했다, 아무것도 알지 못한 채
그는 사라졌다, 아무것도 갖지 못한 채
나무들, 연기들,
바람과 실망의 모든 방향이
그의 집이었다
한없이
그는 자기의 죽음만을 껴안았다.

Une pierre

Il désirait, sans connaître,

Il a péri, sans avoir.

Arbres, fumées,

Toutes lignes de vent et de déception

Furent son gîte.

Infiniment

Il n'a étreint que sa mort.

묘석에 새긴 글이 캘리그램 형태를 이룬 이 시의 주제는 죽음이다. 1~2행에서 시인은 '현존la présence'과 '실재le réel'를 포착하려는 시도로 일생을 보냈지만, 결국은 아무 성과도 없었다는 것을 진술한다. 3행의 "나무"와 "연기"는 현실적이면서 실재적인 것이 될 수 있는 사물들이다. 시인은 삶과 죽음을 나무와 연기에 비유하려 한 것일까? 대부분의 보통 사람들과는 달리, "아무것도 알지 못"하고 "아무것도 갖지 못"하고 지낸 시인의 삶은 좌절과 실망의 연속이었다고 할 수 있다. 물론 시인에게 실망은 시적 창조의 실패와 관련된다. 5행에서 "그의 집son gîte"으로 번역한 '집'의 정확한 의미는 토끼 굴 같은 동물의 굴이다. 이 '집'은 현실에 안주하면서 사는 정주민의 집이 아니라, 하룻밤 묵을 수 있는 노마드의 집인 것이다. 결국 한평생 삶의 현존을 탐구한 시인은 노마드의 집에서 "죽음만을 껴안"고 산 사람이었을지 모른다.

시인은 동일 제목의 시를 여러 편 썼는데, 또 다른 「하나의 돌」을 읽어보자.

나는 충분히 아름다웠다.
오늘 같은 날씨가 나와 비슷한 모습이겠지.

하지만 가시덤불이 내 얼굴 위로 퍼져 있고
돌이 내 몸을 짓누르는구나

가까이 다가오너라
검은색 줄무늬로 서서 시중드는 여인아
그리고 너의 짧은 얼굴아.

어둠의 젖을 뿌려다오 그건
나의 단순한 체력을 북돋아주겠지
나에게 충실하거라
언제나 불멸의 유모로서.

이 시의 화자인 여자는 자신의 죽음을 강생시키도록 요구한
다. "검은색 줄무늬로 서서 시중드는 여인"은 죽음을 강생시
키는 묘석이다. 이 시는 실재의 시로 부활하기를 바라는 시인
의 희망을 반영한다. R. G. 지게르는 "두 편의 시 모두 개념적
시의 공허함을 드러낸다"*고 주장한다. 그러나 나는 둘째 시
의 "나는 충분히 아름다웠다" 같은 나르시시즘적 시각이 개념
적 시의 문제점을 보여주기는 하지만, 첫째 시는 그런 문제점
이 보이지 않으며, 아름답고 공감의 울림을 준다고 생각한다.

* R. G. Giguère, 같은 책, p. 92.

오렌지 밭

그리하여 우리는 걸어가리라 드넓은 하늘의 폐허 위를,
그곳은 멀리서 나타나리라
생생한 빛 속의 운명처럼.

오랫동안 찾아다녔던 가장 아름다운 나라가
우리 앞에 살라망드르의 땅으로 펼쳐지리라.

그대는 말하리라, 보라 이 돌을,
이 돌은 죽음의 현존을 지니고 있다.
비밀의 램프 그것은 우리의 몸짓 아래 불타오르고
그리하여 우리는 불빛의 길을 걷는다고.

L'orangerie

Ainsi marcherons-nous sur les ruines d'un ciel immense,
Le site au loin s'accomplira
Comme un destin dans la vive lumière.

Le pays le plus beau longtemps cherché
S'étendra devant nous terre des salamandres.

Regarde, diras-tu, cette pierre:
Elle porte la présence de la mort.
Lampe secrète c'est elle qui brûle sous nos gestes,
Ainsi marchons-nous éclairés.

장-피에르 리샤르는 이브 본푸아의 시에서 "'돌'은 사유될 수 없고, 극복될 수 없는 어떤 것"으로서, 그 안에는 "거부할 수 없는 현존이 있다"고 말한다. 또한 "그 현존은 또 다른 사유할 수 없는 것, 보다 근본적인 극복할 수 없는 것을 가리키는데, 그것은 죽음의 현존"*이다. 리샤르의 말처럼, 「오렌지밭」에는 "이 돌은 죽음의 현존을 지니고 있다"는 구절이 나온다. 또한 이 구절이 자유간접화법으로 표현된다는 것도 주목할 필요가 있다.

이 시의 2연에서는 "오랫동안 찾아다녔던 가장 아름다운 나라가" "살라망드르의 땅으로 펼쳐지리라"는 구절이 보인다. 이것은 과거에 오랫동안 찾아다녔지만 찾지 못했던 "가장 아름다운 나라"가 이제 "살라망드르의 땅"처럼 펼쳐질 것이라는 희망을 표현한다. 또한 그 나라는 '아름다운 나라'일 뿐 아니라, 진실한 장소vrai lieu이다. 시인은 이 장소를 자기의 언어로 말하지 않고, 사랑하는 동반자인 '그대'를 통해서 말하게 한다. '나'의 생각과 '그대'의 생각이 일치한다는 것을 보여주기 위해서다. 또한 1연과 2연에서는 직설법 미래형 동사가 쓰

* Jean-Pierre Richard, *Onze études sur la poésie moderne*, Éditions du Seuil, 1964, p. 214.

이다가 3연에서 직설법 현재형 동사가 사용된 점도 특기할 만하다. 이것은 그토록 꿈꾸고 욕망하던 나라가 눈앞에 펼쳐지는 느낌을 준다.

끝으로 "살라망드르의 땅"은 꿈꾸던 나라를 의미한다. 본푸아는 '살라망드르'라는 도마뱀을 돌이나 바위에 죽은 것처럼 붙어 있는 형태로 보아 '죽음의 현존'을 나타내는 이미지로 사용했다. 화석이 된 것처럼 보이는 도마뱀은 삶과 죽음, 생명체와 무생물이 구별되지 않는 일치와 통합의 꿈에 적합한 동물의 이미지를 보여준다.

나무, 램프

나무가 나무 속에서 늙어간다, 여름이다.
새가 새의 노래를 넘어서 달아난다.
옷의 붉은 색깔이 저 멀리, 하늘에서
오랜 세월 고통의 수레를 빛나게 하다가 사라진다.

우리가 들고 다니는 램프 불처럼
오 힘없는 나라여,
세계의 수액 속에 잠은 가까이 있고
분열된 영혼의 흔들림은 단순하다.

그대 역시 사랑하리 램프 불빛이
햇빛 속에서 생기를 잃고 꿈꾸는 순간을.
그대는 안다 치유되는 건 그대 마음의 어둠인 것을,
강가에 이르러 배가 쓰러지는 것을.

L'arbre, la lampe

L'arbre vieillit dans l'arbre, c'est l'été.
L'oiseau franchit le chant de l'oiseau et s'évade.
Le rouge de la robe illumine et disperse
Loin, au ciel, le charroi de l'antique douleur.

Ô fragile pays,
Comme la flamme d'une lampe que l'on porte,
Proche étant le sommeil dans la sève du monde,
Simple le battement de l'âme partagée.

Toi aussi tu aimes l'instant où la lumière des lampes
Se décolore et rêve dans le jour.
Tu sais que c'est l'obscur de ton cœur qui guérit,
La barque qui rejoint le rivage et tombe.

1연에서 "옷의 붉은 색깔이 저 멀리, 하늘에서 / 오랜 세월, 고통의 수레를 빛나게 하다가 사라진다"는 구절은 시인에게 떠오른 어머니의 존재를 은유적으로 표현한 것이다. 『경계의 환상에서Dans le leurre du seuil』에 실린 「두 개의 색깔Deux couleurs」은 "나무 꼭대기에서 보이는 푸른색"과 "이집트 여인의 두툼한 천으로 만든 옷의 붉은 색깔"을 의미한다. 여기서 "옷의 붉은 색깔"은 어머니를 표상한다.* 어머니는 그러므로 불과 빛의 이미지로 나타난다.

2연의 "램프 불"과 3연의 "램프 불빛"은 1연의 "붉은 색깔"과 관련되어 '어머니의 현존'을 암시한다. 그것들은 "고통의 수레를 빛나게 하다가 사라"(1연)지기도 하고, "분열된 영혼의 흔들림"(2연)을 안정시키기도 하며, "마음의 어둠"(3연)을 치유하기도 하는 것이다. '분열된 영혼'은 어머니의 품을 떠난 아이, 즉 시인의 영혼으로 해석된다. "램프 불처럼 [······] 힘없는 나라"는 시인이 꿈꾸는 '어머니의 품'과 같은 세계일 수 있다. 또한 '어머니의 품'은 '아이의 잠'과 일치한다. 간단히 말하면, 시인은 잠자고 싶은 것이다.

* Y. Bonnefoy, *Poèmes*, Gallimard, 1982, p. 274.

3연에서 "램프 불빛이／햇빛 속에서 생기를 잃고 꿈꾸는 순간"은 잠과 꿈의 세계를 암시한다. 마지막 행에서 "강가에 이르러 배가 쓰러지는 것"은 랭보의 「취한 배」를 떠올리게 한다. 랭보의 미지의 세계를 향한 '견자'의 모험처럼, 끊임없이 '현존la présence'의 경험을 추구하는 본푸아의 시적 모험은 일단 잠의 휴식이 필요할 것이다.

폐허의 새

폐허의 새는 죽음에서 빠져나온다,
새는 햇빛 비치는 회색빛 돌에서 둥지를 튼다,
새는 모든 고통, 모든 기억을 뛰어넘었다,
새는 이제 영원 속에서 내일이 무엇인지 알지 못한다.

L'oiseau des ruines

L'oiseau des ruines se dégage de la mort,
Il nidifie dans la pierre grise au soleil,
Il a franchi toute douleur, toute mémoire,
Il ne sait plus ce qu'est demain dans l'éternel.

「폐허의 새」는 「불사조」를 떠올리게 한다. "새는 나뭇가지 사이로 멀어져가면서 오랫동안 노래할 것이다. 〔……〕 새는 나뭇가지에 새긴 모든 죽음을 거부하며 죽음의 능선을 넘어갈 것이다"(「불사조」 2연). 이렇게 "모든 죽음을 거부하는" 불사조는 "죽음에서 빠져나"(1행)오는 "폐허의 새"와 같다. "죽음에서 빠져나온다"는 것은 '죽지 않는다'가 아니라 '죽음에도 불구하고 부활한다'는 의미에 가깝다. 본푸아의 모든 시는 죽음과 부활의 과정에 근거를 두고 있다. "새는 모든 고통, 모든 기억을 뛰어넘었다"는 표현은 '모든 고통의 기억을 극복했다'로 단순화할 수 있다. 이처럼 그의 시는 분명히 희망의 메시지를 전달한다. 시인은 추상적인 언어와의 싸움 혹은 완전한 언어를 목표로 한 싸움에서 실패와 좌절을 겪어도, 다시 그 언어와의 싸움을 준비하고, 새로운 언어를 창조하려는 것이다. 「폐허의 새」의 마지막 행이 실패를 암시하더라도, 독자는 그 구절에서 희망을 이끌어낼 수 있다. 시인은 세계를 변화시킬 수 없지만, 새로운 언어를 만들 수 있다고 주장하는 본푸아의 의지와 희망은 분명하다.

비평가 클로드 루아는 본푸아를 보들레르와 랭보의 계승자이자 진정한 시인un vrai poète이라고 부르며, 그의 시는 보이지 않는 신神의 손길처럼 느껴진다는 것을 이렇게 말한다.

　　본푸아의 시를 읽으면 보이지 않는 손길이 독자의 어깨 위에 놓여 있는 느낌을 갖는다. 그의 시에는 오래도록 기억될 시구들이 시간의 재 속에서 잉걸불처럼 타오른다. 의자 위에 던져놓은 듯 걸쳐진 붉은색 옷, 어렴풋이 본 아름다운 그림, 웃음짓는 아이, 매미들의 줄무늬가 새겨진 정원, 오렌지빛의 황혼, 폭풍우가 몰아치는 하늘 아래 흔들리는 실편백나무. 이러한 이미지들은 '눈물에 뒤섞인 근원적 기쁨cette essentielle joie mêlée de larmes'을 느끼게 한다. 그것은 우정, 연민, 사랑 그리고 위대한 시가 불러일으킬 수 있는 감정이다.*

　클로드 루아의 글에서 본푸아의 시에 대한 감동적인 찬사는 "위대한 형이상학의 시인"이자 "겨울의 눈송이처럼 친근하면서 매혹적인 시인"으로 이어진다.

* C. Roy, *La conversation des poètes*, Gallimard, 1993, p. 271.

저녁의 말

10월 초의 나라에는 풀밭에서 상처 입지 않은
열매가 하나도 없었다, 그곳의 새들은
부재와 자갈밭의 소리로 울고 있었다
우리를 향해 성급히 달려오는 높고 굽은 가슴 위로

나의 저녁의 말이여,
늦가을의 포도처럼 너는 추워하는구나,
하지만 포도주는 벌써 너의 영혼 속에 불타오른다
나는 발견한다, 너의 근본적 언어 속에서 나의 유일한 참된
열기를

10월의 완성되는 배는 밝은 빛으로
다가올 수 있다. 우리는 두 개의 빛을 혼합할 수 있으리라,
오 바다에서 떠돌며 환하게 빛나는 나의 배여,

가까운 밤의 빛과 말의 빛이여
─모든 살아 있는 것들로부터 올라오는 안개
그리고 너, 죽음 속에서 램프의 불그스름한 나의 빛이여.

La parole du soir

Le pays du début d'octobre n'avait fruit
Qui ne se déchirât dans l'herbe, et ses oiseaux
En venaient à des cris d'absence et de rocaille
Sur un haut flanc courbé qui se hâtait vers nous.

Ma parole du soir,
Comme un raisin d'arrière-automne tu as froid,
Mais le vin déjà brûle en ton âme et je trouve
Ma seule chaleur vraie dans tes mots fondateurs.

Le vaisseau d'un achèvement d'octobre, clair,
Peut venir. Nous saurons mêler ces deux lumières,
O mon vaisseau illuminé errant en mer,

Clarté de proche nuit et clarté de parole,
—Brume qui montera de toute chose vive
Et toi, mon rougeoiement de lampe dans la mort.

「저녁의 말」은 시인의 일상적 경험과 '현존présence'의 직관적 경험을 결합한 시이다. 본래 이 용어는 종교의 언어로서 하느님과 하느님을 따르는 사람들의 '함께 있음=être-avec'을 뜻한다. 현존은 보여지는 것이 아니다. 현존은 인간의 초월적 체험과 같다고 할 수 있다. 본푸아에 의하면, 현존은 오직 시적 언어에 의해서만 포착될 수 있고, 논리적 개념은 참다운 '현존'을 멀어지게 한다. 그러나 온전히 '현존'에 일치되는 시를 쓴다는 것은 거의 불가능하다. 이 시에서 "10월 초의 나라"로 표현된 계절의 시간은 시인에게 '현존'을 직관적으로 경험할 수 있는 순간이다. 가을은 양면성의 계절이다. 이 계절은 성숙과 몰락, 충만과 허무, 삶과 죽음의 의미를 동시에 보여주기 때문이다. 그러므로 가을은 시인에게 현존의 경험을 할 수 있는 가장 좋은 계절이다. 현존은 삶과 죽음의 동시적 결합에서 순간적으로 포착될 수 있다.

1연에서 새들이 "부재와 자갈밭의 소리로 울고 있었다"는 '현존'의 직관과 연결되는 고독의 감정을 환기한다. 시인은 어린 시절의 체험을 이렇게 말한다. "현존은 내가 어렸을 때 절벽 위에서 새가 우는 소리를 들었을 때의 체험이다. 〔……〕 그때의 빛은 새벽빛이거나 저녁 빛이거나 상관없다. 〔……〕

새는 노래했다. 새는, 정확히 말하자면, 완전한 고독의 순간을
위해 안개가 피어오르는 산꼭대기에서 쉰 목소리로 말하는 것
같았다."*

2연에서 "저녁의 말"은 추위하는 늦가을의 포도와 포도주
에 비유된다. 이것은 "포도"와 "포도주"로 연상되는 실존의
체험과 현존의 느낌을 연결 짓기 위해서다. 3연에서 두 개의
빛은 "밤의 빛"과 "말의 빛"이다. 4연에서 "밤의 빛"과 "말
의 빛"이 뒤섞인 상태의 현존은 "모든 살아 있는 것들로부터
올라오는 안개"처럼 묘사된다.

이 빛들이 혼합된 안개의 풍경에서 시인은 "죽음 속에서 램
프의 불그스름한 나의 빛"을 찾는다. 이것은 바다 위를 항해
하듯이 지상을 떠돌아다니는 시인의 발걸음을 안내해주는 역
할을 한다. "오 바다에서 떠돌며 환하게 빛나는 나의 배"는
랭보의 '취한 배'와 닮아 있다.

끝으로 덧붙이자면 "풀밭에서 상처 입지 않은/열매가 하나
도 없었다"(1~2행)는 것은 나무에서 무르익은 열매가 떨어진
상태를 의미하는 동시에 시인이 찾으려 했던 언어가 산산조각
이 되어버렸음을 암시한다. 또한 "너의 영혼 속에 불타오"(7
행)르는 포도주는 늦가을의 포도를 발효시켜 만든 술로서 시
인의 정신 속에서 단련되고 숙성된 새로운 글쓰기를 상상케

* Y. Bonnefoy, *L'improbable*, pp. 30~31.

한다. 시인의 꿈은 단순히 시를 완성하는 것이 아니라 기존의 시와 다르게 삶을 바꿀 수 있는 시를 만드는 것이다. 그러므로 시적 언어로 '현존'을 추구하는 시인의 작업은 무수한 실패에도 계속될 수밖에 없다.

필리프 자코테

Philippe Jaccottet
1925〜2021

조용히 있어라, 일이 잘되어갈 테니

조용히 있어라, 일이 잘되어갈 테니! 그대는 가까이 온다,
그대는 몸이 달아오른다! 시의 첫 단어보다
끝의 단어가 그대의 죽음에 가깝기 때문이다,
죽음은 도중에 멈추지 않는 법.

죽음이 나뭇가지 아래 잠들거나
그대가 글 쓰는 동안 숨을 돌린다고 생각하지 말라.
그대의 극심한 갈증을 풀어주는 입으로
부드러운 소리 내는 부드러운 입으로 물을 마실 때라도

그대의 머리칼, 뜨거운 어둠 속에서
그대가 움직이지 않기 위해서 두 사람의 네 팔로
아무리 매듭을 힘차게 조이더라도,

죽음은 온다, 그대 두 사람을 향해 아주 먼 곳에서 오는지
아니면 벌써 가까이 와 있는지, 우회해서 올지도 모르지만
죽음은 온다. 이 말에서 저 말로 가는 동안 그대 더욱 늙는다.

Sois tranquille, cela viendra

Sois tranquille, cela viendra! Tu te rapproches,
tu brûles! Car le mot qui sera à la fin
du poème, plus que le premier sera proche
de ta mort, qui ne s'arrête pas en chemin.

Ne crois pas qu'elle aille s'endormir sous des branches
ou reprendre souffle pendant que tu écris.
Même quand tu bois à la bouche qui étanche
la pire soif, la douce bouche avec ses cris

doux, même quant tu serres avec force le nœud
de vos quatre bras pour être bien immobiles
dans la brûlante obscurité de vos cheveux,

elle vient, Dieu sait par quels détours, vers vous deux,
de très loin ou déjà tout près, mais sois tranquille,
elle vient: d'un à l'autre mot tu es plus vieux.

스위스 무동에서 태어난 필리프 자코테는 첫 시집『진혼곡 *Requiem*』(1947)을 펴내면서 섬세한 감수성과 아름다운 시적 이미지로 20세기 프랑스 시단의 가장 촉망받는 시인으로 평가된다. 그 이후 그는『올빼미*L'effraie*』(1953),『숲속의 산책 *Promenade sous les arbres*』(1957),『노래*Airs*』(1967),『겨울 빛에서*À la lumière d'hiver*』(1977) 등 많은 시집을 펴내는 한편, 릴케의 시와 로베르트 무질의 소설을 번역하기도 한다. 자코테의 시는 삶에 대한 회의와 죽음에 대한 강박관념, 초월적 세계의 동경과 인간의 한계를 극복하려는 노력, 미래에 대한 비관주의가 기본적인 주제를 이룬다. 그러나 그의 시에서는 절망의 감정 표현이 극도로 절제되어 있다. 그의 명징한 사유와 시적 상상력은 균형 감각을 이루어 독자를 침묵과 명상의 세계로 이끌어가는 듯하다. 자코테의 시가 조용히 삶을 성찰하게 할 뿐 아니라 삶의 용기를 준다는 것을 장 오니무스는 이렇게 말한다.

자코테는 불안한 의식에서 삶의 용기를 이끌어내는 시인이다. 그는 도시의 소음으로부터 멀리 떨어진 시골집에서 사람들과 교류하지 않고 고독하게 지낸다. 〔……〕 존재에 대한 망설임, 그의 마음을 황폐하게 만드는 의심, 자기 자신과 삶에 대한 회의, 창작의 열정을 방해할 정도의 의심, [……] 이처럼 확신을 갖지 못하는 태도가 오히려 그에게 유리한 점으로 작용하여 그의 시를 풍요롭게 만든다.*

삶에 대한 끊임없는 회의와 불안이 자코테의 시를 빈약하게 만들지 않고 오히려 풍요로운 세계를 이룬다는 오니무스의 진술은 자코테의 시에서 죽음에 대한 강박적 의식이 오히려 삶에 대한 희망을 갖게 한다는 장-피에르 리샤르의 견해와 일치한다.

시간에 대한 깊은 페시미즘이 자코테의 작품을 물들이고 있다. [……] 모든 죽음의 이미지는 우리 앞의 죽음을 실제로 넘을 수 없는 한계이자 절대적인 장애물로 우뚝 서 있게 한다.**

보들레르의 시에서처럼, 자코테의 죽음은 종종 시간과 동의어처럼 표현된다. 죽음에 대한 두려움은 시간의 강박관념과 다르지 않기 때문이다. 그러나 죽음을 의식하는 삶이 삶에 대

* J. Onimus, *Philippe Jaccottet: une poétique de l'insaisissable*, Champ vallon, 1982, pp. 13~14.
** J.-P. Richard, 같은 책, p. 267.

한 용기와 희망으로 이어진다는 것은 신비롭다고 할 수 있다.

제목이 없는 이 시의 첫 문장은 보들레르의 「명상」을 떠올리게 한다. 「명상」은 시인이 고통을 잠재우기 위해서 "얌전히 좀더 조용히 있어다오"라는 기원으로 시작한다는 점에서이다. 실제로 자코테는 보들레르의 문제의식에 공감한 듯, 죽음과 시간의 위협에 대항하기 위해서 사랑의 중요성을 노래하며 창조적인 시 쓰기의 방법에 의존한다. 1연에서 '그대'는 시인이다. 시인은 죽음과의 싸움에서 패배하지 않기 위해 시를 쓰는 것이므로 한 순간도 긴장의 끈을 놓아서는 안 된다. 이처럼 죽음을 경계해야 한다는 것은 2연에서도 계속된다. "그대의 극심한 갈증을 풀어주는 입으로" 물을 마신다는 것은 삶과 생명에 필수적인 요소인 물을 마시는 순간에도 죽음이 활동을 멈추지 않는다는 암시이다.

3연에서 "두 사람의 네 팔"로 번역한 것은 의역이다. 원문에 '두 사람'은 없다. 그러나 4연에서 "그대 두 사람vous deux"이 나오기 때문에 "두 사람의"라는 말을 덧붙인 것이다. 또한 "머리칼, 뜨거운 어둠 속에서" "네 팔로/아무리 매듭을 힘차게 조이더라도"는 빈틈없는 사랑의 힘과 일체감을 나타내기 위한 것으로 해석된다.

리샤르의 말처럼, 자코테는 페시미즘의 시인이다. 그러나 그는 절망하지 않는다. 다만 그가 시에서 일깨우고 싶은 전언은 언제나 죽음을 잊어서는 안 되고, 죽음으로부터 도피해서도 안 된다는 것이다. 인간은 유한한 존재이므로 소중한 삶의 시간을 열심히 살아야 한다는 것, 이것이 그의 시적 메시지라고 말할 수 있다.

겨울의 태양

겨울의 몇 달간 이 시간에 너는 참나무 껍질 위로
지나가는 태양을 보게 되었다.
숲은 비춘다, 뜨겁지 않게 빛나면서,
움직임 없이, 과도한 광채도 없이, 불티도 없이
비춘다, 아주 멀리서 시간의
행렬과 부딪치게 되더라도 아무 말 없는 얼굴을……

하지만 뒤에는 풀잎 위에 그림자 드리워져 있다,
그림자는 음산하지 않고, 불길하지 않고, 상처도 없고
침울하지도 않다, 그림자가 아닐지 모르지만,
무르익은 열매는 나무가 헐값으로 넘겨
대지에 가볍고 부드러운 아픔을 주고,
나무의 영혼은 빛의 발걸음에 의존한다……

인내와 화해의 자아는 한 해 두 해가
맹목적으로 지나가는 방향을 돌아보는데,
그의 뒤에는 고통과 후회가 있다,
하지만 풀은 준비하고 포기를 모르며,
우주는 자신의 엄격한 법칙을 밝게 비추는 듯하다

Soleil d'hiver

Le passage du soleil aux mois d'hiver
sur l'écorce des chênes à cette heure t'est découvert:
le bois éclaire, non point brûle, mais révèle,
immobile, sans trop d'éclat, sans étincelles,
tel peut-être un visage qui ne parle point
s'il affronte le défilé du temps très loin......

Mais, derrière, l'ombre sur l'herbe est déposée,
non point funèbre ni menaçante ou blessée,
à peine sombre, à peine une ombre, si bas prix
payé par l'arbre à l'accroissement de son fruit,
légère peine douce elle-même à la terre,
âme de l'arbre due aux pas de la lumière......

Une personne en patience et paix tournée
vers l'aveuglant passage d'une à l'autre année,
ayant sa peine derrière elle, son regret,
et l'herbe néanmoins s'apprête, persévère,
l'espace semble illuminer sa loi sévère,

천체는 등급을 바꾸거나 올리고 내릴 뿐……

햇불은 책상보다 조금 높은 위치에서
근심 걱정에 사로잡힌 노예보다 충실하게 지나가고,
놀랍게도 필연적으로 과묵한 모양이어서
우리는 결국 그의 뜻을 따를 수밖에 없다.

et l'astre tourne, monte et descend les degrés......

Le flambeau passe à peine plus haut que les tables,
plus fidèle que nul esclave à nos soucis,
taciturne incroyablement inévitable,
et nous autres avec bonheur à sa merci.

이 시의 1연에서 '너'와 "아무 말 없는 얼굴"은 시인을 가리킨다. 시인은 겨울의 오후 일정한 시간에 숲을 거닐다가 "참나무 껍질 위로" 햇빛이 비추는 풍경을 바라본다. 햇빛은 숲을 비추고, 숲은 인간의 얼굴을 비춘다. 그 빛은 "과도한 광채도 없"고, "불티도 없"다. 그것은 몸을 따뜻하게 만들지 않고 내면을 비추기 때문이다. "시간의／행렬과 부딪치게 되더라도 아무 말 없는 얼굴"(5~6행)은 시간과의 싸움에서 침묵을 지키는 시인의 모습이다.

2연에 나오는 "그림자"는 나무의 그림자일 것이다. 그림자는 햇빛으로 생긴다. 이런 점에서 햇빛에 의한 그림자는 오후의 시간을 알려주는 기호이다. 또한 "무르익은 열매는 나무가 헐값으로 넘겨／대지에 가볍고 부드러운 아픔"(10~11행)을 준다는 것은, 나무의 열매가 무르익어 땅에 떨어진 모양을 연상케 한다. 이것 역시 햇빛의 작용을 알게 한다. "빛의 발걸음에 의존"하는 "나무의 영혼"(12행)은 햇빛의 도움으로 성장하는 나무를 가리키지만, "나무의 영혼"에 공감하는 시인의 입장과도 상관성을 갖는다.

3연에서 시간은 "맹목적으로 지나가는"데, 인간은 아무리 "인내와 화해의 자아La personne en patience et paix"를 갖더라도, "그의 뒤에는 고통과 후회"가 따른다. 이 구절은 인간의 실존적 삶의 의미를 생각하게 한다. 그러나 인간과는 달리 자연의 풀은 "포기를 모르며", "우주는 자신의 엄격한 법칙"을 지키고, 천체는 인간의 삶과 상관없이 돌아간다.

4연에서의 "횃불"은 태양을 의미하고, "책상"은 시인의 작업실을 환유적으로 표현한다. 시인은 태양에서 횃불 같은 열정과 한결같은 정신을 배워야 할 것이다. "근심 걱정에 사로잡힌 노예" 같은 인간은 진정한 주체의 '주권성la souveraineté'을 찾아야 하기 때문이다.

결론적으로 이 시는 겨울의 오후, 햇빛이 비치는 숲의 풍경을 묘사하면서, 태양과 나무와 그림자가 인간의 실존적 삶과 어떤 관계로 연결될 수 있는지를 생각하게 한다. 보들레르의 「상응」에서 "자연은 하나의 신전, 살아 있는 그 기둥들에서/때때로 어렴풋한 말소리 새어 나오"는 것을 믿는 시인은 태양과 나무 앞에서 상징의 언어를 발견하거나 귀를 기울이는 겸손한 모습을 보여준다.

자코테의 시 두 편을 번역하고 해석하는 일을 끝낸 후, 우연히 클로드 무샤르Claude Mouchard의 『다른 생의 피부』를 읽었다. 파리8대학 문학 교수이자 시 전문지 『포에지Poésie』의 부편집장인 그는 1999년 한국 시 특집호를 출간했을 때의 일화를 이렇게 말한다.

> 특집호가 나오고 얼마 지나지 않아, 놀라운 편지를 한 통 받았다. 개인적으로 인연이 없었던 프랑스의 위대한 시인이자 번역가인 필리프 자코테가 보낸 것이었다. 그는 나에게 『포에지』에 실린 송찬호 시인의 작품들을 읽고 병상에서 큰 용기와 희망을 얻었다고 했다.*

이 글이 놀라웠던 것은 자코테의 이름을 뜻밖에 발견할 수 있었기 때문만이 아니다. "프랑스의 위대한 시인"이 한국 시인의 작품을 읽고 "병상에서 큰 용기와 희망을 얻었다"는 말이 덧붙어 있었기 때문이다. 이 글을 읽는 순간 떠오른 기억이 있다. 몇 년 전 『시의 힘으로 나는 다시 시작한다―보들레르

---

* 클로드 무샤르, 『다른 생의 피부』, 구모덕 옮김, 문학과지성사, 2023, p. 149.

에서 프레베르까지』를 펴낸 후, 몇 달 간격으로 두 사람이 전화를 했다. 한 사람은 시인이었고, 다른 한 사람은 교수였는데, 모두 투병 중이었다. 그런데 그들은 자코테와 똑같은 말을 나에게 한 것이다. 그 두 분은 모두 한두 해 전에 세상을 떠났다.

시의 출처

André Breton
«Tournesol» (in *L'amour fou*)
«Je reviens» (in *Signe ascendant*)

Louis Aragon
«Un homme passe sous la fenêtre et chante» (in *Elsa*)

Jacques Prévert
«El la a fête continue» (in *Paroles*)
«Chanson des escargots qui vont à l'enterrement» (in *Paroles*)
«Le désespoir est assis sur un banc» (in *Paroles*)
«Pour toi mon amour» (in *Paroles*)
«Le cancre» (in *Paroles*)
«Le miroir brisé» (in *Paroles*)
«Barbara» (in *Paroles*)
«Cortège» (in *Paroles*)
«La pêche à la baleine» (in *Paroles*)

Francis Ponge
«L'huître» (in *Tome premier*)
«Le pain» (in *Le parti pris des choses*)
«Plat de poissons frits» (in *Le grand recueil*)
«Le cageot» (in *Le parti pris des choses*)

Henri Michaux
«Clown» (in *L'espace du dedans*)
«Le grand violon» (in *Plume précédé de lointain intérieur*)
«Projection» (in *La nuit remue*)
«Un homme paisible» (in *Plume précédé de lointain intérieur*)

René Char
«Congé au vent» (in *Fureur et mystère*)
«La sorgue» (in *Fureur et mystère*)
«Jacquemard et Julia» (in *Commune présence*)
«Qu'il vive!» (in *Commune présence*)

Philippe Jaccottet
«Sois tranquille, cela viendra» (in *Effraie*)
«Soleil d'hiver» (in *Ignorant*)

위의 시들은 갈리마르Gallimard사와 비독점 계약을 맺었습니다. 이 책에 수록된 일부 시들은 아직 사용 허락을 받지 못했습니다. 조속히 필요한 절차를 밟도록 하겠습니다.

프랑스 현대 시 155편 깊이 읽기
1 결함 없는 영혼이 어디 있으랴

목록